此去风雨知几何

拾味 80 个瞬间

杨孟华 著

上海三联书店

起　　笔

人生入口到出口有多远？年轻人说，长路漫漫。过来人曰，几多瞬间。

年届七七，套用四舍五入，该奔八了。突然觉得自己这辈子就是个瞬间，无非这个瞬间里还可细分小些的瞬间。一直讲日月如梭，现在算透彻了。

提起笔来又放下：这个年岁写书的，都有谁呢？一是作家，笔耕不辍；二是写回忆录的，不少。我有什么值得着墨的？一路走来，几多瞬间，一地碎屑。弃之不忍，拾之寡味。纠结再三，心绪难宁，到底还是把笔捡了起来。

过来人大多念旧。在这个"旧"里，谁都有点我有你没有，食之回甘抑或回涩的往事，多少而已，浓淡而已。既然余生不长，远方不再，像我这般凡人，常常会想些旧事，忆些旧境，思些旧人，念些旧情。尽管岁月如流，来的来了，去的去了，有的有了，空的空了，来去得失大致定格。然而，在背影里又影影绰绰觉出点什么。于是，近年写了本《也无风雨也无晴》。

虽蒙书友抬爱，那册少量印行的拙作售罄，想来钝刀未废，未至不堪卒读。其实，自己悔之再三：

一是由于急就章，挂一漏十，意犹未尽。脑洞再开，竟然拽出更多的前尘往事。那零落无致的一个个瞬间，一幕幕闪现、切换，全是镌刻在我心版上的划痕。恰应了那句：往事历历两茫茫，不思量，自难忘。既然难以割舍，既然不时思量，既然物我难忘，何不把笔再拾起来呢？

二是旧时少有沉静地怀想。此刻远离过往，置身局外，缓缓倒片，不经意间竟会多出一二审视自己的维度。这会儿在人生的一亩三分地里踽踽逡巡，就像岁月的拾荒者。好果子，赖果子，一截穗子，一段秸秆，不舍地重新捡起。到底都是从自己镰刀口过了的。锄禾日当午，粒粒皆辛苦。

三是体会了没有哪路文脉是定型的，写书是可以跨文体、几不像的。写实、抒怀、拾味等笔法，尽可杂糅构架和交叉，此文体彼文体之间并没有楚河汉界。我不想写流水版，只落笔值得自己惦记的瞬间，依旧拉拉杂杂，写得很碎。有了什么感触和断想，只顾自说自话。

人生百年，碎屑一地。我不写日记，所有七零八碎都零乱地嵌在大脑里。这些人生遭际没什么高大上的东西，多是很不起眼的碎片，却也有着各自的内核。今天，自己像暮年漫步，像冬日拾荒，像俯拾夕阳下的落叶……管它像什么，真实是天道，是自己就行，只要不唐突自己的走过。前人王国维言："人生只似风前絮，欢也零星，悲也零星，都作连江点点萍。"

七十七年汲汲走过，一路几多"点点萍"？我从一簸箕零乱无序的轶事里，把自以为最苦最难的，最得意最失意的，最生动最乏味的，最有料最没趣的，筛选、过滤、沉淀，撷取80个瞬间，一一复原。发觉这些瞬间虽说都很平淡，却不全是清汤寡水。不少瞬间虽然早已尘封，却是我心归处。此时，一个个被激活了，纵然火花感已不复当年。于是，大致以时间为主轴布局谋篇，依照内在脉络排列组合，垒了12个垛。

人哪，还真是慢慢活明白的。有些事，很多事，当时过了也就过了，多少有点直觉，还能有什么？没想老了老了，折腾够了，停下来了，有闲回眸、回味，在远远近近观望，从方方面面忖量，反倒慢慢有了别样的审视和自以为是的领悟。毕竟昔日的那点谷子、高粱，都是自己倒腾过的。时间久了，勾兑成了陈酿。其实，所谓陈酿不过就是别人不屑的酱油汤（够不上鸡汤）。那也不要紧，终究是旧时日月一点点酿制的，自己觉得通达些了，就够了。至于有几人同频共振，有些许共情共识，亦不由我管。

通篇观之，我是零敲碎打，线性叙事，理性思量，在每节末了缀上几句肤浅的拾味。不外乎自己体验过了，检视过了，多少有点漫想，尽管还有至今没参透的。人在世上走过，总有几瞬眷恋，总该留下点什么，那我就留点随拾况味。

好了，那就回闪吧。越是朝后，时间过得越快，好像时光流逝有加速度。我已经健忘，记性衰退。不抓点紧，那点零七八碎的瞬间怕是会一点点风干。不是说老人易患阿尔茨海默病吗？到时候再去哪里还原遥远岁月的情状，更遑论拾味。再说，都奔八了，不易望九，我算不出生命的剩余电量。会不会写着写着，猝然停格于某个瞬间？未知太多了。

目　录

一、锻打

01，"误"入兵营

误会，绝对是误会。

1961 年，命运跟我开了个玩笑，愣是把按照当兵条件四六不靠的 17 岁的自己，打发去了军营。

1961 年，在我国是个特殊年份："三年困难时期"的第三年。那几年人祸天灾，农业凋敝，闹了饥荒。城里人虽说食不果腹，总算每月口粮还有定量。七分饱也好，五分饱也好，饥肠辘辘还能凑合过。农村则不一样，刮浮夸风的地方不少，农民交过公粮，自己就没啥吃的了，度日艰难。民以食为天。世间什么事能大过天？"人是铁，饭是钢，一顿不吃饿得慌"，糊口度日是人类生存最基本的需求。三两天不吃能对付，十天半月呢……

这就扯上了征兵。虽说 1955 年我国实行了全民义务兵役制，但在往常，城里征兵少，兵员大多来自农村。这年，为让农村休养生息，把青壮劳力留在了土地上。要是再撂荒，谁都得喝西北风。于是，征兵改了方向，大量征召城里的在校高中生。

本来,农村天广地阔,兵源不愁。改从城镇征召后,路子立马窄了:那年月大学生少,都当宝;初中生不少,但是年龄偏小;高中生也不少,然而那些年升学率低,十取一二,多数进不了大学,十八九岁当兵刚好(解放初期入学年龄参差不齐)。即便如此,我始终觉得当兵与自己了不相属。哪怕自己进了体检名单,还一直以为是去凑个数,纯属陪检,走走过场。因为不管从哪方面看,我都挨不着。

头一关,年龄就不着边。来我们学校征招的是支战备值班部队。不光要扛枪操炮,遇有战事还得打头阵。征兵海报上红纸黑字:应征年龄 18 至 22 周岁。我 5 岁上学,那年 17,明显界外。刷下来似乎没有任何悬念。

再说,身板也不达标。不说五脏六腑,单论体重就不是差一点点。这方面是有杠杠的:标准体重=(身高-110)公斤。虽说上下有弹性,但也有边有沿:上不得超过 25%,下不可低于 15%。我 1 米 76 的个头,体重 52 公斤,低于标配 21%,离下限还差好大一截。我这个前胸贴后背的"豆芽",仅此一项,绝对豁边。

那年月还没搞上山下乡,也没像后来把参军当成跳出"农门"的跳板,当兵并没有成为城里学生的向往。所以,这年打城里招兵不是件容易的事。严格按标准来吧,怎么也凑不够数,没法子,只有放宽标准,"瓜菜代"。

记得当时体检,也没有 CT、B 超、心电图等仪器,整个流程那叫一个"短、平、快":除了量身高体重,在视力表前指划上下左右,再是用听诊器在胸前背后移动了移动，在腹部摁那么几下。唯一非手工的"深度检查"，算是站在 X 光机前面透视了透视。不夸张，前后也就十来分钟。流程走完，医生倒是用两三分钟反复打量了我。不知是不是有点拿捏不准，面前的我实在太瘦削太单薄。不过，那年头没谁不饿肚子，全民"骨感"。我呢，也就是过于瘦弱了点，似乎算不上什么特别不正常。于是，啪！合格章敲上了。

直到此时，我依然觉得当兵于自己而言八竿子打不着，是件概率极低的事情。在我印象里，军营里个个是健硕的男子汉。我年岁不够，身体摆在那，当兵影响军人形象，说什么也不可能入围。

然而，命运硬是跟我开了个玩笑。我一直以为不可能发生的事，偏就发生了。

那年夏天少有的热，酷暑。那时候的暑假就是暑假，体检的事，早丢一边了。我除了与小伙伴玩耍，照过无所事事的暑假。

那天自己宅在家，只听得锣鼓声由远及近，自己并没在意。那年头谁评个先进，谁助人为乐了，乃至谁光荣退休，都少不了一番锣鼓家什。直到锣鼓声停在我家门口，居委会把"光荣人家"大红条幅贴上了，自己才咯噔一下：我当兵了？真的当兵了？那可不是：军装、军被等都送上门了。

一霎工夫，让少不更事的自己突然间多了两顶帽子："解放军叔叔"，"最可爱的人"。昨天还喊别人"解放军叔叔"，一刻之间，自己成了"可爱"的"叔叔"，真的是速成。其实我也不算特例。我所在班级男生也就二三十，居然有五六人穿上了军装，应征合格的比例罕见地高。

今天突然想到1949年5月，战上海。别的地方怎么交火我不清楚，只知道解放军曾从"造币厂桥"（今江宁路桥）一路往"浜北"（早先一直把苏州河北叫"浜北"）打。我家靠着苏州河，紧邻这座木桥。弄堂里有座硕大的水塔，基座便有两三层楼高，且有铁梯可攀。那年我5岁，就为看真的打仗，跟着几个比我大的孩子爬上了这个制高点。也许是战局已定，仗快打完了，趴在平台上也就时不时瞧见一串串的零落闪光，再就是听见时而密集时而稀疏的脆响枪声。接着，便是很多解放军冲过了桥。

就为这场小仗，弄堂里那所自己后来就读的"华纺八校"（华东纺织管理局第八职工子弟小学）曾经成为兵营，先是驻了国民党的兵，后来又驻过解放军。

这年夏天，母亲牵着我的手去学校报名，就曾遇见刚巧走过的一位解放军士兵。他停下来抚摸我的脑袋，问几岁了？同时，似乎看出了我的稀奇，还让我摸了步枪、手榴弹。还说，长大后当解放军吧。这些自己都还记得，似乎是自己最早的一段记忆，那个时候我5岁。不像现在，前天的事也会模糊。

没想12年后一语成真，那一幕成了隐喻。

这是自己踏入社会，遇到的第一个阴差阳错。要不是那个特殊年份，我这号"次品"拣不到篮子里。要不是历史的偶然和"误会"，懵里懵懂的我不会开始17岁的孤帆远影。实话实说，我当初参军根本扯不上从军报国，没那个境界。就是被军绿色的人流裹去了兵营，就是意外，就是偶然，就是"误会"。

正是这偶然中的偶然，"误会"中的"误会"，使原先以为的不可能，偏偏成了可能。对这个历史的"误会"，开头觉得自己生不逢时，因为当兵原本不是自己的志向，连朦胧也没朦胧过。然而，自己从磕磕绊绊起步，一路困顿、挫折、成长，竟然在军旅奔突了33年，包括其间22年离开家乡的远行。

这是此生的第一个"误会"，后来的"误会"和意外就没断过。别扭的，心仪的，难说好或不好的，都有。

实际上，这个时候的自己正站在人生的一个重要节点。说起来，谁的一生都会有几个重要的节点事件。我呢？虽说后来七零八碎的事情经历不少，但真正要紧的节点事件也就三个。别看事没过三，当时并没觉出有什么特别。待到久远回眸，才看得真切。

人这一生，管你情不情愿，难免遇到这样那样的"误会"和偶然。也许，人生就是一个个偶然叠加，一个偶然决定另一个偶然，由一个个"误会"串连的。

不过，太多的偶然就未必是偶然了，抑或"天命"所归，也许，有的偶然本非偶然，只是自己感觉偶然。

"误会"发生了，自己又没法"勘误"，只有认了，只有"将错就错"。而有的自主不了的误打误撞，或许会歪打正着，改变自己前行的路径，甚至影响人生命运。

02，当头棒喝

开始吃苦头了。

那年 8 月 8 日，暑气蒸人。父母亲送我到了新兵集结点北京西路上的新成会堂（上海曾有新成区）。每个新兵周围，都有一圈亲友，东一坨西一坨，整个会堂满满当当。我又听父母絮叨了一遍多日来无数次叮嘱过的叮嘱，几乎全是母亲在说，父亲则"划重点"。同时，耳朵里灌满了来自前后左右的殷殷嘱咐：有父母的叮咛，有爷爷外公辈的插嘴，也有同学的送别。所有的叮嘱版本大同小异：到部队要听首长的话，要和战友相处好，再不能由着性子来，乃至琐碎到渴了不能喝生水，睡觉不要踢被子，到了部队马上写封信……当然，都是当妈妈的话长，道不尽的牵挂。儿行千里母担忧啊！

接着，大家穿着未缀领章、帽徽的军服，上了接兵部队包下的几辆 15 路无轨电车。我身后一个背包，左右挎着帆布挎包和军用水壶，拎了个那时极流行的印有"上海"字样和国际饭店图样的灰色人造革质地的旅行袋，站到了"老北站"。接着，上了夜行军列。一路上，兴奋当然谈不上，倒也没觉得沮丧。自己对将要面对什么样的江河湖海浑然不觉，当时就是一路懵懵懂懂。

我们这趟列车可能是"加塞"，一路让行，停了不少无名小站，9 日破晓才到南京。一队敞篷卡车把大家载到了东郊的灵山营房。打车上跳下，周围所有都那么陌生。我瞬间意识到，自己单飞了。从今往后，一切都得独自面对了。就在这一刻，我不得不长大了。

前面说到，我的应征入伍，原先没有半点思想准备。就是浑浑然套上的绿军装。现在想来，除了呱呱坠地，这天竟是我的第二个生日。

正由于我的军旅生涯是懵懵懂懂起的步，故而来到新兵连，特别不适应，像是当头一棒。其实这一棒，对当兵的来说，应该是小小不然。然而对我而言，哪样都够自己喝一壶。随便说两件事吧。

一件事，队列操练。

这年南方格外热。南京与重庆、武汉并称我国三大"火炉"，酷暑自不待言。灵山营房四周环山，只来毒日不来风，更是炎夏难耐，比哪里都"火"。因此有人称其为"炉膛"。

我是从舒适区来的，一下子被扔进"炉膛"，完全是一天一地的感受。走入社会的这个起点，让自己难以接受。

新兵连没枪没弹，有的是时间搞队列操练。按说这在部队算"小儿科"，无非就是齐步、正步、跑步、左转、右转、后转、立正、稍息、敬礼什么的，既不特别累，也不特别难。问题是骄阳欲燃，还必须军容严整。"小儿科"开在"锅炉房"。

那时的制式服装，是按一年两季对付的，简单不过——

冬装是衬衣外头直接棉袄，棉裤里头直接裤衩，中间空落落的。打城里来的，一般都带了毛线衣、棉毛裤。打农村来的，多是衬衣外头套冬装,空心棉袄。棉装是棉布里直接絮棉花那种,没有外套。穿着这种老款军袄,整天摸爬滚打,一准油渍麻花。所以,每年换发一套。

夏装呢?不像后来有了敞开领口的短袖衫,再后来有了无领的T恤。那年月,衬衫外头套军装,全是长袖不说,领口的风纪扣还得系紧。想想看,空旷的训练场无树无荫,常常三十七八度的烈日炙灼,别说没完没了的走齐步,踢正步,即使站在原地不动,也绝对汗出如浆。这会儿,什么"渴了不能喝生水"的叮咛,早丢爪哇国去了。仰起军用水壶,咕嘟咕嘟一气干完。接着再灌一壶,还是生水。毒日下不多一会,金属水壶竟晒得有点烫嘴。

说来挺怪,我这棵"豆芽"有时几近虚脱,最终还是从烧烤模式中熬过来了,只是身上经常一股汗馊味。那身汗透的军装有时绞得出水,烈日再一暴晒,常常会凝出一片白花花的盐渍。真的,那时很自然的想起中学语文有篇"智取生辰纲",里头有首山歌,第一句便是"赤日炎炎似火烧"。觉得短短几句,每个字都是火炉里炼过的。

再一件事,哨声催人。

在学校时,唯有体育课响哨声。进了军营,则无时无刻不与哨声相伴。对自己来说,每天一听起床号就发怵:我有个多年养成的"坏习惯",起床第一件事必是大解,到哪都改不了,至今仍是如此。须知从起床号到集合哨,只给10分钟。待我七手八脚套上衣服,三步两脚冲到几十米外的厕所,"完成任务"后站进队列,绝对争分夺秒。哪怕迟一点点，也得大声喊"报告！"经准许再站到队尾。有段时间，不用找，队尾经常是我。

那个时候，我没少埋怨哨声：该长的不长，该短的不短。就拿前头提过炎阳下面的队列操练来说，总觉得"一、二、一"没完没了。似乎早该到点了，就是等不来休息的哨声。好不容易响了休息哨，气没喘平，集合哨又响了。那种"铁板烧"的滋味，那般炼狱般的折磨，那份枯燥乏味的困顿，就是被逼无奈的感觉，无异挨了一通当头棒喝。

总之，出操、收操、训练、休息、上课、劳动……一切的一切，不清楚何时何刻，全听哨声摆布。那年月，战士没谁戴手表的，没说不让戴，就是没人戴，哪怕家里再豪阔，也没人特殊。不过，由于哨声阵阵绝对踩着点，大家对哪个哨在什么时辰，慢慢都能知道个八九不离十。只因为日复一日，实在太规律。

有一说一，倒不是所有的哨声都烦人。饭点的那声哨就是大家的一日三盼。喜欢此哨听起来不大有出息，自己当时也就那点出息。有时大家在一起逗，说那些苦啊累啊的就是大棒，让我们放开肚子是给"胡萝卜"，新兵连是"胡萝卜加大棒"。

那年拉饥荒，有些地方糠菜半年粮。解放军是长城，再难不能坍塌长城。因而，军粮供应是特殊中的特殊。即便如此，也有限额。唯独为期一个月的新兵连，特准放开肚子管饱。

这个口子开着，阵仗可了不得。全是个顶个的男子汉，在家的日子至多半饱。到了队伍上，没谁不是大胃王。管你糙米、糙面、瓜茎,没人挑食,谁都吃到弯不下腰,吃相那个难看。相信吗?就我这号一般般的,居然一餐报销过八个大口径的南瓜馅包子,外加两海碗稀饭。胃就那么大,不清楚是否也有个"容积率"。我想或许有。否则,没法解释如今有的大胃王比赛,有男有女,能够一气把几十只热狗塞进嘴去。不过,当年对新兵的特殊照顾,也闹出过"非战斗减员":与我同班有位来自安徽芜湖的战友,就因为稀饭过量,喝成胃下垂,早早病退打道回府。

新兵连的时间不长。但我始终觉得,1961年的夏天是我一生中遇到的最炎热、最漫长的夏天。自己开头完全是懵了的:训不完的练,忙不停的事,受不尽的累。天天骄阳晒蒸,天天魔鬼训练,教官绝对"冷面人",就是一通乱棍。就这样,我对军营生活还别扭着呢,就面对"发配"了。

离开新兵连之前,倒也有过快乐一刻,让所有新兵去了一趟中山陵。我两三级台阶一迈,疾步流星,噌噌就上去了。绕着孙中山先生陵寝转了一圈,又连蹦带跳回到山下。从碑亭到祭堂339级台阶,上去下来,小菜一碟。每忆至此就会感慨,17岁到底是17岁,既是长身体的时候,也是力气使不完的时候。自己瘦归瘦,筋骨还行。

对于懵里懵懂初始闯荡的,水土不服,当头一棒见面礼,再正常不过,无非多几下少几下。痛固然痛,有时还很痛,然而长记性。

有的一棍惊醒，顿悟。也有打晕了的，渐悟。顿悟、渐悟都是悟，棍棒并没白挨。一出道就顺应老到，反倒像另类。

03，怵啥来啥

新兵连只是"苦头"的开头，后头的不如意接踵而至。

跨过长江，直驱淮水。9月10日，我们离开灵山，来到了安徽蚌埠郊外的老虎山。那里毗连南岗营房，驻扎了高炮66师的师部及辖下几个团。自己真正的军旅生涯，就此在淮河之畔起步。

在新兵连，有件事大伙特别关心。嘀咕来嘀咕去，无非是自己的去向。道听途说不少，不外乎哪些岗位艰苦，哪些岗位相对轻松，都担心自己受不了那份罪。然而，这个时候已经由不得自己了，谁心里都没底，谁都惴惴不安，唯有听天由命。

在我们这批新兵中，有一拨来自上海育才中学。虽说部队并没把新兵分三六九等，但对每个人要去的方向和岗位，早在新兵连的时候已给定下了。育才中学是市重点，在人们眼里，"原料"似乎强于别人。果不其然，从育才中学来的，大多分到了指挥连、通信连等师部直属分队，更多就读于既非市重点又非区重点，"出身"不怎么样的，则是去炮连的多。其中，就有我这棵"豆芽"。

这时的自己不由心有戚戚。难道在哪当兵也有出身讲究？可不是吗，名校出来的就是牛。看来两千来年前孔子讲的"学而

11

优则仕"没过时,哪怕当哪号兵也有考究。

要是说,把我扔到炮连是一次"错配"。更没想到的是,接着又来了一次"错配"。

我"投胎"高炮 615 团 4 连。全连百十号人里头,苦累不均是肯定的。连部的文书、卫生员、通信员,精明机灵。我这般寡言讷涩的,自然入不了领导法眼。此外,还有雷达排、仪器排等多少有点技术含量的,我也没有入围。

挨下来数,就是驾驶班了。火炮、雷达牵引,其他仪器设备运载,都得有驾驶员。在当时,方向盘也算一门技术,退伍有张"派司",回去开车也是不错的行当。那年月当工人挺吃香的,都讲工人是老大哥,评劳模论先进,全是一线工人。要是成了七级工、八级工,工资绝对甩公务员一截。要求不算高吧? 可还是没我什么事。

前头说到,在新兵连那会儿,大家就掰扯过哪些岗位最艰苦。传来传去,都说高射炮手尤其是推弹上膛的二炮手,以及起早贪黑忙不停的炊事员,还有爬高攀低折腾不休的架线兵,名列三甲。我一直在心里念叨,去哪也别去这几处。

开头,我被分到指挥排,听起来还不错。排里有侦察、报话、电话三个班,前两个还行。侦察班是根据警戒雷达传来的信息,在图板上标划目标航迹,再就是操作指挥镜。报话兵便是电影《英雄儿女》里的王成,也还行。另外那个,绝对吃苦受累。自己不会那么倒霉吧?

谁知，老天就是难为我，自己怵啥，偏就来啥，命运随手扇了我一巴掌，让我一头栽到电话班。炮连的电话班，其实就是苦人一等的架线班，吃的是苦中之苦。按说，自己的身板一览无余，在当时的兵员里也算有点文化，架线这苦活累活不该摊到自己。然而，偏偏怵啥来啥，让我去电话班，不由自己倒吸一口凉气。军令如山，找谁说理去？自己反复穷诘：为什么是我？

怵啥来啥，我撞上了。风也不调，雨也不顺，自己遭遇的一切全是糟心事，全部点中我的苦穴。然而，一切板上钉钉，没有回旋余地。

是"祸"躲不过。万般无奈，"落难"的自己唯有接受特别不想接受的现实。

但凡在野战部队滚过的，都知道架线兵是怎么回事。每到一地，不管荒原水网，山丘沟壑，挎个线盘，提个线拐，或一路狂奔，或疾步暴走。近的十里八里，远起来十几、二十里照样。军用电话线够粗够沉，负重多少不说，还得逢山翻山，遇沟过沟，走崎岖山路、沟沟坎坎、烂泥田埂，有些地方实在是根本没有路。沿途，还少不了攀高爬低。那个年代电线杆多为木质，到时候把带铁齿的登杆脚扣往解放鞋上一套，噌噌便上去了。就这样一路磕绊，打滑，趔趄，摔跤，攀上爬下，务须抢在第一时间建立与上级的联系。到了转移阵地，又要循原路把线一圈一圈给绕回来。去时一路卸载，回程一路加载。深一脚浅一脚，就这么来来回回倒腾，累得死去活来，连腰腿都不是自己的了。这当口，没累成岔气，就是本事。

早先，我知道当兵苦，就是没料到会这样苦，自己竟如此无奈。

有好长时间，有好多回，我被无力感碾压得几乎倒下。更要命的是不知道这架线兵要当到哪天，什么时候是头。错愕，茫然，无助。那真是叫天天不应，喊地地不灵，天聋地哑，沮丧至极。我陷入了情绪的泥淖，很崩溃的那种感觉，每天都处在垮下来的边缘。一度怀疑自己还能不能再撑下去。要说每个人一生中都有最痛苦的至暗时刻，对我来说，那时候就是。

怎么办？没人替我埋单。现实就是现实，自己无力改变。我不得不明白，现实不可能随我，只有我随现实。到了无可依傍，只有自己面对，再难熬只能苦支硬撑。人到了百般无奈，哪怕一千个心不甘情不愿，不认命又能怎样？那是一段艰涩的时光。

穷尽了所有退路，一瘸一拐也得硬着头皮。就在这样身心极度疲惫的窘迫中，甚至就在崩溃的前一刻，我一坑一洼地扛着，撑着。终于没有躺倒，终于且行且强，终于捱过了最艰难的时日，终于苦熬着走出了洼地。

过了这道卡口，我算是理解了有人说过的那句话：人是具有高度适应性的物种。别看每次就前进了那么一点点，却不断地把自己推向超过想象的极限。很多曾经以为扛不起来的事，坚持一下，再坚持一下，继续坚持下去，一再挑战生理和心理极限，终会有那么个点，顺着一股"势"闯过来。"势"这个东西很特别，也挺难描述。"势"起来了,不说挡不住,起码有个惯冲。电话线还是那么重,山路还是那么险仄难行,渐渐地气够喘了,腿也不那么沉了。

到今天,我对当时的自己还有点惊讶,年轻时居然能迸发如此难以想象的弹性和韧劲。实际上,那时候的身子骨是强行透支的。年纪轻,有透支的资本。

后来,我调到了报话班。成天背着电影《英雄儿女》里王成高呼"向我开炮"的那种2瓦报话机,"黄河黄河,我是长江!"一路干吼,练习背手在身后盲控旋扭,捂紧耳机捕捉噪声中的信号。一路狂奔,一路呼号。虽说两条腿、一双手依然忙碌,但比架线轻松些了。什么事都经不住比较。就像原先挑百斤担,一下减成八九十,肩膀上立马感觉不一样。

一再"错配"的霉运,对我是难以言喻的刺痛:难不成自己真就不如别人?这件事像"两面针":一针刺着痛,痛得揪心、沮丧。另一针也刺着痛,痛得让自己暗下决心争口气。前者也就痛一阵子。后者则激活了自己,而且不只管了那一阵,乃至影响了一辈子。多少有点像"失之东隅,收之桑榆"。

我相信了那两句话:车到山前自有路,船到桥头自然直。当然也有前提,不要自轻自弃。到时候再回头看,还不都是小事。

世上不讲道理的多了:有的人想啥有啥,有的人怵啥来啥。什么心想事成、万事如意,都是说说的,当不得真。

世上本无绝对的适配、标配,"错配"很正常。反倒有时候似有天意,碰到的是逆境,一个逆转,成全了自己。

人这一生,多有被现实踩踏的时候。真实的人生,顺风顺水有几人? 反倒是逆风逆水,风吹浪打,长了船老大的本事。

04,来啥怵啥

困厄接二连三,前一个困厄被后一个困厄淹没。尝过新兵连的棒喝,遭遇一而再的"错配",接下来还是磕磕绊绊。

架线兵是苦役。要说"特殊照顾",便是经常拎出来单练野外狂奔。

当兵的都知道有个磨砺军人意志的训练项目:5 公里武装越野。如果说一路尽是沟沟坎坎,那么眼前是道大坎。

顾名思义,5 公里武装越野:一要披挂单兵携行具。左右开弓带上 56 式步枪、木柄手榴弹,还有挎包、水壶等等一嘟噜。就这身披挂,与一身短打的"全马""半马"健身跑没有任何可比性。二需野地穿越。既搁野外,地形、气候等就没啥讲究了,得有对付各种恶劣条件的准备。三是按着上面两条,奔跑 5 公里。那可不是跑一段歇一会,捱到头就行。而是有人掐秒表,看你达没达到及格线,不是随便就让你过关的。正因为这是道大坎,没谁不打怵。

像我这号先天不足的，一听来这个，还没开跑，心里就打怵，无力感比谁都沉重。这身负重，这种烂路，不是闹着玩吧？没谁跟我闹着玩。管你先天不足，后天不良，23分钟及格线。一个口径，没有松紧。

哨声响过，一片脚丫子就撒开了。谁脚力啥样，不一会儿全清楚了。我这体格，根本没法和人家比拼。开头还有三两个作伴的，跑着跑着自己就不跟趟了，一个又一个战友从我的视野里远去、消失。我常常落单，成为尾巴。怎么都不明白，架线那会儿也跑过5公里，有时还不止。这时却觉得眼前的5公里特别特别地长。可以确定，这是我此生走过的最漫长最难行的一段路。

一路踉跄，腿肚子像灌了铅，只听满身披挂丁零当啷乱响，再就是吭哧吭哧大喘气。即便如此，像我这号学生兵偏又抹不开面子，不愿认怂上"收容车"（记得是辆苏制"嘎斯51"轻卡）。哪怕一回回考砸，愣是死撑苦捱，跌跌撞撞磨蹭到头。

半年多酷暑严寒，多少回铩羽而归，有时几近虚脱。照实说吧，自己并不是意志多坚强，更多是因为无奈，死要面子，硬撑苦支。一次被虐，一次长进，逼着自己一秒一秒靠近及格线，终于在最后一秒通过了临界点。这时的我不是赢了秒表，而该庆幸自己多少次在濒临崩溃的瞬间咬了咬牙，就凭还剩下的那一点点意志力一刻之间逆转。只能说，自己既是过了体力的坎，同时也过了意志力的坎。再说，那会儿年轻，发动机还行，本身有生命能量。再加上要脸面，在吃不住劲的那一刻，这也是动力。不由我不懂得,那些坎是非过不可的,得认命。靠天靠地还得靠自己走出来。

或许因为有那点底气,后来我在军校 3000 米跑圈的时候,居然仍能跑进 13 分钟,时年已 40。就为这,我还带点自得地吹过:要是没跑过 5 公里武装越野,都不好意思说自己当过兵。

今天回想,当年过这道坎,似乎是生拉硬拽过来的,挺生硬的。然而,躲又躲不过,发怵有用吗?那当口不来点硬逼,不添把猛火,不打点"鸡血",像我这般低配的,能行吗?

要是说潜能有个相对的恒量,怎样发掘潜能则完全是变量。自己能蹦多高,就看使多大劲了。

过了这道大坎,自己的承压能力明显上了一个台阶,其他都成了小菜。什么步枪、冲锋枪打实弹,都脱不了靶。哪怕我的弱项手榴弹投掷,从来都是过了及格线再炸。至于体能训练,单杠、双杠、跳马、障碍跑等等,也是关关难过关关过。

那些年,走过的沟沟坎坎够多,有的是累点难点,有的就是被虐,都硬咬着牙过来了。有时候纯属赌气,人家能跑下来,凭什么我跑不下来?有时候快绝望了,什么招都没有了,捱一步算一步。最后突破的那一步,居然就在下一分钟,就靠再接一口气。

路啊,还真是人走出来的。当认为自己不行时,或许真就不行了。当别无选择再熬一下,走着走着也就走开了,结果走出一条通衢来。

过沟过坎,有时就是靠逼:环境所逼,生存所逼,种种所逼,逼得自己别无选择,咬牙就显得特别要紧。原先以为过不去的坎,逼自己一把,突破了。再逼自己一把,又把以前突破的极限突破了,哪怕磕磕绊绊。有的突破连自己都觉得不可思议。

电视剧《士兵突击》留下了金句:不抛弃,不放弃。的确是那么回事,一旦放弃,前功尽弃。

我把自己遭遇的这些,捋了捋前因后果,好像那些都是本该遇到的,里头还蕴含着生存法则:这不,正由于自己在元气旺盛的年月多遭了点罪,以至后来碰到别的磨难,常常觉得不过是毛毛雨。

有一种青春叫挑战不可能。

挑战时乌云压顶,回眸时不过尔尔。无非逼一逼自己,逼到退无可退,也就绝地逢生。

人和人的区别,无非就是一个个坎能不能过去。过不去,歇菜。过去了,前面是片天。

05,夜哨野哨

在连队的日子,哪天都是"两眼一睁,忙到熄灯",熄灯过后,赶紧眯盹。这么紧着赶是有道理的,因为接下来有夜哨。通常,两晚至少摊一哨,要是部队驻扎荒丘僻野,哨位设得多,每夜一班哨也是常有的事。

要知道,同样是站夜哨,时辰可有得讲究。军营作息,通常是晚9点吹熄灯号，早6点响起床号。其间9个小时设6班哨，大推磨地轮，哪天摊哪班哨，没个定规。要是摊到头班哨或者末班哨，那就算运气。因为或掐头或去尾，毕竟有个整块时间睡囫囵觉。最无奈的是两班哨：一是熄灯后的第二班哨，才躺下没一会儿，便被拎起来。那个困劲儿呐，老大地不情不愿。二是起床前的靠后第二班哨，夏日收岗时，已是天光既白，了无睡意。冬日下哨后，被窝还没捂热，起床号响了，真想在被窝里再赖一会儿。那个时候的我，白加黑连轴转，一年到头缺觉，脑袋挨上枕头就能入梦。能睡个饱觉是执念，是奢望。要是哪天没有夜哨，能一觉睡到自然醒，可满足了。

话说回来，站岗放哨对于军人来说，则是再平常不过的事。然而，平常里也有不平常。我在连队度过1400多个日夜，粗粗算来，站岗放哨不下千次。偏偏有几次岗，几处哨，至今难忘。

1962年2月4日，我头一回在军营过除夕。好巧，饭口那班哨恰恰轮着自己。起先，并没觉得有什么特别两样，平日里也没少轮着晚饭时候那班哨。谁知站定哨位，透过雨幕瞧见饭堂里的灯光，以及不时传来战友们的欢闹，蓦然间生出一阵走心的漫想。哦，过年了。想起往年这个时刻，从来都是一家老小团聚吃年夜饭。平日家里吃得再简单，这会儿那只老火锅里照例会沸腾着母亲拿手的蛋饺、肉圆、熏鱼，还有蔬菜、粉丝什么的。炭火噼啪作响，家人举箸说笑，这是一年里最暖意融融的时刻。何曾想到，自己单飞后的第一个除夕会是这样过的。独仁冷风苦雨，任雨打风旋。反差实在太大了。当时那种伤感，很难描述，就因为身着军装，我忍着没让泪水流下来。

再就是野营"打游击"，哨位经常就在野山。没有星光的子夜，除了阴森森的魅影，我曾多次听见狼嗥，还两次影影绰绰地见到过狼那放光的眼睛。我屏气敛息，为了应对不测，步枪上了刺刀，子弹也上了膛。手持那支装有三节一号电池的加长手电，光柱射得够远。终究因为身旁满是火炮、雷达、牵引车什么的，帐篷连营，马灯摇曳，柴油机轰鸣，独狼没敢过来。以前听人说过狼的眼睛在夜幕里会放光，以为那是夸张。自那以后，我再没怀疑，还告诉别人那不是吓唬谁的，确切不疑。

因为野外宿营多，我还挨着乱岗坟场站过夜哨。自己是揣着一肚子稀奇古怪的说道，什么会看见诡异的鬼火啦，什么能听见怪叫怪笑啦，壮着胆子接的岗。黑天，旷野，说当初心里没发毛，那是没说实话。本来应该去各个哨位巡查的班长，似乎看出了我心思，把我带到哨位后，就一步没再走开。结果呢？山风猎猎，绝无一声。夜幕深沉，未见孤魂野鬼。如磐的暗夜裹着空疏的寂静。后来再碰上类似情况，自己便不再那么失惊打怪了。孤胆还真是吓出来的。

还有寒夜三更，野地里站哨，即便竖起大衣领子包着面颊，照样冻得牙齿打颤。朔风一个劲地往身上所有缝隙灌，那才叫无孔不入。

上了高原，由于我已经是班长，不再站岗，改成带哨。冬夜里,所有哨位兜上一转,尽管从上往下皮帽、皮大衣、大头鞋裹得严严实实,照样是速冻模式,活体冰棍的体验。只是哨兵必须落定哨位,我可以四处走走,多跺跺脚,似乎活泛一些,那也强不到哪儿去。空气本身零下二十几度,总不能不呼吸吧? 况且,烈风还呜呜啸叫着。

长夜漫漫,无数次的夜哨野哨,千百回的体验、感受,我的痕迹留在了淮水畔,荒野间,黄土塬,凝结在自己的记忆里。那些山南海北、栉风沐雨的瞬间,太难忘,又太平常。

当兵前,我见过当兵的站岗。因为在城市,见的都是有岗亭的哨兵。岗亭虽小,足可遮风挡雨。野哨则完全两回事,山丘、野地,哨位该设哪就设哪。有风迎风,有雨披上雨衣,哨兵就是一根桩。

有的事说平常,真的很平常。当兵站岗,屡见为常,哪朝哪代变过了? 社会上很多工作岗位有值夜班,道理一样,都算平常事。

说不平常,很不平常。有首歌叫《说句心里话》,阎维文唱的。里头有句歌词:"你不站岗我不站岗,谁来保卫祖国谁来保卫家。"

有人一夜好梦,有人长夜无眠。你我的岁月静好,只因有人被甲枕戈,熬更守夜。

什么是幸福,答案太多。有一种回答特简单,哪天让我睡到自然醒?

06，夜半惊魂

在作战连队滚过的，都有个感受：白天忙点、累点还能扛，反正每天三个"饱"一个"倒"（一日三餐和夜晚睡觉），夜里总归有个"倒"。一觉睡醒，满血复活，照样好汉一条。年轻嘛，最有本钱肆意挥洒的，便是体能。

然而，最有节奏感的军营，有时候又最不讲究生活节奏。你以为早六到晚九，白天累成狗，夜里再加个哨就完了？哪有那么太平。实情是隔三差五，待你酣睡入梦，来个夜半惊魂。冷不丁一阵急促而尖利的紧急集合哨，让你从睡眼惺忪中噌地蹦起来，一阵没头没脑的手忙脚乱。

队伍上有个没人定过，却是一茬茬传下来的规矩，老兵睡下铺，上铺留给新兵。自己因为睡上铺，都不敢多翻身。因为一人翻身两人晃，一动就吱吱咯咯响。架子床上"年岁"了。

不妨想想，要在哨声催促、脚没法沾地的情况下，蜷曲在不足两平方米的狭仄空间，严严实实捆紧"三横压两竖"的背包，那真的是"螺蛳壳里做道场"。提溜着背包从上铺一骨碌蹦下，接着左右开弓，忙不迭披挂手榴弹、子弹匣、防毒面具、水壶、挎包之类，再扛上一杆枪。七手八脚捯饬完，狼奔豕突地冲到队列里。五分钟！

接下来，便是连长、排长沿着队列挨个儿找碴：你的背包没捆结实，一扯就散了；他的纽扣系错，鞋带没系，腰带忘扎；还有少带个水壶、挎包，背包上没按要求插双解放鞋什么的，丢三落四多了去。闹这类笑话的，十有八九是新兵，我就没少出洋相。

队伍整理完毕，只是开头。接下来，黑咕隆冬练奔袭，跑慢了还不行。我挤在队伍里，前后左右全是战友，哪步跟不上，人家又是推又是拽，就这般跌跌撞撞一路过来。相信那个时候自己的样子一定特别狼狈，也相信那会儿黑漆麻乌谁也不会注意。

待到返回驻地，解开背包再躺下，兴奋劲上来了，瞌睡却过去了。所以，夜间紧急集合多半会在黎明前的暗夜。一通折腾下来，往往已晨光熹微，就当全体起了个大早。不过，偶尔也来过双料，子夜加五更，一夜两回。那一夜也就报销了。这样的出其不意杀回马枪，也就偶尔为之，毕竟打的是疲劳战。我仅遇到过一回。

有阵子半夜哨声来得勤。为了好对付，我索性衣不解带，穿白天一样的衣裤钻被窝，省得哨声一响手足无措。只是这样的夜半惊魂来得多了，也就老到了。再磨叽的人，这一刻也会急如星火，变得利索。后来我麻利齐整地捆个背包，也就半分来钟，那是掐了秒表的。

再后来我离开了连队，睡梦中还出现过幻听，以为响了紧急集合哨。一骨碌翻身起来，一声自语：哦，我已经不在连队了，再难听见那声声催人声声急，无数次刺破梦境的哨声了。

要说最惊魂的一夜，是在烽火硝烟的越南战场。

今天,已有越来越多的人知道,我们不但在20世纪50年代有过抗美援朝,还在60年代历经了多年抗美援越(《战事》篇有详述)。那是1968年2月18日暗夜,在我师部署了10个高炮营、重兵拱卫的越南北方安沛机场。那天夜里,正由我两个工兵团突击浇筑混凝土跑道。施工正急,突闻警戒雷达急报:多批多架美军F-105战术轰炸机来袭。啸叫的警报声刺穿夜幕,工程兵立马按照预案疏散。我等非指挥室的人员进了防空掩体。

现场几千工程兵哪!师长魏新德果断下令:拦阻射击!用炮火给敌机划一道禁飞线。这招在苏联卫国战争的莫斯科保卫战中使过,管用!

10个高炮营,100余门炮,其中37毫米高炮还是每门双管,同时集火射击,曳光弹排放,整个是烈焰洗天的场面。震耳的炮声让谁在掩体里都待不住,全都不管不问地冲了出来。从未见过密集的炮火能把夜空打红,敌机愣是过不了火网。当然,飞机携带的炸弹不可能再带回去,噼里啪啦全扔了下来,大多掉在了机场外的农田里。

此夜惊魂,此夜无眠,火洗夜空,敌机回窜。不久,越方的苏制米格21战机便在这个推平了100多个小山头,建有3000多米长跑道的新机场升空了。

我服义务兵役三年,超期一年。四年"士兵突击",经历了无数次的夜半惊魂。

自古有"日出而作,日落而息"。到了今天,城里人"朝九晚六",有一周双休;农民起早摸黑,有农忙农闲。但在这个世界上,总有一些岗位,总有一群人,没有"朝九晚六",没有一周双休,甚至连"996"也没有。他们熬更值夜,昼夜无序。而且,有时候或不为人知,或不为人解。所有这一切,他们觉得平平常常,根本不在乎有谁知道自己。

军人当属这一群体。一年365天的"两眼一睁,忙到熄灯",尚不能准确地诠释他们。还有忙过白日的紧张,还需不时提防夜晚的各种急切。偌大一个国家,偌长的边防线,突发军情,东边没有西边有,这次南方下回北方。总归要有人竖起耳朵,瞪圆眼睛。当需要来临时,雷霆万钧。于他们而言,使命感至高无上。

多少夜半惊魂,人们有知有不知,唯有天知地知。

人生多少事,没几件轻松的。恰恰因为不容易,折磨人,既有风雨也有晴,才让人长能耐。

07,"芝麻绿豆"

人到了新的环境,常会水土不服。

我辍学从戎,生活环境、行为方式发生的变化可不是一星半点。况且自己又置身一支东奔西突的战备值班部队,特别之处更是多多。这些,有的在前面已经提及,有的到后面会有展开。这里就絮叨点日常零碎吧,尽管是些鸡毛蒜皮。

记得当兵第一站灵山营房吗？那个苦夏，炎暑灼人，不该问一天出了几身汗，因为身上一直没有干爽过。一天下来，没条件洗个痛快澡，总得擦擦身子吧？哪有那么容易。营区有自来水龙头，但是难得滴滴嗒嗒流几滴。生活用水还是靠为数不多的几口深井。

按说，长江穿城而过，南京的地下水理当不缺。怪了，这几口井的水位，偏偏出奇地低。三根背包带系成一条井绳，铁皮水桶才够得着水面。过去我见过人家取井水，水桶下去上来好像就是小菜。这下轮到自己，才知道那是有技术含量的，井越深越有难度。打农村来的，这不是事。井绳垂至水面，手顺势一抖，一桶水上来了。我呢？水桶在井里头再怎么晃荡扑腾，就听桶扑水面，桶是空的，上不来水。试了好些天，才慢慢摸到诀窍：只有当桶沿倾斜与水面切成一定斜角，再将井绳霎间垂下一抖，空桶方能入水。由于井深看不清，所有动作全凭手感。就这一手，足足练了大几十回。这也算锻炼生存能力，缺什么不能缺水呀。

现在，里外一身棉算讲究，当初不是。那时候军服的里里外外倒是全棉，每年冬装絮的都是新棉。后来有了不透气的"的确良"，化纤一度成了时髦。如今又是棉制衣物吃香了。从棉回到棉，一个轮回。

当时的全棉易磨损，当兵的摸爬滚打尤其易损。磨破个洞，划个丁字口，那是家常。所以，每人都有个针线包。红线缝领章，绿线补军装，白线黑线缝补衬衣、裤衩之类。尽管每年发新的，还是得缝缝补补过四季。针线包里粗针细针全有。那年月没有被套,被里、被面两张皮,分开洗过再把四沿重新缝上,没大针不行。即便不是夏日,班里总会留几条凉席,到时候往地上一摊,盘坐在上面缝被子。这些针头线脑的活,在家时都靠母亲。当了兵,只有靠自己,无非针脚疏点,好看难看自己看。

当兵吧,哪样都要学着点,要不真得喊妈。不会?有样学样,几趟下来就会了。例如,我们野营借宿农户,再穷的人家不会少了水缸,每天抢着把老乡家的水缸挑满,那是当然。真的是"看人挑担不吃力",自己一上肩,立马领教了地心引力的厉害。不会挑?来几趟试试。开头不得要领,一头一只水桶那个沉啊,跟跄脚步,一路溅洒,挑到头剩下两个半桶。其实,这活也就是熟能生巧。挑上几次就摸到了窍门,横挑、斜挑、换肩挑,都比竖着挑较死劲要省力。再加上短步快走,扁担一步一颤,顺力借力,很快便像回事了。

连队有菜地,部队农场有"三夏"、"三秋",平日还有助民劳动。挑水,担肥,运庄稼,都少不了扁担。写至此处,想起电影《李双双》里有首歌:"小扁担三尺三,……"莫名觉得导演深入生活好像还差火候。三尺三的扁担,怎样挑两只大水桶?怎样挑两大捆庄稼?四尺四还差不多。不过,"小扁担三尺三"挺押韵上口的,艺术作品倒也不用太较真。我天生削肩,不管三尺三、四尺四,凡用单肩干的,挑担啦,肩扛啦,都挺吃亏。包括肩枪也不易,只能耸肩膀。按说当初应征体检,仅此一项,目测就该刷掉。还是啊,那个特殊的年月,那份意外、"误会"。

嗨!尽絮叨些"芝麻绿豆"。然而,像我这样的普通士兵,除了平时训练,抑或备战作战,时光里留下的可不就是零星细碎。何谓大事,何谓小事,很难定义。军人养成,有大的方面,也有各色"小事"。例如整齐划一,就给我留下了难忘印象。

谁都知道军人床上的"豆腐块"。那被子叠的,横平竖直,等宽等长,上下、左右、前后全是直角,像是用模板压出来的。我当兵那阵子,平整的军被内还夹着枕头。所谓枕头,也就是用块一米见方的坯布,包了几件换洗衣裤,瘪塌塌的,故而不影响"豆腐块"的平整。这活儿没什么技巧,几天就熟练了。

所有物品的归置全都讲求整齐划一。脱下的军帽,一律帽徽朝前,置于"豆腐块"的中央。不穿的解放鞋,全都鞋头朝里,放在床下同一纬度,同样纵深。挎包、水壶不但全挂在指定位置,挂带也一般长短。毛巾杆上,一色的白毛巾一律双折,折口同一朝向。牙缸牙刷也是如此。缸把和牙刷头朝一个方向,那才叫"齐刷刷"。可以说,统一、有序达到了极致。整齐划一,也有一种美感。

不夸张地说,营区环境的卫生,那是超五星标准。别看住的是旧平房,清洁卫生却找不出半点瑕疵。屋外大扫把,室内小笤帚,一天下来,不知道扫荡多少遍。当时没有玻璃清洁剂,就靠几块抹布和废报纸,就靠用嘴贴着玻璃呵气,把几扇窗户里里外外捯饬得找不出半点污痕,就像窗框没镶玻璃似的。那般光洁,现在五星级宾馆没法比。

军容严整是起码要求，我从戎逾三十年，穿过多种样式的军服。大的改变三次，都与有无军衔相关：1965年前的第一次军衔制，1988年后的恢复军衔制，以及中间23年取消军衔制，军服多次改型。至于小改小动，更是多多。再怎么改，无论冬装夏装，都得系紧领钩衣扣。盛夏酷暑，就这小小不然的风纪扣，暑热平添好几度。

由于有炮，有雷达辎重，有指挥仪、测高机，有火炮牵引车和柴油机（为雷达等供电），每周安排了半天"车炮场日"，对这些家伙做全面体检和擦拭保养。平日还不难侍弄，碰到实弹打靶机，擦试过了火药的炮膛可不省心。好几个战士把足够长的刷杆，喊着号子塞进炮管，一点一点把粘在炮膛里的火药残留刮下来。来来回回，反反复复，直到一圈圈膛线清晰可见。这活儿每年至少一次，多是去苏北射阳靶场，那里濒黄海，盐碱荒滩，打出去的炮弹全掉进海里。我虽然不在炮班，擦炮的时候还是得过去凑把力气的。

至于步枪、冲锋枪，那就是小菜一碟了。无非是零部件拆卸，拿通条清洁枪膛，大小部件该擦的擦，该上油的上油，末了空枪击发，无异常就过了。枪炮是军人的第二生命，没谁马虎。

日常零碎多了去，这里也就挂一漏十。为了规范军营秩序和行为遵循，我军专门颁布内务条令，覆盖了这类"芝麻绿豆"。平时，副连长除了协助连长抓大事，管后勤，不少工夫下在内务管理上，抓得可细了。每每检查卫生，都是戴着白手套找犄角旮旯抹，不是一尘不染,过不了关。有时还拉住谁的手,检查指甲剪得怎样。一句话,什么都躲不过他那火眼金睛。

我们连的指导员挺有招的,什么都弄面流动红旗,书本大小,绝对袖珍。每周一评,谁都想把小旗挂在自己班。其中,内务管理专门有面小旗。我当班长的时候,三连冠、四连冠是有过的。

别小瞧了这点"芝麻绿豆"。我军的高等学府,美国的西点军校,苏联的伏龙芝军事学院,从来都是既研磨战略战术,又不放过种种"芝麻绿豆"的,都懂得管中窥豹,点滴养成。实际上,见微知著何尝不是一种战斗力。

别小瞧了这点"芝麻绿豆"。往小里说,恰恰是这些细碎,让我渐渐养成一些不当兵不一定会有的技能和习惯。假以时日,渐成自律,学会了管理生活,管理日常,管理自己的所有。特别是学会情绪管理,学会约束自己,这些都是那个环境、那些铁律逼的。你任性恣意,你处处自我,有谁在乎你? 有谁来哄你? 还不得自己把心情调整过来?

不少生活习惯、工作作风、行事风格,还真和那些"芝麻绿豆"有联系,而且跟了自己一生,也让自己受用了一生。比如当日事当日毕,诺几时必几时,抓大不轻小,做事求完美,等等。要是有件事给我三天时限,其实一日可毕,我必定选在头一天,不会拖到最后一天。不说了,说下去像是在炫耀自己。其实真不是自炫,真的是军营"芝麻绿豆"香,那么多年熏陶了自己,改变了自己。那是近朱者赤。

芝麻滋补,绿豆解毒。长久成习惯,习惯成自然,功效不容小觑。

其实,"西瓜""芝麻"也难分。此时此处是"芝麻",彼时彼处却可能成为"西瓜"。成就大事的人,向来不怠慢"小事"。

所以,千万不要小瞧"芝麻绿豆"。有的细枝末节小小不然,就是荦荦大端的触角。做一件事,看一个人,往往见微知著。

08,兵哥兵歌

若是有队列歌曲的国际比赛,论嘹亮高亢,论不绝于耳,我军当拔头筹。

红军时期,抗战岁月,解放战争年代,军营歌曲伴随着铁流,一路走向胜利。后来,正经八百有了《人民解放军军歌》。抗美援朝,有了《志愿军战歌》。诞生海军,有了《人民海军向前进》。成立空军,有了《我爱祖国的蓝天》……

大的远的不说,就说我服役多年的原南京军区海防第一旅,也有自己的旅歌,而且由创作交响乐《红旗颂》的著名作曲家吕其明谱的曲。一句话,词、曲作家为兵哥写了无数脍炙人口的兵歌。其中的队列歌曲,更是随便上口就是一箩筐。军营的文化生活,天天不变是唱歌,不管跑不跑调,要紧的是声音高亢,哪怕近乎于吼。

不少人以为,军人列队行进,步伐整齐,靠的是指挥员"1—2—1"的口令压步。其实不尽然,高唱队列歌曲同样可以押节拍,整个就是带音符的"1—2—1",一路高歌,一路雄赳赳,不行可以来几句试试。

凡有兵哥的地方,兵歌从来不绝于耳。每天清晨去训练场,从来是走一路唱一路:"我们为谁来打仗,我们为谁扛起枪,为祖国,为人民……"这首《我为人民扛起枪》,其歌词的内容,高亢的旋律,与练为战的主题再贴切不过。每到傍晚从练兵场归营,同样是走一路唱一路:"日落西山红霞飞,战士打靶把营归,胸前红花映彩霞,愉快的歌声满天飞……"尽管这首《打靶归来》似乎是唱的步兵,其含义实际涵盖了所有兵哥。

训练场往返如此,其他集体活动,也都会来上几首。就说一日三餐,凡到饭点,哨声响过,各班集合,列队于饭堂门前,此刻总得先来一曲运运气。饭堂里几个值日员正在为自己班拾掇餐具,忙着端盆打菜。里头没忙停当,门外就得一首接一首。等得久的,连着唱四五首乃常有的事。

要说最爆棚的,当数看电影前的暖场:连队与连队之间拉歌。驻营区时,通常每周会有场电影,多为军事题材,比如"老三战"(《南征北战》《地道战》《地雷战》)等,不管看没看过,放过许多遍。不论是闷热的夏夜还是冰天雪地,一概端坐马扎,露天观影,不得请假，因为这是集体活动。

放映前二三十分钟，各连已在马扎上坐定，进入拉歌时刻。一会儿一连拉二连唱，又一会儿二营拉一营唱，此起彼不伏，场面火爆。部队赛歌，赛的是嗓门宏亮，歌声雄壮，讲究爆发力，还得比指挥员煽动情绪那几下子。嗷嗷叫那个劲，跟在战场、训练场差不多，都想在气势上压住对方。谁的分贝高，谁的气势旺，那就算取胜了。现场声嘶力竭、山呼海啸的歌声，真的能把屋顶掀翻，没在现场感染过的，绝对无法体会兵哥们的鸿蒙绝音。

唱累了，吼够了，接着便进入正式观影前的常规环节：放映各连自己制作的幻灯片。几分钟，几十幅，比内容，比创意。我们四连的幻灯片屡屡获得好评，作为"出品人"的自己，策划、绘制的幻灯片还是让人高看一眼的。

说到这，顺带再骄傲一下我们连的黑板报。指导员从我所寄家信的信封，发现我写的字还凑合（山中无老虎），再试了试板书，还行，就让我来办连队的黑板报。自己本来又忙又累，余暇工夫极少，这又多了件事。怎么说呢？连首长一言九鼎，当然只有担当起来。我呀，还算有个小小的长处，事情要么不接手，只要接了手，总归尽己所能，把它当成件事办好。我给这块阵地起了个带点鼓动性的名字："号角"。凡团里举办黑板报评比，"号角"倒是十有八九拔得头筹，小兵里头拔将军吧。

我当兵的年代，兵员文化程度的构成注定了音乐素养高不到哪去。由于自己粗通简谱，有次对着一首新歌的词、谱哼几句，偶然间又让指导员瞧见了,于是经常让我教点新歌。我那会儿腼腆得不行,还不怎么合群,哪怕平日里自己哼唧几句,也会找个没人听见的角落。这时让身己站在队前,教百十号战友唱歌,还得比画着指挥,实在是难为我了。不过,兵哥兵歌,也没多大讲究,我一句一句起头,大家一句一句跟着唱,一是靠谱,二是整齐,三是响亮。真到了赶鸭子上架,倒也没费多大劲。毕竟队列歌曲节拍不复杂。就这样,又逼了自己一把。

兵歌的旋律,不及有些流行歌曲柔美。但是,言为心声,歌为心声。用心唱和音色展示不是一码事。兵歌是写给兵哥的,有军营的味道,军人的豪迈,是推送集体主义、英雄主义的一脉。各个历史时期都有激昂雄壮的兵歌,歌单很长,流传悠久,让人活力四射,激情澎湃。千万不要小看了这一脉:

曾记否,莫斯科保卫战隆隆炮声中的红场阅兵。在《英雄》的激昂乐曲中,数万将士接受统帅检阅后直接从红场开赴前线,粉碎了纳粹的进攻……

曾记否,当战火燃烧到鸭绿江边,我志愿军高唱"雄赳赳,气昂昂,跨过鸭绿江",血战三千里江山,把敌国军打回三八线……

曾记否,我所在的虎贲之师跨过"友谊桥",在战地高歌"越南中国,山连山,江连江",喋血疆场射天狼……

曾记否……

兵哥唱兵歌,既是军营日常生活的一部分,也是战火中战斗力的一部分。很多人不识简谱,但并不妨碍他们满腔热血的投入,唱出自己的心声,激励自己向前、向前、向前!

战斗力构成是多元的,包含军营文化。军营文化的构成也是多元的,包含情感激越的军歌嘹亮。

09，锻打散思

我在四连待了四年。四年有点长,四年又很短。四年里不时冒出各种散想,这会儿的思绪莫名地把我拽回了同学少年时候的几瞥。这遥远的几瞥,似乎影影绰绰与自己的日后有一丝勾连。

我自"小升初",就读于江宁中学。那时候书包不重,走读不远,每天从家里去学校,必经澳门路、西康路、长寿路、胶州路,两点一线不足半小时。这二十来分钟,乃指上学。放学不然,走过路过,一路看稀奇。在长寿路与胶州路相邻一段,有三处时常拽住我的脚步。

一处是个拆字摊。很逼仄的摊位:一张有玻璃台面的旧桌,一支毛笔,一个签筒,筒里插有几十支细长的纸卷。桌前端坐一位半百上下的长衫先生。

有人来求签,先生便嘱其随取一卷,再接过徐徐展开。汉字通常有左右、上下、内外或独立构成,有的还是象形字,本身就有形象感,有的则有隐晦的意涵。先生问过来人何惑,稍作小思,便用毛笔把一个完整的字一点点拆分。边拆边问边解,解字释义,娓娓道来。一个部首,一个偏旁,一撇一捺全能掰扯出名堂,侃得云山雾罩。别说,不只求签者不住点头,就连我和一众路人也觉得不无道理。

今天想来,无非是先生擅于察言观色,从气质、谈吐等判别来者身份,加之不时旁敲侧问,从中揣摩出些许信息,慢慢猜出大概来意。再说,解签讲的多是模棱两可的活络话,且多往好的方面说,好话中听么!况且,就那几十个字,每个字都取广义,绕来绕去地拆解,四方贯通,悲喜皆可,怎么也到了巧舌如簧的境界。今天,占卜算命的偶尔还能见着,但如此拆字测事的老江湖,我再没遇见。我是1955年上的中学,那会儿有。别说,那位长衫先生的一手楷书,以及无厘头的咬文嚼字,让我对汉字的结构形式、表达词义的方法隐约有所触动,好像还多少沾点识文断字的边,尽管那是旁门左道的忽悠。

另一处是大都会电影院(后改名燎原电影院,搬至马路斜对面)。门面不大,进深不浅。售票处兼卖当月的电影排片表,记得是32开单页正反印,两分钱一张,我每月必买。过道两侧的橱窗里,满满的电影海报、剧照和剧情简介。不知怎么,那几年我特别沉迷电影,似乎哪部片子都好看。特别是几部前苏联影片,看一遍是不过瘾的。像苏联根据阿·托尔斯泰《苦难的历程》拍摄的《两姐妹》《1918年》《阴暗的早晨》三部曲,《静静的顿河》《白夜》,还有像埃及的《忠诚》,印度的《流浪者》,意大利的《偷自行车的人》,以及国产片《聂耳》《林则徐》《英雄虎胆》《海魂》等,都很吸我眼球。

现在想来,看一部好电影,其实也算一种阅读,而且是有画面、有声音的阅读,入目入耳入脑,容易受到耳濡目染的感染。这是现在有点参悟,当时就是觉得好看,有看头。至于其中的内涵,自己到底接受了什么样的营养滋润,那时候好像没有直接感受到。

就为看电影,我还翘了点课,功课受到影响,故而"童子功"练得不怎么样。那时候父母亲对我的学业好像也不怎么上心,就是"放养"。直至后来住校,每节课、晚自习乃至一日三餐,一众同学都同往同归。心思归了学业,功课立马逆袭。过去成绩排名倒数,这时一个冲锋到了前头,有两门还置了顶。就是开挂晚了点,才进超车道,正跳挡提速,应征入伍了。

还有一处是铁匠铺。铺面不大,单开间。人也少,就三个成年铁匠。屋里的器物三大件:靠里头是座火炉,靠门有个风箱,中间一个铁墩。

靠门的风箱够大,不是大力士根本使不动。一推一拉之间,炉膛里的火焰一蹿一跳。待炉里的铁件烧得通红,老大便立即拿铁铗将其夹到铁砧上,与另一个铁匠合力锻打起来。那人专抡大锤,一锤一锤地使劲夯,哪锤都长了眼睛,砸在要紧地方。老大手腕间也全是功夫:一手夹着通红的铁件,一手持把小锤,将铁件横过来竖过去,正过来反过去,你一重锤砸下来,我一小锤跟上去,配合默契,得心应手。一通铁锤上下,一阵铛铛作响,一番火星四溅,硬是把个铁件照着应有的样子,反复锻打,边打边像,最终打得有样。

有时候打着打着,老大还会把铁件放进旁边的水槽里,一声"吱啦",一股白烟冒起,铁件迅即冷却,随之成形。还有时候,会把冷却过的铁件重新回炉。那时候不懂是怎么回事,现在知道了。前者叫淬火,要的是强度。后者叫回火,为的是韧性。

别看铺子里落满黑色的铁屑煤灰,却似乎天天忙不停。地上堆的,墙根戗的,都是活计。那时候的师傅多有匠心,什么都有板有眼,没半点马虎。

放学路上时常驻足的这几个地方,当年打这走过的同龄人应该有印象。这三处跑题了,好像八竿子打不着,可我很在乎,一直觉得里头映衬着点什么。头一处似乎不搭,就是觉得中国文化博大精深,一字多用,一字多解,信手拈来。第二处倒是在潜意识里装了点有用没用的东西。最后一处,联想多些——

老话说,"世上有三苦,撑船、打铁、磨豆腐"。这"三苦"自己倒是全领教过。我当战士那会儿,炊事班三天两头自个儿做豆腐。我多次帮厨,其中有两回正巧磨豆腐,自己打下手。那得起五更。推磨、煮沸、点浆、重压,全程手工,是件有点技术含量的辛苦活。船没撑过,却没少见人家撑。一篙接一篙,也是有技巧的苦力。相比较,就数铁匠铺的锻打见得多。

我所以偏重写铁匠铺,着意描述锻打,就因为物我有如,事理相通。我一直说,要是没有这四年,后面的四十年自己只会更加赖不可言。

我呀,不是自觉投入熔炉冶炼的。自己就是一块质地不怎么样的矿石,无奈地接受着打磨。高火熔炼,渐渐到达熔点,一点点去除杂质,可以说是"炼狱之火"一点点催熟的。尽管一度觉得那些年一直逆风逆水,很艰难很折磨,而且很枯燥很乏味,结果却是很锻炼很磨砺,很滋养很成长。虽未成器,质地到底不能同日而语了。现在回头看,像我这号低配的,要是不来点硬的,不添把猛火,就是难以成器。就像那个铁匠铺,不反复来几次淬火回火,强度和韧性出不来。

我曾经看不起17岁时的自己,什么都窝囊得不行。我又怀念17岁时的自己,一年365天,每天十几个小时的忙碌,一样样都扛过来了。许许多多劈头盖脸的锻打,当时觉得好痛苦好痛苦,哭不出来,眼泪尽往肚子里面流。

后来,却一直感恩17岁时的百般打磨,自己终究没有崩溃,没有被砸趴下。不堪的那一地鸡毛,只要愿拾掇,会拾掇,尽可扎个有用的鸡毛掸,掸去自己身上的灰。17岁重要吗?于我而言,太重要了。人生之重,人生之锚,都留在了那里。尽管有一段茫然迷思的至暗时光,却有太多的故事,随便就是一把。要说人生有基础,自己真正的基座是那个时候夯下的。开头的一地鸡毛,终于扎成有用的鸡毛掸。

从17岁起,我在野战连队待了四年。我一直认为,自己最有价值的时光是那四年。那几年我深潜在军营的最底层,经历了太多事，里里外外接受着锻打。在无声无息间，服下了不少高浓度的"钙片"，被注射了 N 联疫苗。我的性格、习惯等，在这里打上了底色。人是有底色的。先天遗传是一层，有如胎记。后天培植的精神基因又是一层，有如刻痕。可以说，这是自己第一个重要的转型期，我在这里实现了人生启蒙。

看起来，那段日子尽是伤筋动骨，做了太多没用的事。其实，苦啊累啊难啊，不是那几年的全部，更有磨砺坚韧。这是我人生历程中最辛苦的四年，最奔波的四年，恰恰也是最愤青、最激情、最跨越、最成长的四年。尽管后来也有成长，也不容易，总觉得与这段比起来，火候、成色都难以等量齐观。想想那些日子，野山，荒原，架线，野哨，还有"炉膛"、冰窖。结果呢，关关难过关关过，逆水小舟自己渡。那些年留下的无尽牵挂，很难让我不落泪，不含笑，不怀想。

这几年最有价值的，是明白了一个道理：风雨人生，冷暖自知。每个人的遭遇再不一样，有一点是相同的。没人替你大包大揽，一切得自己面对自己扛。面对艰辛坎坷，必须学会自渡。

所以，我步入中年，到了古稀，一直不曾质疑那些年的付出。还会常常问自己：那段岁月苦不苦？真的苦！难不难？真的难！值不值？真的值！毕竟在自己的人生中，也算尽情地燃烧过一回。

一件毛坯，火烧水激，几经锻打，终于边打边像，慢慢有了模样。不打不成器,在苦厄困顿中锤锻,才会铸就人生之锚。

回想一下,是不是很多人都有一段最难熬的时光?而最苦最累最难熬的日子,是不是最基础、最充实,是不是在涅槃?

逆境、困境乃至绝境,隐忍、苦熬和坚持,往往是成长因子。逆境中,人的成长更快。

二、荒塬

10，西陲戎机

有首老歌：《骑马挎枪走天下》。那是说当兵的南北征战，无问西东。我呐，还真遇着一回由东南往西北的大跨线。

1964 年的"十一"，比前几年特别，节庆气氛格外浓烈些。

往大里说，国庆节通常十年一大庆，五年一小庆。这年适逢国庆 15 周年，又迈过了"三年困难时期"的坎，老百姓的日子好过点了，有了喜庆的心气。那天连队破例放了一天假，难得又有肉又有蛋，就这点犒劳，把大家乐得眉欢眼笑。

往小里说，我当兵满三年，眼看该退役了。就在这茬口，耳边刮来小道消息，作为军事技能尖子，一级技术能手，部队可能留自己。接着，又和同年入伍的战友张炳兴一起体检。大伙都知道，这是在走提干的程序。是复员回上海，还是继续军旅生涯，是去是留，自己多少有点纠结。

没容我思前想后，来了紧急命令。全团齐装满员，带足弹药，立马开拔。去哪？连长就一句"不该知道的别打听"。实际上他和我一样,也是"丈二和尚"。

军令如山倒。我团从领命到开拔,完全是按小时、分钟掐的时间。很快,在安徽蚌埠编组了军列。大家将高射炮、雷达、牵引车等辎重,用炮绳、三角木结结实实固定在平板车皮上。至于兵员,则往只有一道笨重拉门和几眼小通风口的闷罐车厢里塞,妥了。

此去何方,什么情况,那会儿我是班长,不知道。说没有半点端倪,倒也不是。至少装载辎重时,明显觉得携带的弹药足够打一阵子。不像拉练,不像演习,似乎这回是真家伙。

如此这般,我们乘上了一列不明白开行路线,不明白行程几何,不明白何处终点,不明白具体任务的军列,昼夜兼程,一路西行。车发蚌埠,告诉前方到达徐州;车发徐州,通报下一站是郑州;车发郑州,又告诉前面往西安;车发西安,再告诉接下来去兰州……每到一处,告诉下一地。年轻的心都兴奋好奇,就是没人知道此去何方。就这样哐当哐当,西去阳关。

起先,大家还争着往那扇拉门挤,毕竟门外有视野。然而,越往北走,大地越是荒芜。出了潼关,就是满目苍凉。再往西行,更是荒不忍睹。这是要去哪啊? 没谁说得明白,全都揣着糊涂。

一路上,大站小站没少停。凡停靠有铁路军代表处的大站,如徐州、郑州、西安等,大家便噌噌地从闷罐车厢里跳下来,蹲在铁轨旁赶紧扒拉几口军代处备好的热饭热菜,顺带灌壶热水。至于沿线停靠的许多小站,也就是下来伸伸胳膊踢踢腿,再就是解决"上水下水"(上指喝水,下指排解内急)。有烟瘾的,抓紧来上几口。回到车厢,便只有啃那种味儿特难接受的压缩饼干了。屎尿多且憋不住的,车厢内备了两个便桶伺候。整急了,就地解决。开始有人不习惯,在军列驶经荒野时,小解就拽着车门往外滋,结果被风吹回来,溅人一身。过后,再没这样图方便的了。置在车厢里的便桶,到底还是派上用场的,好汉哪能让尿憋死。

铁皮车厢就那点空间,挤成沙丁鱼,到处都是腿,谁要想挪动挪动,一步三晃,没准就踩着别人了。满车厢弥漫着汗臭味、脚臭味、便桶味等各种说不出来的气味掺在一起的混合味儿,那才真叫一个五味杂陈。

大家唠嗑的唠嗑,吹牛的吹牛,有一搭没一搭天南地北地胡扯海吹,消磨时间。想看点书的,一会儿就搁下了,晃得厉害。就几盏马灯摇曳,光线昏暗。当时又没啥消遣的玩意儿,只听火车机械地哐当哐当。就这般一路晃啊晃的,时不时有人问这是到了哪。因为谁也猜不透,后来索性没人唠叨了。当兵的四海为家,该去哪去哪!

不知过了多少站,也不清楚走了多少时辰,只记得驶过甘肃好一阵,天近擦黑,军列停住了。

目的地到了。真的是无问西东,一下子从淮水畔近了黄河之源,从江淮平原到了黄土高坡。以前地理课讲到过的莽莽苍苍的黄土高原,我来了!

一生足迹在何处停留，往往没有先兆，冷不丁就来了。

有的时空，有的机缘，难以复制，自有天地安排。

11，空中"蘑菇"

在闷罐车厢里无所事事憋了不知多少小时，总算手脚活络了。年轻士兵，怕的是有劲没处使。

那晚的伙食一级棒！

吃饱喝足，任务来了：连夜把高射炮、弹药、炮瞄雷达、指挥仪、柴油机、牵引车等一应辎重，通通整到山上去。

那里可是年久冲刷的黄土高原，是地球上最大、最厚、最连绵的黄土覆盖区，土质特别疏松。我们要上的山，海拔两千多米，净高数百米。本来仅有几条羊肠小道，别说车炮辎重，就是架子车也不易上去。想修一条拖炮上山的路，绝非易事。然而军情紧迫，有条件没条件，有工夫没工夫，都得把个大力沉的85毫米口径的高射炮"扛"上山。

车到山前没有路，怎么办？即时三刻，好歹靠兰州军区一个工兵团没日没夜抢出了一条道。无奈山势险峻，路窄、坡陡、弯急，牵引车自己往上爬都费劲，再让它拖上一门七八米长、四五吨重的炮上山，想都甭想。没法打牵引车的主意，剩下的只有人海战术。

牛皮不是吹的，火车不是推的。这天夜里，炮车登山还就是推的。有干力气活的：要么攥紧炮绳往上拽，要么脚下踏坑使劲推。也有干技术活的：每往前挪一点，几个经验老到的把式便立马用三角木将炮轮卡住，挪一步，卡一步，分毫不马虎。就怕哪里出闪失，连炮带人掉落山崖。

指挥员手里挥旗子，嘴上吼号子，始终是嘶哑的嗓门。那个阵势，让人想起纤夫拉船。只不过纤夫是套的纤绳，匍匐着艰难前行。我们是拽着炮绳，后仰着身子一蹬一个坑。一样的号子声声，一样的空谷回荡。大家硬是用最土的办法，凭年轻，拼蛮力，在天亮时分把四门重炮弄上了山。

大口径高射炮居然在如此海拔的山头构筑阵地，不知道是否成就了一项纪录。现在明白了，那会儿也是没有法子的法子。当时没人知道，1964年10月15日那个月晕风高之夜，有我们这路兵马踩着分秒，把一门门制空重炮"扛"上大西北的黄土高坡，就为第二天将发生一件足以改写历史的惊天动地大事。

那夜，我的活是拉炮绳。力气有限，也是一分力气。人多人少，指不定就差我这把劲，这口气。四门高射炮，一门一门往上整，山上山下四趟来回。解放鞋和线袜全磨出了窟窿，衣服汗透又被高原的寒风吸干。到下半夜，更折磨人的已经不仅是累，而是困倦。就这样两个眼皮几乎黏糊在一起，拽着炮绳一步一步蹬着上山。极度的疲惫和困倦，几乎把我的气力耗干了。要是再来一两个来回，或许就撑不住了。

忙活一夜不算。上得山来，争分夺秒构筑工事。那天的命令下得很死：早晨8点，必须进入一级战备。什么是一级战备？就是随时准备开战。这里内陆腹地，杳无人烟，为什么要进入一级战备？不由我不懵懂。

懵懂了七小时，一个"大炮仗"把我们炸了个明明白白。那一刻自己永远忘不了：1964年10月16日下午三时，在离我们阵地不那么遥远的地方，一声惊雷，蘑菇云腾空而起，我国从此有了原子弹。你说是不是惊天动地？

巧了，同一天，嘲讽我们永远造不出原子弹的苏联赫鲁晓夫下台。事情就是如此不按常理出牌。即使按照概率公式，也算不出这两件事会发生在同一时辰。

这一刻，我和战友们总算明白了：这些天紧赶慢赶，一路西行，连夜把高射炮整上山，一口气不喘构建阵地，一个盹不打严阵以待，一切的一切，为的是这桩大事。

那时的我，虽说大事知之不多，但有些情况是知道的："三年困难时期"刚过去，因为跟苏联闹翻，所有苏联专家撤走了，什么都靠自力更生，国家挺难的。谁曾想到，我们一路赶来，赶上放了个"大炮仗"（内情人称其为"邱姑娘"），我和战友没有一个不亢奋的。

这个时候，突然觉得没日没夜的辛苦和劳累，是何等不同寻常。如果说爆心罗布泊是原点，那我们就在内环，是一道不可或缺的防线，守护着一片晴朗安宁的天空。养兵千日，用兵一时，我赶上了，不是每个军人都有这般缘分的。用不着上课教育，民族自豪感、军人荣誉感全有了。两年多后,还在老地方,我国又爆了氢弹,这样的亢奋又来了一回。

这时的自己留心了一下我们要安营扎寨的山头:周边有点陡,山头却是一片宽阔的干漠,当地称之为"塬"。为了开阔视界,增加射高,我们在广袤的荒塬群里专挑高海拔的地方扎营。过去没见识过黄土高原,只知道山势多为三角形状,越是往上越狭仄,山头哪能搁下这许多的人员装备和火炮辎重?这回可是眼界大开,塬上不仅能宽宽敞敞地展开高射炮阵地,再支上十几顶毛毡帐篷也不局促。全连百十号人的吃喝拉撒睡,都不是问题。一切都能安顿得妥妥的。后来,甚至辟出了一片篮球场,球滚得再远,也别担心掉下山。

惊天动地事,常于浑然不觉间。多少普通人,经历不普通。

12,不速"黑鸟"

蘑菇云散了,战友间嘀咕开了。高射炮阵地离核试验场虽说不远,可也不近,够不着啊。在这人迹罕至飞鸟尽的山上,摆了这么多高射炮,周边还部署了导弹。平日,动不动进入等级战备。为的啥?

高射炮是打敌机的,敌机是冲着目标来的。目标呢?举目四眺,对面是绵延的雪峰,山下是九曲黄河。山连着山,塬连着塬,莽莽苍苍,横无际涯。看来看去,除了黄土还是黄土。难不成黄土底下有天机?

后来明白了。在山坳深谷,在大山的肚子里,确实有比黄金还要黄金的宝贝。那里有个神秘的"596 工程"。管这件事的,参与这项工程的,有老师,有顶尖的核物理学家。运进来的,是神秘矿石。运出去的,是用来升腾蘑菇云的核裂变材料。要说国之重器,半点没错。我们千里迢迢赶来,就是为了"596"。

半个多世纪过去了,当年和我一同提干体检的战友张炳兴前些日子重返那里。故地已无密须保,甚至有了公交车站。人来人往,熙熙攘攘。回来不迭感叹,真的是沧海桑田。

正因为"此地无银万千两",正因为中国第一颗原子弹、第一艘核潜艇、第一座核电站使用的核燃料全部都是由这里提供,当时超级大国可惦记这块鸟不拉屎的地方了。轰炸机倒是想来,怕是轮不着我们发言,半道就给报销了。沿线的防空火力,哪个都不是吃素的。破坏不成,那就派当时最先进,能爬高 23000 米以上的 U2 高空侦察机过来,窥探究竟虚实。结果,一路上接连被设伏导弹敲掉五架。至今,在北京的军事博物馆仍能见到 U2 的残骸。

还是得承认,那会儿我们器不如人。被叫做"黑寡妇"的 U2 也好,特别是称之"黑鸟"的 SR–71 也罢,仍然时不时突破空防,大摇大摆从我们头顶掠过。两万多米高空,今天看来不算啥。可在那会儿,我们团的高射炮射程 15650 米,射高 10500 米,加上海拔两千多米,再怎么仰脖子也干瞪眼。

我几次目睹蓝天出现两道长长的白烟。高空是"黑鸟"拉的尾气,下方便是我空军战机。气人哪!下方的白烟一回回往上拱,又一次次掉头下滑,够不着啊!

不是有导弹吗?有。够是够着了,可常常玩不过人家。"黑鸟"早就心知肚明此处有导弹阵地,因而一路撒一簇簇金属薄箔做诱饵,以假乱真。致使我雷达满屏全是目标回波,辨别不清哪是真目标,哪是假目标。我就见过三发导弹齐射,正打歪着,打的替身,"黑鸟"照飞。后来才知道,这个绰号"黑鸟"的 SR–71,航速 3.35 马赫,至今仍是有人驾驶飞得最快的高空侦察机,未被任何飞机和导弹击落过。

那时候我们器不如人呐。搏弈过招,气固然重要,器就不重要?光有气,少有器,还是受欺。一个绰号叫"黑寡妇"的 U2,一个"黑鸟"SR–71,两个不速之客不时光顾,人家想来转悠就来转悠,够气人的。我们自己射程够不着,有时还埋怨"二炮"是吃干饭的,其实错怪了人家。毕竟武器装备不在一个档次。

不过,我们的炮口日夜问鼎苍穹,对企图造次者也是杠杠的威慑。除了上面讲到的高空侦察机来过几回,敌人的轰炸机、战斗机没敢前来造次。直到两年多后我团回撤,"596 工程"始终安然无恙。

人的因素是硬道理,器物也不是软道理。"工欲善其事,必先利其器。"孔夫子的话，可以撂这。

13，地平线下

那些年我睡过双层床，睡过帐篷、车肚、农舍、山野，打地铺乃家常便饭，至多是天当被地作床。到这又多了新招，床在地平线之下。

由于军情紧急，许多方面顾不得谋定而后动。上得山来，才知道四野荒芜空阔，原始自然生态，除了黄土还是黄土，啥也没有。每天的吃喝拉撒睡，一个"睡"字先把我们难住了：住老乡家？偌大一片山，两户，而且离阵地有好一程。睡帐篷？原先那号单布帐篷，搁这根本不管用。高海拔的西陲深秋，刮起风来，那个威势真的不容小觑，没准那种帐篷早就刮没了。

上山头一夜，我们是东倒西歪胡乱打发的。不是有几辆牵引车吗？车肚里挤几个，车肚底下躺几个，其余只能无遮无掩地露宿。这片高原极度干旱，几个月才来场雨，十月正是秋燥，所以，露宿挨不着淋雨。但是，入夜寒气沁骨，沙尘漫飞，脸被刮花不说，要不是百多斤的壮汉压着，被子也会掀飞。

天亮了，不管昨夜有眠无眠，大家照样出操，照样训练，照样备战。只是一有空闲，你我他聊的全是一桩事：过了白昼是夜晚，躺下少不了二尺宽。大西北的冬天来得早，来得凛冽，有时一夜无声，满山皆白。总得有对付的法子不是？

难谁也难不住当兵的。都说记不得是谁的主意：挖地窝子。所谓地窝子，就是用工兵锹挖个深约半米的坑，至于长、宽，能躺进人去就行。因为土质疏松，工兵锹翻飞，挖起来那叫一个利落。刨出来的土，垒在四沿。坑底铺上毡垫，再抖开军用雨衣，胶面朝上往被子上一蒙，成了。

那是穹顶当被，地下有床。尽管白天累成狗，躺下总还要有一刻"坐井观天"：在绝对静谧的夜色里，看着从未见过的如此繁密如此璀璨的星河，常常会一阵发呆。不过，呆不了一会儿，就睡着了。白天累半死，谁都缺觉，只要耷拉眼皮，必定是深度睡眠。任你朔风呼号，我自酣然梦乡。没条件一觉睡到自然醒，绝对是哨声不响不醒。

起床哨一响，大家一个鲤鱼打挺，满血复活。抖落覆在雨衣上的黄土和霜花，迎着旭日从远山连接的天际线冉冉东升。今天回味，那时候天似穹庐、笼盖四野的下沉式睡坑，尽管是没办法的办法，还真有点穷浪漫。

这样的穷浪漫没多久，我们就有了过冬的毡帐篷。这会儿大家全领教了在这高海拔、极度干旱的地方，完全可以打地平线的主意：寻找一片地势稍高的平坦地，按着尺寸下挖半米做基坑，把帐篷支在地平线下。地钉砸得牢牢的，再在四周严严实实地覆上土，有窝了。

这种毡帐篷，比之那种弯腰进出的一层单，那是鸟枪换了炮。掀开门帘，两旁各一溜大通铺，中间的过道够宽，高个儿也能直起腰。再就是帐篷里外帆布,中间夹层填充了厚厚的毡毛,四周还有卷帘窗。冬日再支上带烟管的火炉,外头零下二十几度,里头却冻不着。

论海拔,我们高高在上。论地平线,我们安卧其下。按说,这样的地方"风吹石头跑,天上无飞鸟",高寒高旱,根本不适合人类居住。可是,我们偏偏在这里扎下了营盘,一般人哪有这待遇。

人这一路,这难那难不知会碰到多少,还不是好赖都得过?到时候总会逼出没有办法的办法。一句老话:办法永远多过困难。

人哪,还真是具有高度适应性的物种,什么条件过什么日子,没啥过不去的。

14,水、水、水!

要说这儿不适合人类居住,难中之难是缺水。奇缺!

科普一下:没有食物,只要有水,人可以生存几个星期。要是没有水,不用几天就会走人。人体内有骨头有肉,更含70%的水分。没有水,血液不能流动,氧气和营养没法输送,废物也排除不出去。水是生命之源,说得一点不夸张。

上得山来,困扰我们的天字第一号难题,就是缺水。前面说了,这里雨水奇少,降水云层四处飘,就是到不了这片塬。根据资料,黄土高原平均年降水量不足七十毫米,不及南方一场豪雨,而蒸发量却近 2000 毫米,蒸发量数倍于降水量,干旱至极。

没错,山下不远有黄河。说不远,下了山还有好几里地。问题还有如何下山。沿简易公路走吧,盘旋岂止十八弯,长路漫漫。抄小道吧,也不近多少,还一路坎坷,担水上山即使担一程歇一会,一路也该洒个差不多。

全连百十号人用水,全指着水罐车吭哧吭哧沿着盘旋的山路往山上驮,上下一趟得半天。说水比油贵,在这里说得并不虚妄。

好不容易驮上来的那点水,先得保证一日三餐。前头讲过,我在新兵连一气喝过两海碗稀饭。这会儿喝稀饭绝对是奢望。自打上了山,炊事班就没熬过粥。开饭时候能舀上几口汤,就很满足。每个班有只热水瓶,老式的,2.25 升那种,一天一壶。班上七八挂人,每人能匀上几口,算去吧。说来也怪,那会儿也没觉得渴。

至于其他方面的生活用水,那就不能讲究了,点滴必较。换洗衣服不难,山下有河。哪天统一换洗衣物,我们班由我这个班长说了算。派个"公差",把全班的换洗衣物捆了,背下山一道解决。此人是天亮下山,中午干粮对付,再弄回来晾晒,一连串忙下来,正赶上晚饭。不过,肥皂打再多,洗得再卖力,凡最后在浑水里漂过,也干净不到哪里去。那时候没人讲究,也没法讲究。被子是半年洗一回。尽管那儿超级干燥,洗过的东西全是速干模式,但是整个下山上山,洗、晾、缝一套流水线下来,还是有点小紧张。于是全班的被子多分两波洗，当晚一个被筒"哥俩好"。

另外的用水就只能穷对付了。自打上了山，脸盆就很少有人用了。使用频率最高的，是人手一只墨绿色的搪瓷杯。喝水用它，尽管一天喝不了几口。洗脸用它，舀上半杯水，用毛巾沾湿一角，先把眼屎擦了，再顺手在脸上画个圈，就对付了。刷牙隔三差五来一回，一点不奇怪。至于脚的打理，多是入睡前擦擦搓搓，干洗。十天半月轮着一回水洗，绝对属于奢侈，愣是把那点清水弄成浓稠的浑汤。要说自己一生中哪段日子最邋遢，当推那个时候。

不过，后来我们也有全身大扫除的机会。每隔两三个月，除留下作战值班的，会分批拉到山下"596 工程"的澡堂子里"搓面条"。那儿倒是不缺水，有个大池子，有一排喷淋。在当时看来，条件一级。大家光条条往热水池里一沉，就露个脑瓜。舒服啊，什么样的疲劳全没了。泡够了，上下前后使劲搓，够不着的后背则靠相互帮忙。反正每个人都搓下一摊暗灰色的杂碎。末了在喷头下面一冲，那叫一个爽。

出得澡堂，都想瞅瞅"596 工程"是啥样？结果谁都看不出名堂，那些宝贝全藏在大山的肚子里。入坑道，去核心区域，得经过好几道哨卡，掏好几样证件，当时可是绝密中的绝密。

还值得写一笔的，要数用罢一日三餐的收拾。那儿气候超级干燥，不等于没有一点植被。即使是沙漠，骆驼刺、沙拐枣等尚且得以生存。我们的脚下，照样有到处蔓生的枯黄野草。大家都是使搪瓷碗和金属饭勺,饭吃完,就手薅把草,顺着碗沿捋上几圈就基本干净了。到了下一餐,碗里碗外全干巴了,再薅把草捋上两圈,保管滑溜锃亮,啥残渣余孽也消灭了。餐桌是就地取材,拿工兵锹垒个不足半米高的"园台面",实际就是个土墩。大家蹲成一圈狼吞虎咽,"打扫战场"也简单。这样的"园台面"垒起来容易,收拾也方便,重新垒一下也是三下五除二的事。就这么凑合,倒没什么人得病。只能说山上全是热血汉子,燃烧的激情能免疫。要按卫生防疫规定,这不行,那不行,还真走不通。

这片干漠极度缺水,却冲刷着自己的心魄:没有想到还有这样的不毛之地,这里照样生存着勤苦朴实的百姓……这是命吗?每每想及,不是滋味。

天知道,在这天高路遥的山头上,我倒是得了一回至今未得其解的毛病。一会儿烧得汗透,差点急送下山。一会儿冷得打颤,身上压几床被子。那几天我是迷迷糊糊度过的,典型的打摆子症状。都知道疟疾是因疟蚊叮咬,由疟原虫传播的。然而,在如此高海拔、高旱、高寒的地方,苍蝇蚊虫绝迹。这疟蚊、疟原虫是怎么上的山?跟水罐车上来的?说不清楚。好在年轻皮实,连队卫生员给服了几天奎宁,在帐篷里几身汗几阵冷,也就摆过去了。

比油更贵的水,少归少,倒是没断过。比起坚守上甘岭坑道的战友,强多了。

有的东西，平常取之不尽。到了特定时空，却千金不换。沙漠深处，一瓢水如斯；矿井深处，一缕清风如斯……不少平素不以为然的东西，有时极不寻常。

15，百日蒸发

我这辈子有过两次"百日蒸发"，两次与家人、亲友失联，每次百十来天，而且都跨春节。这两个断点，谁都不清楚我去了哪，发生了什么。一个大活人，突然之间音讯全失，踪影杳无，成了失联者。

那个年代联系方式落后，同城、异地交流音信多为手书信件。至于电话，相当一段时间为公用、传呼。我记得很清楚，解放之初我所在的里弄住户数百，仅两部公用电话，靠我家近的传呼电话号码为"35817"（感叹幼年、少年的记忆）。偌大一个上海，电话号码五位数，可见那时候电话何其稀缺。打异地长途，则以分钟计价。遇急事发电报，区分普通、加急、特急，按字计价，不属于普通消费。啰嗦半天，就是说那个年代自己和家人亲友之间的联系，渠道单一，书信往来。

在营区，邮箱通常挂在连部门口，寄信往邮箱一丢，每天有通信员往团部送，在那里加盖三角形的免费军用邮戳。所有信件摞在一道，总有数百上千，鼓鼓囊囊一个大邮袋，发往五湖四海。从团部归来，再把本连的信件捎回。别看这事不起眼，通信员的包

58

里装的可全是战士的思念、牵挂和喜怒哀乐。一封信，常常比指导员一堂课管用。

我给家里写信挺勤的，哪怕自己情绪再低落，再灰心丧气，从来报喜不报忧，总少不了那句"我在部队一切都好"，不向家人倾吐任何负面情绪，这本书里的《当头棒喝》《怵啥来啥》《夜哨野哨》《地平线下》《水、水、水》《邪弹横飞》……一个字没提过。自己在家没少给父母添烦恼，现在报个平安，至少别再让他们牵肠挂肚。也算到部队懂了点基本道理。

先说我的第一次"百日蒸发"吧。这事已有前缀，就是因为那朵蘑菇云。这年 10 月 16 日以前，有几个人知道原子弹将要起爆？即使那会儿我赶去了，在蘑菇云升腾之前，还不是木知木觉？为了这个"大炮仗"，邓稼先们失踪了许多年。我们呢？三个多月后通信便解禁了，毕竟自己只是为"596 工程"站个天空哨，与核心机密相隔关山几重。不过，写信的内容是有纪律的，绝对不得泄露部队所担负的任务，驻地所在的具体位置。为让大家严守机密，还特地发一笔"保密费"，每人每月 10 元。只要不泄密，每月都有这笔"外快"，而我每月的津贴费也才 6 元。每月的"保密费"高过津贴费，这在指斥物质刺激的年代，太特别了。

自打从山上寄出第·封信起，战友们天天伸长脖子盼着水罐车上山。但凡来了水罐车，没等车子熄火，大家就把汽车围了个密密实实，全都围着踮在汽车踏板上的驾驶员，竖着耳朵听收信人大名。听见名字的，信抢得那叫一个快。没喊着的，那分失落全写在脸上。电影里有过前线战士抢家信的场景，一模一样。

我还从来没有过三个月失去与家人的联系。当在塬上第一次接到家书，绝对是一句句、一遍遍地看。这个时候最明白，古人说的"烽火连三月，家书抵万金"是种怎样的感慨。还有那句"见字如面"，这词用在此时此地特别得体。

三年后，我又经历了一次百日"蒸发"，那是因为随部队秘密出国征战。那是一场靠近北纬 17 度线的特殊的战争：在第三国，中、美两军，一个在地面，一个在空中，杀得昏天黑地。然而，中国、美国、越南三个交战方，全都不事张扬。当年抗美援朝，志愿军穿着我军服装打仗。这次援越抗美，我穿的却是越南人民军军装。所以说，这是一场天知地知、你知我知，互不宣战的交战。既然是讳莫如深的天机，有一段时日不让通信，自然不难理解。好在前后也是百十来天，便开禁了。不过，信封上的邮址是云南省昆明市 166 信箱，收信人却在千里之外的异域山坳。信件倒腾来倒腾去，往往约在路上跑半个来月。

两次人间"蒸发"，加起来两百来天，邮箱地址都是云山雾罩。在塬上戍守两年，还有出国作战一年余，即使后来准许通信，别人依然搞不清我身在何方。信封上落款的邮址，第一次是甘肃省兰州市某某信箱……，谁也猜不透这个信箱具体在哪里，覆盖多大的区域。第二次是云南省昆明市 166 信箱……，凭此邮址，再有想象力的人也不会朝国境线外去想，更不会想到那是在异国战场，是跨国飞鸿。所以说，尽管一百多天后给通信，也有地址，依然是云里雾里。

"八年抗战",别看我写信落款就安徽蚌埠、甘肃兰州、云南昆明等四五个地方,其实哪跟哪呀,一直在东奔西突、南渡北归的折腾,漫山遍野地飘,有的在邮址百里之外,有的千里之外。我们走的是无名路,驻扎在无名山。两次"蒸发",父母几多担心,几多牵挂,可以想见。一句"可怜天下父母心",千古流传。

失联,通常指发生了意外,甚至遭遇不测,一般讲不那么吉利。

还有一种失联叫神秘。同样是"蒸发",意涵完全不一样。因为有特定使命,因而在特定时段、特定环境,必须隔绝尘嚣,藏身隐迹。我的两次百日"蒸发"属于后者。

有时候越是大事,越需要静然。于无声处响惊雷。

时间自会改变一切。当初天机不可泄露,日后悉数大白天下。翻开历史,有没有永远的隐秘?

16,黄土回甘

要问我这辈子有过什么浪漫的事?想啊想,塬上那两年苦归苦,倒是带点黄土味的浪漫。

站上这片塬,四野寂寂,荒芜空阔,走出多少里地去,除了黄土还是黄土,是比电影《黄土地》更甚的黄土地。然而,绝对是一览无余的原始自然生态。在这之前,我随部队走了淮北许多苦寒的地方,都比不过这儿贫瘠荒凉。不见炊烟人家,不见阡陌农田,绝对是蛮荒之地。后来我特地留意了一下地理知识,才知道这片黄土高原连绵青、甘、宁、陕等七省区,复盖 47.8 万平方公里。自己脚下所在,也就小不丁点巴掌大一块。

不假,这里土得掉渣。然而,极目眺望,远山逶迤,对面就是绵延的雪峰,山脚下是从"三江源"过来、水流湍急的黄河。堓堓延宕,莽莽苍苍,那般恢宏博大的气势,瞬间能把人镇住。天际线很远很远。我这个以前没有机会望见天际线的都市人,如今放眼眺望,蓦然有种"一览众山小"的感觉,自己正站在天际线的圆心。多长的一圈弧线啊:目力所及,再乘上两个 3.1415926⋯⋯

我们天天看旭日喷薄,就像最受阳光眷顾的人。天天送夕阳沉坠,借月光铺地。天天凝望远处那常年积雪,一半银装一半土黄的皑皑雪峰。天天与鬼斧神工般的深沟大壑对话。天空永远澄澈如洗,四野始终壮阔雄奇,日出、夕照、云缕、星空⋯⋯镇魂摄魄,无不让人魂牵梦绕。

未来此,只道"大漠孤烟直,长河落日圆"是好诗句。来到这,方知那是满目好景致。这儿青天高,黄土厚,雪山近,苍凉、原始,然而看不厌。

站在此处,不用搜肠刮肚,一些过去知道的诗词断句,会自己蹦出来:"春风不度玉门关","西出阳关无故人","走马川行雪海边,平沙茫茫黄入天","山,刺破青天锷未残。天欲坠,赖以拄其间,惊回首,离天三尺三"……完全是此境此情使然。这条常年的风景线,不由你不浪漫。

塬上两年,那一帧帧极具视觉冲击力的无二风光,不时缥缈闪现在我眼前。那种震撼,只有身临其境,方能领略。那时的苦浪漫、土浪漫,让人心旷神怡,物我两忘,一直镌刻在我的肌骨里。都快过去一个甲子了,依然印在那里。

我们天天在高高的塬上操练、学习,和在营区的时候一样。只是过去炮弹箱里装的是教练弹,如今换了实弹。过去上课通常在室内,这里必须在荒塬上扯开嗓子。课余,生活依旧多姿多彩。

我所在的连队百十来人。社会上有人以为当兵的全是勇武有余,粗线条。其实不然,不夸口藏龙卧虎,各色人才那是不缺的。即使在那个年代,兵员整体文化程度低一些,有文艺细胞的还是能人多多。

连队里喜欢写诗哼诗的"诗人"不少。赛诗会上,好多战友都能来上几句,有按格律的,有四六不靠的,还有就是打油诗、"三句半"等,"百花齐放"。谈不上声韵、对仗,但是绝对有情感,绝对接地气。内容多为军旅生活、高原风韵、阵地豪情,充溢着浓浓的兵味。别小瞧了哦,还是有点小情怀的。友邻连队战士写的一首歌词,几十年了,至今还广为传唱。

连队里会乐器的不少。平时这些玩意儿全由连部文书一起保管,到了课余,便是各自露一手的时候。我虽然样样不通,但喜欢听他们吹啊拉的,记得乐器里有相对大众的:二胡、竹笛、口琴,还有相对小众的唢呐和笙。要说显眼一点的,有把小提琴。现如今许多小孩都会拉,九级、十级不稀奇,当年可是弹眼落睛的"阳春白雪"。一当乐器响起。就是中西合璧的塬上交响曲,"黄土大合奏"!

连队里爱唱歌的不少,年轻人都爱唱。那年月没什么网络歌曲,除了天天唱的队列歌曲,流行的全是贴近生活的热歌,特提气。连队也有歌咏比赛,除了小合唱,凡独唱全是无伴奏清唱,还真有唱出水平的。记得当年有位下连队体验生活的军校学员小马,声乐有一定造诣(我知道"造诣"两字是不能随便用的),声情并茂地唱过一首《克拉玛依之歌》,唱得高亢嘹亮,回肠荡气,把黄土高坡的粗犷雄浑,糅在一起唱了个舒畅通透,动听到几十年过去,想忘也忘不了。这以后我听过许多著名歌手演唱,我不否认有的人唱功炉火纯青。但是很难解释,能在我耳边萦绕五六十年挥之不去的,此是唯一。打离开这片黄土地,真的再没听到过如此叩击心扉的歌声。我不谙音色、音域、声线什么的,但觉得什么歌唱技巧都比不过心境、心绪的共振。演唱技巧可以训练,情感则完全属于自己。只为自己亲身经历过,就是忘不了那千回百转的荒漠放歌。真的是天籁之声,此曲只应塬上有,平地能得几回闻。多少年了,很少再有什么人,什么歌,能让我在心里几十年跟着一起哼。有人说歌声是真情融化的,的确!

一天下来够累的。然而,好像年轻就是用来累的。吃过晚饭,战友们依旧不消停。打羽毛球的,玩单、双杠的,到处开锅。

那里白日斜长,天朗气清,天色暗得迟,篮球场的车轮大战能打好一阵。多是用半片球场、一个篮架,三人一组,三球决胜,谁输谁下,一拨接一拨的攻擂,那叫一个沸腾。场边全都放肆地大呼小叫,释放一天的劳累。

......

我把塬上生活的琐碎点滴谓之黄土浪漫。浪漫的通常含义,包含诗意、纵情......,但它绝不只属于花前月下,更难得更难忘的浪漫,往往因境因情而生。这里再土、再苦、再难,所见、所历、所遇却是那样丰富多彩,不乏浪漫情怀。多少人能在如此深邃的夜空,躺在地窝里180度仰望星空?多少人能在如此海拔,更早看到冉冉升起的旭日?多少人会在杳无人烟的荒漠,赛诗、赛歌、赛球......

或许有人会说,此处再赏心悦目,成年累月难免生出审美疲劳,一定巨无聊。那是因为不曾亲历。同样的环境,可以过得苦逼,也可以过得甘甜。乃至战火中、危难时,照样有愉悦和诗意,照样有浪漫。而且往往更难能可贵,更铭心刻骨。而在物化愈盛时,有人反倒觉得日子过得没有情趣,活得乏味。

真想趁着还走得动,再去那里看看。只怕再不见拖炮上山的那条土路,再不闻真情融化的音符,再没有帐篷连营,再没有那半片球场,再......毕竟那是青春激扬时。年岁不对喽。曾经穷水不忘水,曾经黄土不忘山,有了别样的沧桑感。

浪漫是用心体味的,与外物有相关也不相关。

浪漫,有洋的有土的,这玩意儿有点奇妙。花前月下的浪漫常常相似,999朵玫瑰什么的,却未见得恒久远,早早凋谢的不少。土的吧,真还土到了家,却是真情实感一脉,让人久久回味。

三、战事

17，南邻狼烟

20世纪60年代，中、美之间有过一场历时多年却很长时间鲜为人知的角力。

当时，深陷越南南方丛林战的美军穷尽招数，无力自拔。他们明白，对手有强大的后方——越南北方，兵员、物资通过"胡志明小道"源源不绝地穿越北纬17度线驰援南方，使其疲于应对。为了阻断"胡志明小道"，美军绞尽脑汁。

美国人记性不坏。当年在朝鲜越过三八线北犯，与中国人民志愿军厮杀了无数回合，结果损兵折将，没捞着便宜。这时候担心越南的17度线，别再成为当年的三八线。不敢在地面北犯，便仗着自己的飞机、炸弹又多又先进，于1964年8月5日制造了北部湾事件，开始在空中撒野，对越南北方狂轰滥炸。

次年4月，越南党政军要员来到了强大的后方——中国，洽商支援。兵来将挡，水来土掩。既然是美军战机撒野，一物降一物，那时当推高射炮。于是，从1965年至1969年，我高炮部队采取车轮战法,分9批入越轮战,与不可一世的美机进行了惊心动魄的搏杀。

在这场战事中,我所在的高炮66师受命第9批入越作战。军令如山,兵贵神速。分驻于安徽蚌埠、淮南,江苏淮阴、大丰,浙江宁波、黄岩,以及大西北等地的兵力,该归建的归建,该收拢的收拢,全师上下立马进入临战状态。

临战与平时,待遇可是大不一样,没多少时日,立时"阔"了起来。

一是迅速按整编师的架势增配兵员1148名,又将海军高炮独立第5团以及友邻部队的7个高炮营等收至麾下。一下子从普通师跳到了整编师,又从整编师跳跃为统帅14717名将士,装备336门高射炮和115挺高射机枪,携行1177部各式车辆的不折不扣的加强师。

二是"鸟枪换炮"。除了大口径的高射炮,其他火器、车辆纷纷升级。37毫米口径的高射炮,由单管改换双管,高射机枪由双联改换四联,加上85毫米、57毫米口径的两个高炮团,一下子炮管、枪管近千。有的高炮和雷达还是从别的部队调过来的。火炮牵引车也告别了老旧的苏式"嘎斯"系列。重炮牵引改用从法国进口的"戴高乐",轻炮牵引改用由罗马尼亚进口的"喀尔巴阡"。那个年代外汇多金贵啊,到了该掏的当口照样掏,好钢用在锋刃上。终究不是冷兵器时代了,人海加火海才是真的海。

1967年11月,入越作战的正式命令下达了。草拟参战动员令的任务落在了我身上,光荣感、使命感、自豪感……从笔端涌出,收不住笔,参战动员很快就拿下来了。因为写得很革命,很热血,与那时支援世界革命的政治气候很对路,这篇一挥而就的作战动员立马就获首肯,传达到了全师。虽说所有战士和多数基层干部都没打过仗,一旦听说上战场,要去赴汤蹈火解放全人类,个个豪情填膺,摩拳擦掌。

那些日子,总政治部的慰问团来了,送给每个出征将士一本精装的《毛主席语录》、一枚镌有"为人民服务"字样的毛主席像章。一些军、兵种的文工团来了,不漏一兵一卒地载歌载舞,每个文艺节目都播撒着豪迈的英雄主义。来自四面八方的专列、车队来了,送来许多当时紧缺的物资,记得有香肠、挂面、罐头、香烟、肥皂、牙膏以及各种副食……那个热闹,会让人想起淮海战役时支前的小推车。不过,比当年的煎饼大葱丰盛多了。

接着便是打点行装,随着辎重装备上军列挥师南下。那年南京长江大桥还没造好,军列是从江北的浦口,一截一截靠大型轮渡驮过长江的。在南京下关,南京军区许世友司令员特地委派王必成副司令员前来壮行。师长魏新德、政委李海涵行过军礼,便带着载有万余将士和火炮、雷达等辎重,分搭 53 趟军列、2495 节车皮,一路浩浩荡荡南下。

此行路遥,纵贯九域(皖、苏、沪、浙、赣、湘、桂、贵、滇),行程3000 余公里。过来人知道,那正是"文化大革命"特别闹腾的日子。造反派不明就里,时不时地闹点事,结果军列开开停停,居然走了五昼六夜才到达云南昆明。

跨过滇越边境，就是战火中的越南。前线在前，我来了！

养兵千日，用兵一时。善良的人们都希望，这个"千日"能够长些，再长些；那个"一时"最好不要来临。

愿望归愿望。千百年来人类何时停止过兵刃相向？要想不被欺凌，只有靠自己兵强马壮，勇武精锐。

18，血书遗书

20 岁出头的小伙，谁会写血书，留遗书？我写了。

一趟趟军列会师彩云之南，集结于宜良、路南、弥勒一线。屯兵整训的个把月，上上下下紧锣密鼓地做了许多事：

屯兵南疆的日子，师里派遣 237 名精兵强将先期入越，向鏖战中的高炮 64 师取经，了解美机的作战套路和活动规律，探讨火力部署及战术战法，熟悉当地的地形地域和风土人情，以及防务交接等具体事宜。力求兵马未动，便能知己知彼。先遣兵马带回来的战场情况和友邻部队用鲜血、生命换得的作战经验教训，都是实情实料，是块质地严密的"他山之石"。

屯兵南疆的日子，我们紧张有序地完善了物资保障工作。对所有火炮、雷达、仪器、车辆再次进行全面检修，炮、枪、弹、油，土木工具，生活用品等，一一落实到位。还为每个出征将士接种了破伤风、霍乱、钩端螺旋体等五联疫苗,并鉴定了血型,演练自救互救。

最后,下发了越南人民军的军服。当我套上宽大的越军服装时,无比激动,我是光荣的国际主义战士了。今天,谁能有国际主义战士的称谓?绝对非同一般。那会儿,我们一万多人全这么叫。出国作战,说是为"解放全人类",还不是国际主义战士?

不过,刚开始身着越军军服,咋看咋别扭。既没有我军的红帽徽和红领章,也没有越军的军衔,加上那顶硬邦邦的盔帽,一双塑料凉鞋,活脱脱一个越南退伍军人的扮相。

屯兵南疆的日子,无时无刻不在进行英雄主义教育,上上下下全都嗷嗷叫,请战书、决心书一份比一份壮怀激烈。这个时候,白纸黑字似乎已难以表明心迹,几乎所有人都写了血书,那个氛围,那个热度,文字已经不够用了。我也激情满怀写了血书,而且写得挺长。什么不怕流血牺牲,"青山处处埋忠骨,何须马革裹尸还","甘洒热血写春秋"等豪言壮语,都写进去了。自己感觉写得挺慨而慷的。我这份血书白纸黑字,姓名的三个字是拿小刀割破手指,用鲜血一笔一画写下的。战友们的血书大多像我这样,挥笔写内容,放血署大名。也有人为了表明心意决绝,全文用鲜血写成,写在白衬衣上,字数不多,流血不少。一句话,谁都是一腔热血,烫得沸腾。电影里也见过写血书的场景,不比我们那会儿更悲壮激越。

说过血书,似乎还需要说道说道遗书。上战场总会有牺牲。

出国征战，一旦"光荣"了，一般都就地安葬，永远留在那里。谁知道会不会此去不还？故而在出征之前，都让给家人留点最后的话，还可以留些小件物品，交留守处保管。我用牛皮纸糊了个信袋，上面写着家庭地址以及父母亲的名字。里面除了一枚五好战士奖章，一枚一级技术能手奖章，就是一纸可能成为遗书的话。原话记得不多，有一句记忆最清楚：儿子此去疆场征战，当你们收到这件物品时，我们家已经由军属升格为烈属了……再是核对了各自的存款。大数还记得，两百多元吧。在同龄人中算阔的。总而言之，一切都是按照此去不还来办的。那时候我们几个战友一块聊，都说自己了无牵挂，"光荣"了倒没啥，千军万马出征，总会留下一批烈士。只是不要缺胳膊少腿，年轻轻的，往后靠人家照顾。

现在后悔啊，那会儿的遗书、血书怎么不知道留个底。要是留着，今天再来看那时候的心境，一定特别有感慨。我曾经想找自己写的血书、遗书，可一直难觅下落。半个多世纪过去了，原来的高炮师改编过高炮旅，再后来又改编成导弹部队，隶属关系也几经变更。但愿这几页纸什么时候突然间出现，给我一个惊喜。

在高亢的战鼓声里，有没有不搭调的？有。极个别人听说要上前线打仗，会有流血牺牲，畏惧怯战，搬出托词。一直都说"养兵千日，用兵一时"，这个时候当怂包，掉链子，二话没有：开除军籍，遣送回乡。此乃极个别，一万多人出征，有个别的临阵退缩，不算太意外。

屯兵南疆的日子,当然少不了政策纪律教育。从平时转入战时,从国内转战境外,许多情况过去不曾遇到。于是,外事纪律、作战纪律、保密纪律、群众纪律,以及对待俘虏(击落美机后捕获的飞行员)的政策纪律等,灌输了一大通。

此外,我们还准备了种种危机应对,对战时可能发生的指挥员伤亡,定了预案。每个指挥员都有第一接替者、第二接替者……当兵的都明白,上战场是要前赴后继的。

讲起遗书,常觉得那是人生末端或准末端时候的事,早着呢。

通达地想,忌讳遗书大可不必。既然世事难料,人生无常,平日就把想留给家人及别人的话留下,倒也无妨。战时如此,平日亦然。太太平平的话,三五年更新一下,前文销不销毁无碍,法律规定后写的算数。

19,兵行边关

当年入越作战的高炮部队兵分三路:东路出广西凭祥"友谊关"入越南谅山,中路出广西东兴入越南芒街,西路出云南河口过"友谊桥"到越南老街,我随"西路军"出征。

很快,我们向边陲河口开拔了。当时从昆明去河口的简陋公路,也就六百多公里,按说不远。可那是一条什么样的路啊!完全是靠人海战术一镐一锹凿挖出来的土路。山高，坡陡，弯多，路险。据说修路那会儿算是有了预见，把重型卡车和大巴的通行都考虑到了，没想到"戴高乐"本身就是个大家伙，还拖着一门七八米长的炮。

又宽又长又沉的炮车，这路没法走。没法走，却不得不走，因为没有第二条路。于是，几乎每经过一处狭窄的弯道，副驾驶都得下车，用手势比划、哨声警示，一点一点引导炮车把身子扭过来。一路上战战兢兢，如临深渊。

李白有首诗《蜀道难》，里面写"危乎高哉！蜀道之难，难于上青天"，今人无缘体验。然而，当年云贵高原这条非等级的土路，自己可是一米一米跟着车轱辘量过来的。

一千多辆炮车、弹药车、雷达车、仪器车等，轰轰隆隆逶迤数十公里，吭哧吭哧盘旋于云贵高原的崇山莽林和峡谷深涧，可谓千难万险。明明瞅着前面那座山没多远，硬是一个陡坡接着一个急弯，在层层叠峦的山腰间，绕过来兜过去，下了山又上来爬行。一路险情不断，水箱不时开锅。有时候在盘山路上爬一天，也就翻过一座大山野岭，真的有一种不知身在何处今夕何年的迷乱。那三四天我一直想，离家越来越远了，前方不远就是战场，自己第一次出国，就迎着战火去征战了。

如此这般，我们经蒙自、个旧、开远、屏边，穿越了北回归线。每到一地，苗族、彝族、哈尼族等少数民族的男女老少，都会给指战员塞鸡蛋、糍粑还有香蕉等新鲜水果，有的地方还当街唱歌跳舞。特别是端水给我们喝的时候,那句"再喝口祖国的水吧"最是一下戳中泪点,会让铁血硬汉泪水在眼眶里打转。是啊,再往前便是异域山川,的确不知道什么时候再能喝上祖国的水,或许……我咕咚咚灌了几口,很多战友都一扬脖子好几口,那真有一种京剧《红灯记》中李玉和"临行喝妈一碗酒"的豪迈慷慨。就这样,我们一路颠簸,车马劳顿,赶到了西南边关与越南老街一水相望的河口。

这段崎岖山路,有的梯队走了四天,走得顺利的也花了三天。我们转过了无数个山路十八弯,领教了云贵高原的莽莽苍苍和险峻陡峭。这是我涉足的我国四大高原中第二个高原,后来又去过内蒙古高原,暂缺青藏高原。难不成自己与山有缘?

"行路难,多歧路,今安在?"这段崎岖山路假如今天仍在,尽管青山未改,绿水长流,也必定空空荡荡了。因为有了高速路网。听说昆明至河口的这段高速公路,两点一线驱车仅需五六个小时。要想更快也行,坐火车,三小时。为了这条大动脉,打通了几十座高山大岭,穿越了几十处峡谷山涧。就说蒙自到河口短短的140公里,便有31条隧道、36座桥梁,仅隧道就有96公里。即便白天乘车,窗外经常是黑咕隆冬,因此有人戏称自己乘的是"蒙河地铁"。一句话,这段路今日几小时,当初却好几天。

扯远了,拽回河口。河口是中越边境位于我方一侧的当时仅两平方公里小镇,人口三千。群山环绕,草木葱翠,红河与澜沧江在此交汇,南端有条通往红河的楠溪江。江上横跨一座150米长的铁路、公路两用桥，一桥两国，大家称其"友谊桥"。

我们在河口只待了一天，任务特简单：砍些树枝和长叶草给火炮、汽车、雷达搞伪装，在自己的军装军帽上也弄了些长叶草和树叶，半天功夫一切都已停当。午饭过后，我和几个战友便在江边找了个坡，坐在香蕉树下，默默地看着楠溪江水静静地流，瞧两岸边民在江边洗衣，还见两岸有走到江中间靠近说话的。看来江水不深，语言也相通，对这条江的中线国境，好像也不那么在乎。倒是友谊桥的中间画了条红白相间的边界线，两国都设了双人哨卡，一名持枪肃立，一名坐于插了国旗的桌前询问登记，像模像样的楚河汉界。

清晰地记得那一刻，少说有个把小时，会抽烟的你一支我一支散着，我和几个不抽烟的，有的嚼着草茎，有的时不时赶着小虫子，就是没什么人说什么话。大家就这么傻傻地看河，看桥，看边民，傻傻地过了一刻又一刻。按说这时候该说的话最多，偏偏都默默地傻坐着。兴许这会儿思绪还在翻滚：就要过河了，战场是什么样？天雷地火是什么样？战火中的自己应该怎么样？所有该说的，全写在血书、遗书、请战书、决心书里了，全在誓师大会上慷慨激昂过了。今夜出征，战前的静默。

人生的十八弯比山路十八弯难走得多。两条腿可以征服山路十八弯，人生的曲折跌宕则要付出毕生的求索、意志和智慧。

20，"鲜衣怒马"

在异邦山野,我有过一夜别人未必有的"浪漫"。

下了山坡,我们草草对付了出征前的最后一顿晚餐。记得有个开玩笑的问:谁知道下次回自己国家吃饭是哪天?立马就有人回了一句:你小子没这个福气了。一阵哄笑过去,很快没了声息。大家早早全身披挂来到了自己的战位,就等一声军令。

由于行进道路仅越南的 7 号公路,且沿高山峡谷走向,路面狭窄,坡多弯急,万人千车只能分成 12 个梯队开进。我随师指挥部归第一梯队。这天是 1968 年 1 月 6 日,这个日子烙在了我的记忆里。

18 时,厉兵秣马集结于河口的雄师,终于霹雳出击。顿然间,机甲轰鸣,刺穿夜空,一道钢铁洪流,万千金戈铁马,越过横亘于我国河口与越南老街之间的"友谊桥",冲往战乱中的越南 7 号公路。

前几日翻越崇山峻岭,再难再险我们是大白天大摇大摆走的。山是山,水是水,重峦叠嶂,层林尽染,还算是养眼的。这会儿像是到了另一个世界,一边接收远方的空情报知,一边派出对空观察哨,在敌机眼皮底下闭灯穿行。沿途部署了对空火力,交替跟进掩护,随时对付敌机突袭。神经始终是绷紧的,全路段一派临战的肃杀气氛。

由于兼任战地记者,我是挂着一部海鸥 120 相机,乘坐在三轮摩托的挂斗上突进的。师直通信连的三轮摩托不少,但是担负拍摄任务的仅此一辆,整个梯队仅此一辆。一路上凡有什么值得立此存照的事,我便"咔嚓"下来。夜幕中的"咔嚓"得用闪光灯,那时候设备落后,照相机和闪光灯是分体连线的,加之每个胶卷只能拍 16 张,换胶卷又必须用密不透光的暗袋,自己的一双手总是不够捯饬。那年月还没改革开放,可我使的胶卷全是美国产的"柯达"和日本产的"富士",高感光度、低感光度的分别备了不少,那一夜耗了我不少菲林。那年月哪像现在,有数码相机和手机,拍起照片、视频何等任性、随意。

在深沉的夜色里,身着布满长叶草和树叶的伪装服,挎着 54 式手枪和"海鸥"的我,沿着大象山脉,颠簸着穿行于异国的山峦丛林。由于任务特殊,我乘坐的挂斗摩托是少有的几辆可以不依编队序列,视情在车队中穿插通行的特殊车辆之一。时而驶在炮车的扬尘里,时而跟着师首长指挥车的辙印走。凡有需要,停车路旁,下来"咔嚓"过了继续突进。

脚下山路弯弯,头顶时有空情。凡有敌机临空,那就边打边走。哪里车队梗阻乃至翻车伤人(那夜确实有战友"出师未捷身先死"),我必定出现在那里。什么疲惫呀,困乏啊,危险啊,啥感觉也没有。全身里里外外充满莫名的豪迈,正所谓"鲜衣怒马少年时",一夜望尽铁流长。要说我这辈子最激情、最热血、最刺激、最拉风的时刻,当数 1968 年 1 月 6 日之夜,让我怀想至今。你说,我穿了一身外国军官的戎装,算不算"鲜衣"? 我乘坐的那辆有点"特权"的摩骑,算不算"怒马"? 那一夜疆场驰骋,算不算"古为今用"的"鲜衣怒马少年时"? 唯唐突了"少年"二字,毕竟时年24了。

约摸凌晨3时许,在靠近朗盖的一处叫不出地名的半道,我陪同师首长与特地前来迎接的越南安沛省省委书记见了面。省委书记的"府邸"是个用竹片葵叶搭建的山间简屋,里面有一张旧木桌,以及几张旧木凳。烛光中,身材不高且消瘦的省委书记以及我师李政委,又是握手、传茶,又是叽里呱啦。我尽顾着拍照,耳朵里刮进友谊科(师政治部为出国增设了这个科)翻译的几句,都是一些热情友好的话。约摸20分钟左右,战友握手告别。这是我平生见过的唯一一位外国共产党(当时叫劳动党)的省委书记,在这样的月黑风高之夜,两国战友会见于那座简陋的竹屋,挺特别,挺难忘的。

今天回望自己的来路,觉得不少走过路过尚可重新来过,包括重返西陲那片荒塬,只是再去一些旧地已经有心无力。唯独此夜,那片战区,那阵空袭,那列炮阵,那趟摩骑,那个省委,那声声"咔嚓"……已难再现。那一天,那一程,就是特殊的不可复制的信马由缰,每一声"咔嚓"都是绝版。

就这样时紧时缓一路穿插,到天蒙蒙亮的时分,第一梯队突入越南境内142公里,按时抵达了安沛东北约四公里的孙热,指挥所随即进了山体内的水泥坑道。随着12个梯队依次抵达,251个火力点、雷达站、观察哨和宿营地迅疾部署到位,沿着越南老街、保河、孙寨至安沛一线布防,越南北方整个西线的无垠长天交给了我们这支虎贲之师。

有的山水,一程奔波,不枉一辈子。

人生三万天,指不定哪一日哪一刻,哪个百年一遇,对自己有着非凡的意义。让自己铭记终生,咀嚼终生。

生命中有许多"剧情"值得珍惜,因为那可能是无法复制的"绝版"。

21,天网侍候

师指挥部所在的安沛市,是安沛省的省会,地处越南北方腹地,据说曾经是越南北方排在河内、海防之后的大城市。其西北倚大象山脉,南邻红河,公路、铁路、水路纵横,连通闻名世界的"胡志明小道",实打实的越西重镇。加之军需物资在此地集散,又在修建当时印支地区最大的军用机场,自然成了空地搏杀的"风暴眼"。

在我军入越前,西线从泰国机场和航空母舰上起飞的美机,大肆"滚雷行动",对安沛市进行了最具摧毁力的狂轰滥炸,整个安沛市就是被 B‑52 机群地毯式、洗地式、粉碎性的饱和轰炸变为一片焦土的。当时这座省会城市,像被炸弹犁了一遍,满目疮痍,荒草没膝,几乎找不到一栋完整的建筑了。若说当时这座城市被抹掉了,毫不夸张。什么叫山河破碎,流离失所？当我亲目所睹,视觉冲击力比电影中的类似场面,放大了无数倍。

像我这样过去没有亲历过战争的人,尽管在电影里见过飞机轰炸,但对战争的惨烈还是缺乏感性认识。而当真真切切地站在累累弹坑和断垣残壁旁,那种视觉冲击和内心感受,跟以往还是完全两样。好端端一个城市,家家户户失去了家园,男女老幼都躲进了山林。我无声地诘问：怎么会这样？怎么可以这样？怎么……我回答自己：没有那么多怎么,这是战争,这里面对的是血与火、生存与毁灭。

那时的美国,即便情报手段不及今天,但是依靠侦察卫星和其他门道,还是对我师的情况摸得八九不离十。美机还撒了传单,说中国的解放军来了一支高炮精锐,统辖 5 个加强团几十个营,来了多少大、中、小口径的高射炮,兵员如何充足,武器装备怎样强于前几批轮战部队,乃至师长、政委姓甚名谁都说得明白。要说缺项,那是对我部的火力配系特别是对环视雷达、对空观察哨的了解只是个大概。其实,这也是在打心理战,意思是他对我部情况门清,就等着炸弹说话吧。

人家这么说,倒也不是完全无厘头。那年月我们的武器陈旧,高射炮、高射机枪和探照灯,多为二战时苏联使过或朝鲜战争中我志愿军用过的。而曾经横行朝鲜的美军主力战机 F－84 早已淘汰,他们的战机已更新几代。当时我们的冤家对头已经是当时最先进的 F－4C"鬼怪"式战机和 F－105"雷公"式战机,个顶个是对地攻击的凶悍杀手。其中，"鬼怪"式的航速达到2至3马赫，还有机载雷达，除去投掷各种炸弹，还能携带4至6枚导弹。此外，还有号称"同温层杀手"，可以投射核武器，至今依然是美国空军王牌之一的B-52战略轰炸机。没有半点疑问，就兵器层级而言，美国空军是世界老大，我们打的是一场武器根本不对称的仗。就像过去小米加步枪对付坦克大炮一样。

不过，我军从来不缺用劣势装备与对手较量的胆魄和办法。要说与从前不同，只是近身格斗改成了立体攻防。再讲，尽管双方武器装备有落差，但我们毕竟也已经"鸟枪换炮"，火炮、雷达都升了级，凡拿得出手的全使上了。况且，这次上的是加强师，火力密度已非昔比。一句话，武器配备不对称是实，差距已经缩小也是实。完全可以通过优化火力配置和调整战术战法，让软肋变硬。

你是鹰隼，我有天网：

一是合理搭配火力。当时敌机轰炸也就两样套路，要么爬高云层之上，水平抛掷，要么下滑俯冲投弹。前者是按照侦知情报获取的地理座标往下投弹，要知道云层之上差之毫厘，着地就不是差一点点了，因而豁边的不少。后者直冲目标俯身投弹，准头倒是有了，但高射炮不是吃素的。为了全面照顾对手，我们把85炮、57炮、37炮及四联高射机枪搭配成群，射高互补，射界交错，高来高打，低来低揍，让对手高低都甭想占便宜。

二是绵密编织火网。我师出征，优势之一便是人多炮多，故而往往是几十门炮环形抱团,密集配置,捏成若干个火力密度超强的拳头,在局部形成火力优势。整个西线炮群环伺,捏成若干个拳头,无异于一张天网。

那里山丘连绵,少有平坦。而高炮作战必须拓展视界、射界,于是阵地全构筑在山包上。当地的山包很"袖珍",有的只能搁两三门炮,一个连队常常占两个山头。不过,前后左右也就一两百米,大声喊话听得见,作战时连长挥动指挥旗看得见。每个拳头小至两三个连,大的有几个营。一个集火射击,就是一席火帘,炮声震耳欲聋,那个场面就四个字:撼天动地。就说《夜半惊魂》里提到的"2·18"夜战,十分钟之内打出去的炮弹就是大几千,曳光弹能把夜空染红。抗美援朝时候,毛泽东主席曾经诙谐地说,"敌人是钢多气少,我们是钢少气多"。到了我们出征那会儿,气依然多,钢也不算太少了。人们常说赤脚不怕穿鞋的,这时我们已经有鞋了,了不起就是布鞋对皮靴。

从越北纵深的安沛到边境老街,142公里,我们布了一张覆盖越南北方西线的天网。伺候敌机的是万余将士及近千炮管,绝非一般的阵仗。同时,根据孙子兵法"兵无常势,水无常形"之说,我们打一仗长一智,先后六次调整火力配置,确保了各战略要地安然无恙。

上兵伐谋。在器不如人,硬件有代沟的情况下,善谋当可补短板、填缺口。

围棋讲究布局,布局优劣会直接影响棋局发展。战场一样,排兵布阵得当与否,直接影响战局。

22,天雷地火

在这个星球,喜欢到处插一腿的当数美国。因此,美军一直战事频仍,军人久经沙场,不缺实战经验,绝非等闲之辈。

世界兵典之祖《孙子兵法》,是美国西点军校的教材。所以,美军战机也是不打无准备之仗的,懂得战前要知己知彼。在没有摸透对手底牌之前,一般不贸然出手,莽莽撞撞往你炮口撞。对于我师这个新对手,虽说已经掌握了大概情报,真要交手,还是想进一步探明虚实。

开头几天,不停在我防区上空转悠来转悠去的,不是"鬼怪""雷公",而是SR-71、AF-101等高、低空侦察机。在高空转的,我高射炮射程够不着,但它也很难探得真切。打低空来的,他又不敢太靠近我火力圈,况且我们在伪装和隐蔽上做足了功课,硬是没让人家弄清虚实。就拿隐匿在密林深山里的师指挥部来说,13个月没挪过窝,却从没挨过炸弹。敌机一回回从空中轰轰隆隆掠过,有时飞得挺低,就是不知道我们就在它肚子底下。开始大家听见空袭警报,还进防空掩体。后来习惯了,索性它飞它的,我忙我的。

几天过后,那些侦察机消停了,蛰伏多时、磨刀霍霍的"鬼怪"

84

"雷公"露出了獠牙,大开杀戒。1月18日,残酷的空地绞杀开始了,一交手便是天雷地火。

我的一生有许多第一次,第一次这,第一次那……要说在脑子里镌刻最深的,当数第一次置身战火,那是生死系于一线,系于一霎之间。

记得那是1月19日,我因为主编《战地生活》小报,带着相机来到了装备37毫米口径双管高炮的617团3连。整个上午还算太平,午饭后还小歇了片刻,那会儿都知道必须抓住点滴时间养精蓄锐,因为有的是"战犹酣"的时刻。果然,下午刚过三点,突然响起了尖厉的空袭警报:8架F-4C、8架F-105,采取四架编队,双机编组,气势汹汹朝我阵地及守卫的孙寨车站、桥梁扑来。我立马扣上钢盔,狂奔着沿堑壕冲到炮位。很快,敌机临空,佯作俯冲。连长的指挥旗猛一划拉,六门双管37炮瞬间喷出一道道火舌。谁知这两个"鬼怪"真怪,马上拉起,只是擦边画了个弧形,胡乱扔下几颗炸弹便仓皇遁去。

根本不让你回神,马上从另一侧的山脊后,又钻出来两架F-4C,凶狠地直扑过来,再后面又是两架、两架……前面那是佯攻,这才来的真凶。好在早有预案,炮口调转得利索,接着便是激烈的地空格斗。空中,是一波波的俯冲投弹,在阵地周围掀起成片火柱,近的炸点也就离我二三十米。我们构筑的火炮工事低于地面,炮手不容易让横飞的弹片伤着。但是,炸翻的土块和稻田的黑泥全砸在我和战友们身上。地面,则是我们的高射炮不停喷火。敌机的炸弹足够多，一排排地扔。我们的炮弹也足够多，每根炮管全是五发一串，一串串不带歇的。那个时候，真的是大地燃烧，空气膨胀，昏天黑地。

然而，当战机呼啸，炸弹倾泻，硝烟蔽日，烈焰灼人的那一刻，当生与死的考验瞬间来临的那一刻，偏偏是自己对生死想得最直接却又是最简单的时刻。因为没有工夫想，来不及想，想也白想。那时候就知道一点：不是我压住你，就是任你来炸；不是我狠，就是你狠；不是鱼死，就是网破。我不把敌机捅下来，轰跑掉，就是任它冲我狂炸没商量。炸弹不是子弹，一颗砸中，一片倒下。这一刻，谁放软档谁遭殃。什么叫你死我活？只有把你打下，才有我的生机。没有任何时候比这一刻更明白。

我的任务特殊，在这个短促的时间窗口，我要用相机把鏖战中的一个个瞬间定格下来。为了更好地捕捉交战场面，自己噌地蹦出了堑壕，抢拍了一批难得的照片，包括敌机俯冲和炸弹爆裂的瞬间。没及拍够，便被战友给拽了下来，挨一声吼："就你命大！"其实，并不是自己英勇无畏，这茬口阵地上谁都是肝胆俱裂，没有谁不是血脉贲张，一个个全打红了眼，谁都没有了对死亡的恐惧。我能看出来，有人本就铁血，有人是在这样的环境里感染成了铁血。因为就这片刻，整个就是生死场。生死体验，一霎间的事。

这一仗，击落击伤敌机各一架，一名美机飞行员跳伞，但未俘获。美机作战其实想得特别细密，西线从泰国机场起飞，一般并不直奔我阵地和守卫目标,而是先绕一圈,再回过头来,在返程中俯冲攻击。一旦被击中,飞行员跳伞会落入老挝境内,便于他们搜救。所以,我军击落美机不少,生俘飞行员不多。

后来我又到过我的老部队老连队。85毫米口径的高射炮,射高、射远的确比37炮厉害,还能通过电缆,按照炮瞄雷达传输的诸元对钻在云层里的敌机照打不误。尽管我看不见你,你看不见我,我照样能把你揍下来。所以,大家都对85炮的战果翘大拇指。

两相比较,双管连发速射的37炮似乎更像短兵相接。37炮射程有限不假,有效射程也就三千余米,对付俯冲投弹的敌机,可谓棋逢对手。一轮隔空绞杀,来得突然,收得戛然,有时不足一分钟,有时前后十几秒,却足够震天撼地。你想么,美军战机虽然超音速,俯冲时却只能降至亚音速,进入我火力圈,一个俯冲一个拉起,扔下一串炸弹就跑。从投弹到临远,可不就是这点时间?我们呢?一个集火一串点射,双管速射,火力密集,一轮对打也就这点时间。实锤的短兵相接,一点黏糊没有,只听退膛的弹壳咣咣一地,只闻硝烟的味道呛人。

虽说这样的短兵相接来得快,去得快,但人家的战机就是多,一天来好多批次,一批来好几轮攻击,那是家常便饭。所以,入越头几个月,天雷地火是那些日子的常事。我们一次接一次地冲往炮位,一场硬仗连一场硬仗与对手过招,天天蹦跶在生死边缘。似乎很少有哪天没空情的。平常最守时的军人,这时根本没有常规的作息。到了饭点,常常是刚扒拉几口,或是累得才想打一小会儿盹,空袭警报就响了,于是投入又一次绞杀。真要是哪天没响空袭警报,我们还觉得怪怪的。像双管37炮,优势是连发速射。有时敌机一批接一批来犯,打得炮管歇不下来,超过极限,还得边打边更换炮管,否则会炸膛。过去听说战斗激烈,能把枪管打红,57高炮和37高炮的炮管、高射机枪的枪管也一样。

实战是最长本事的。由于我们打一仗长一智,潜心研习战法,美军战机并没有占到便宜。倒是在头两个半月,被我们击落12架,击伤8架,而且全是不可一世的F-4C、F-105。还击落了两架S-147无人机,半个多世纪前这家伙很神秘,不知一些残骸对我国研发无人机有没有帮助。

我在高炮66师生活、战斗了八年,那一年多算在血与火里滚了一回。高炮部队虽然算不上最危险的兵种,不大有上甘岭战役。然而一旦与敌机掰手腕,同样弹片横飞,不长眼睛。炮位上,堑壕里,无时无刻不在生死线上翻滚穿越,经受火与血的淬炼。那般战机呼啸,大炮怒吼,天雷地火,伴着指战员嘶吼的交响,至今还时不时萦绕耳旁。打过仗的都知道,这样的生死场是烙在脑海里的,打死也忘不掉。

人这一生,会遇到许许多多的第一次,第一次这,第一次那……

有些第一次平淡不过,过了也就过了。有的第一次则是此生一遇的绝版,会让自己铭记一生。

23,魔高道高

打仗是要动脑筋的,既比勇武,又有智斗。

美军战机与我缠斗,一直在调整作战招式。眼看三板斧、下马威没多大效果,照过去的老手腕俯冲投弹更是损兵折机。他们终于明白,这样针尖对麦芒、近身格斗并非自己所长。

不得不承认,美国的军事科技还真的独步天下,新式的尖端武器过一阵掏一件。那会儿刚好又有了新玩意:电子制导的空对地导弹,还起了个挺有趣的名字"百舌鸟"。我们的大、中口径高射炮不是靠炮瞄雷达提供的射击诸元开的火吗? 现在冤家对头来了,"百舌鸟"专打这种火控雷达。

这只"鸟"厉害在哪?

一是它能精准地捕捉和锁定炮瞄雷达发射的电磁波,循着电磁波发射体直捣黄龙,对雷达的摧毁力绝对一剑封喉。开始,我们将雷达机体深藏地下,上面覆盖园木、钢轨、厚土,仅将天线露于地表。天线挨炸,换一个而已。谁知"百舌鸟"是个金钢钻,能钻开坚固的覆盖物引爆,爆裂出许多棱角锋利的碎片,杀伤力摧枯拉朽。

二是射程优势明显,据在河静地区俘获的一名 F－105 美军上尉飞行员交代,"百舌鸟"可以远在 46 公里外从飞机上发射,最佳射程也有 28 公里。明摆着，就是欺负我炮火够不着。

开头一阵，我们确实吃了亏。当时在安沛地区火网配置可谓密不透风，仅炮瞄雷达就有 12 部。几天工夫，接连有两部遭受"百舌鸟"攻击，雷达报销，两名雷达操纵手阵亡。本来密匝匝的火网硬是被撕开了口子。炮瞄雷达是大、中型高射炮的眼睛，打云层上空的敌机少了它不行。

说来说去，还是我们器不如人。当时的炮瞄雷达仅一个波段、一个频率，一旦被"百舌鸟"锁定，想甩也甩不掉。

面对"百舌鸟"，来不得傻人傻拼。有什么招？我们不缺高人，你有"张良计"，我有"过墙梯"，几个"诸葛亮"一碰，很快有了应对之策。那个被俘飞行员说，"百舌鸟"是冲着电磁波来的，从发现雷达波束，到调整飞行角度，再瞄准发射，至少需要 9 秒。隔空绞杀是以秒计的，在 9 秒的安全窗口期，是我们的时机，是对手的软肋。

正所谓魔高一尺道高一丈。如何把宝贵的 9 秒时间用足，我雷达兵很快有了办法：炮瞄雷达先是冷开机，根据"513"警戒雷达（天线始终 360 度旋转搜索目标，十秒闪忽一圈，报知目标的瞬间位置。由于波束稍纵即逝，敌机难以锁定。多个瞬间的点在图板上连成线，便是目标航迹）提供的目标方位、高度、距离等，开低压跟踪，电磁波静默。一旦敌机抵近高炮射程，瞬间上高压，迅即形成射击诸元，通过电缆传输至炮位，一切在 9 秒内搞定。待敌机发觉波束，为时晚矣。没等它锁定电波源头，一团团火球已经出膛。我们打的就是这个时间差,9秒之内的时间差,后手制胜。

这一招管用。再往后,"百舌鸟"便威风不再,我部雷达再未遭袭。实战证明,在武器装备等级不对称的条件下,只有比对手更聪明,才有可能向死而生。我们正是这样与最凶悍的美军战机格杀,斗智斗勇,打得空中霸王没了脾气。

之所以魔高道高不落下风,还因为我们精锐尽出,用上了当时的看家宝贝。前几期轮战部队,警戒雷达只有"513"。到了我部出征,索性把尚未列装的"571""582"雷达也投入战场试验了。前者捕捉低空目标是高手,后者确定目标高度是强项,这两兄弟一来,把原先的弱项给补上了。对贴着山脊低空来袭的敌机,绝对是黑虎掏心。

多了上好的硬件,还得有会使唤的人。为此,派员十万火急赶赴重庆,从军校雷达专业两个毕业班,各挑了4位业务精湛的技师。欢送会一开,直接奔前线。

这两个宝贝疙瘩投入战场,让我们如虎生翼,却让对手发怵。他们一直想找"571""582"下手,苦于无迹可寻。这两个宝贝则一直隐匿于距离交火区较远的茂密丛林,而且多次转移。其中"582"雷达先后挪过8次窝,始终毫发无损。

有了雷达网望风长空,使我们长了电子眼、千里眼。即便如此,也难免有疏漏。于是,洋的不够土的补。除了八部警戒雷达,又设了9个远方观察哨(70公里开外)和6个近方观察哨(40公里左右),使侦察配系愈加完善。例如第7远方观察哨所在的山头,就靠美机起飞的泰国机场不远,是千里眼加顺风耳,一听见飞机爆音,电台迅速报告指挥所,妥妥的眼观六路耳听八方。

远远近近撒出去的这 15 个观察哨,有的就在对手的航路底下。由于藏在密林深山,无数次目送敌机从头顶飞过,却始终相安无事。

然而,无此事不等于无彼事。与连队一堆战友热热闹闹不一样,这些观察哨两三个、三四个人经年累月守着一方小天地。那年月空闲时候又没啥消遣的玩意儿,生活枯燥乏味的孤寂可想而知。加上山高路遥,主粮、副食补给一次不容易,屯多了肯定新鲜不了。这都没啥,战场么!只能将就,没条件讲究;只能忍受,没福分享受。头等要紧的是会潜伏,能生存。

要说有什么无法将就的,当属有人闹病。小毛小病还好对付,救治常识在出征前普及过,哨所也有些常备药。要是遇上急病难病,可就抓瞎了,必得送野战医院。这事还真让我遇上了。一次,有个远方哨所的观察兵突患急疾,多日高烧不退,需要下山救治。哨所位于高山,师首长从机关派了些年轻的前往救急,我去了。

清晰记得,那是个雨夜,下得不大不小,山势还挺险峻。上山不是事,年轻么,自顾自,每人还有根藤棍当第三条腿。抬着担架下山就完全两码事了。下雨有雨衣,天黑有手电筒照着。问题是有好几段山路特别陡峭,抬担架那叫一个难!常常是前面抬的把手举过头顶,后面担的却需把腰弓得手贴脚面。即便如此,担架还不时倾斜，需要两旁有人护着。我便是在一旁护担架、打手电、凑把力气的。虽然不是主力，可也少不了。就这样，一路摸黑打滑，绕着藤蔓，历尽艰辛下得山来，把病员架上急救车。想来这个病人后来没事，因为直到战事终结，没听说 15 个观察哨有人牺牲。

　　世间万物，一物降一物。先有长矛，再有坚盾。冷兵器过后，有了坚船利炮。飞机坦克问世，有了各式导弹。导弹登场，有了反导。反导一出，又有了空天飞机、星球大战……

　　随着军事科技进步，在决定战争胜负的天平上，武器装备的砝码变重了。旧时百战不殆，全凭英雄万千。今天，不光"气"要多，"钢"也少不得。

24，邪弹横飞

　　美军从来崇尚火力至上，对自己的火力优势有着绝对自信，可以说炸弹要多少有多少。我军早在朝鲜战场特别在上甘岭战役中就领教过"范佛里特弹药量"。此外，还三天两头弄个"独角兽"出来。论武器的更迭换代，谁都比不过嗜战的美国。新杀器问世，总得找个场所一试锋芒。去哪儿找试验场？哪里打仗到哪。当年在越南北方那场空地绞杀，我是实实在在领教了。

　　前头讲到过，那会儿的 SR－71、U－2 高空侦察机，F－4C、

F－105全天候攻击机,还有S－147无人机等,其性能当时确实无人能及。至于从飞机往下扔的,除了TNT当量无人能及,更是独门绝技多多,各种炸弹名堂多了去,暴虐邪门。

有的个大力沉。大当量巨型炸弹砸下来,弹坑有篮球场大,百把人手牵手围不拢,大雨过后就是一水塘。我见过这样的弹坑,开玩笑说,谁要是中这彩,救都不用救。说实话,后来遇空袭警报,自己即使不在战位,也很少去防空掩体。不只是看破了生死,更明白这样的炸弹下来成片成串,崩着谁是谁,百十来斤就交代了。唯一的办法,把敌机揍下来,道理特别简单,就是你炸我,我打你,你死我活。至于到了没炮的地方,隐蔽的功夫来不得马虎。

有的撒豆成兵。F－4C和F－105屡屡投掷一种集束钢珠弹。弹体"祖孙三代":先是炸弹母体在空中爆裂,蹦出300多个比网球稍大的钢球,落地后第二次炸开,每个球体又崩出360颗钢珠。300多乘以300多,算算一枚钢珠弹砸开,杀伤范围该有多大,是不是撒豆成兵。这种钢珠弹有的还延时爆炸,威胁随时随地。我的同连同排战友高桂瑾,就是在帮助越南农民插秧时触碰到陷在水田里的钢珠弹,当场牺牲的。每每想及这位曾与自己在同一个连队战斗、生活,在同一个帐篷里打滚,在同一口锅里舀饭,操一口泰州普通话的战友,说没就没了,内心很难接受。眼前一幕一幕闪现往日时光,令人悲怆。回想自己也曾捡过一枚未爆裂的钢珠弹,战场上人胆大,见到钢珠弹后第一反应是好奇,接连把玩了几天,终究没敢乱来,过后还是按战场纪律上交了。后来想想,也是无知者无畏的冒险。

有的打桩布雷。对定时炸弹,人们早有听说,美军在朝鲜战场就没少扔。到了越南,已经更新换代,鼓捣出个磁性不定时炸弹。这个新杀器并不定时起爆,而是具备灵敏的磁性感应,凡有金属物靠近,它便会感应引爆。还是我的老部队615团,指挥连有位电话班长巡查线路,就因为挎的电话机、电话线,引爆了这种磁性炸弹,又是当场牺牲。

定时炸弹通常投掷在公路沿线,我就亲眼见过这种半截杵在地下,尾翼露于地面的家伙。别瞧它不起眼,凡有炮车、雷达、运输车辆等铁疙瘩经过,照炸不误。开始,我们的对付办法有点笨:找块钢板什么的,用足够长的绳子拴住,一点点拉着朝弹体靠,诱其引爆。结果,牺牲了一位前来支援的友邻部队工兵班长。不久,来了专业技术人员,先把定时炸弹的引爆装置给锁闭了,再把这个"大萝卜"从土里刨出来,弄到空旷的山坳引爆。直到我的老部队高炮66师撤编,有一颗卸除了引爆装置的定时炸弹,作为战利品还搁在师部特务连。

有的气吞铁甲。在炸弹家族中有个狠角色叫气浪弹,尽管它20世纪60年代刚登场,威力已经是炸弹中的王炸,其冲击波和杀伤力约为同等体量炸弹的10倍。有次阵地挨炸,一门37炮被掀翻十几米远,有的战士被甩出30多米,正是气浪弹发威。

由于这家伙气吞铁甲,因而经常用来对付从安沛至老街的安老铁路。尽管战时列车昼伏夜行,白天藏在山体里。然而,沿线铁轨无处可藏。一旦敌机侥幸突破火网,狂炸铁轨没商量。一枚气浪弹下来,掀翻几十米、几百米的铁轨就是小菜,而且能把铁轨拧成麻花,我就见过被炸翻卷得没了样的铁轨。

不过,被炸的铁路立马就被修复,绝对是战时速度。当时我军入越轮战的 32 万部队,大头是高炮,同时也去了铁道兵、工程兵。出动他们就是为了迅速修复铁路、公路,保证动脉通畅。不过,那时越南北方的铁路全是窄轨,而我国却是宽轨,型材对不上。也巧,偏偏云南不少地方还铺有废弃的窄轨,帮人家修修补补不成问题。再不够,我国山西省同蒲铁路也有一些这号窄轨,干脆连同机车、车厢一道运了过来。大后方嘛!

那时我去阵地经常坐这种夜间出没的窄轨列车。也许机车没劲道,车行缓慢,能听出车轴咿咿呀呀作响。每趟列车都专门挂了一节中国军人乘坐的车厢,算是优待吧。列车长多半也坐这节车厢,汉语还讲得挺溜,天南地北聊得来,一来二去熟了,总会和我们盘桓良久。下车时,我们通常会留下一包云南产的"春城"牌香烟。自古"烟酒不分家",这会儿算把哥们义气带出国门了。

步兵冒着枪林弹雨打冲锋,我们迎着横飞的弹片隔空绞杀。谁能想到,在狭长的越南国土上,美机竟然能扔下 755 万吨炸弹,创二战后历次战争之最。可以说,我们在异域作战的那段岁月,"品尝"了各种炸弹。你炸你的,我打我的,几决高下。

这些都是我亲见亲历的几种炸弹,其他的还听说过很多,像菠萝弹什么的。这么说吧。除了原子弹,可以说各种炸弹全使上了。那次战事的血腥杀戮不用我再渲染,今后战争的无情应该可以想见,因为军事科技一直在发展。经历过战火的人,尤其期待有化剑为犁的那天。

科技可以造福人类,用错地方也会祸害人类。择善择恶,还由人类选择。

25,红河洪患

入越参战前做的万全预案,算是巨细无遗了,偏偏还有没想到的:红河泛滥。那是从天而降的无妄之灾,谁会朝那儿想?

我在军旅曾经两次亲历抗洪,一次在淮河,一次在越南的红河,都发生于 20 世纪 60 年代。

头一次是 1964 年春夏之交,淮河上游连降暴雨,洪峰从安徽蚌埠穿城而过。作为当地驻军,我随部队开赴淮河大铁桥沿线,没日没夜地扛沙袋,固堤坝,吼着号子打夯,在河堤上滚了好些天,终于安全送走洪峰,保住了连通我国南北的交通大动脉。

记得收兵回营,发给每个抗洪官兵两件慰问品,一件是扉页印有邓小平题词的笔记本,本子很小,约摸 64 开,可能考虑战士方便携带吧。再就是每人两包香烟,会抽不会抽的一样有,我那份给了班里两支烟枪,一人一包。

第二次抗洪，没曾想跨出了国门。赴越参战前，我们过筛子似的，一遍遍掰扯所有可能出现的意外，并一一拟了应对预案，就连如何对付蚊叮虫咬也没放过，似乎已有万全之策。谁也没有料到，那年越南境内红河发大水，50年一遇的洪灾。还真应验了老祖宗那句"天有不测风云"，难不成老天爷想再磨炼一下我们在异邦的能耐？

助民劳动、抢险救灾什么的，我军从来冲在一线，还真难不住。国内如此，国外照样。

1968年8月上、中旬，红河上游直溯我国云南省大理州，数日暴雨狂泻，我防区遭遇了特大洪灾。由于阵地大多构筑于高处，我师仅转移了16门火炮、1部炮瞄雷达、9挺四联高射机枪和部分弹药。其余安然无恙，战斗力一如既往。

然而，红河漫溢，散居于丘陵水网、山坳深沟的许多民居被冲遭淹。水势很猛，不少老百姓被困。那几年越南南方的丛林战正打得难解难分，留在北方的多为老幼妇孺。无疑，这时候最叫得应、最赶得上生死时速的，无疑是驻扎此地的中国军人。

以无碍作战为先决，我部迅疾抽调了尽可能多且善泅水的兵员前往解救。我水性差，但也跟着上了，主要是去一线采写抗洪抢险。当然，也在救灾现场搭了把手，有多大能耐使多大能耐呗。

洪水像个大水盆，把所有道路、农田、沟渠、河道全罩在了下面。水是浑浊的，天是阴沉的，浩茫混沌，水天莫辨。真就是大象山巍巍，红河水泱泱，"一片汪洋都不见，知向谁边？"汽车是没法开了,我和战友们所以能够在水里蹚,全靠人手一根藤棍(山里到处野生藤蔓,在粗壮挺直处截取一段,下端再套上高射机枪弹壳,便是拐棍一条)。哪儿有道,哪儿可蹚,全靠这"第三条腿"一步一探。当时没有冲锋舟,凡遇到落水和被困的,我们就用绳索、竹竿、木盆等帮其转移到安全地方。

火车也被困住了,"安老线"上的 122 次列车,在茂东附近山坳里前进不了,后退不得。400 余名乘客没吃没喝,望水兴叹。驻扎在附近的我 617 团 4 营指战员,立即赶做热饭热菜,涉水 1 公里多送进车厢。当饥肠辘辘的乘客接过饭菜和茶水时,有人流泪了,有人唱起歌曲《越南—中国》:"越南中国,山连山,江连江……共饮一江水,朝相见,晚相望……"

在红河洪祸的抢险中,战友们和我一直处在超负荷状态。不问白天夜晚,只要能歇一会儿,都是赶紧眯盹,实在是困不过。所谓稍事休息,也就是裹一身胶皮雨衣,找个有靠的地方停坐片刻。根本顾不上大雨滂沱,浑身上下、坡上树下全都湿漉漉的。正因为过度劳累,一次夜间救助时,战士尤胜玉、卜万义,在救出好几个当地群众后,游经一处洄水涡时被漩进河心,不幸牺牲。在追悼会上,越方安老铁路段、安沛省文安县,以及被救助的茂阿乡来了许多人,安老铁路段的阮段长致悼词时几度哽咽。这两位被追记一等功的勇士名字,在茂阿乡、铁路段谁都叫得上来。

这也是一场战斗,一场连续六昼夜的特殊战斗。我部先后救出落水和被困群众 590 余人,抢出各类物资 920 余吨,帮助一列遭洪水围困的列车脱险,后来又帮助140余户人家重建住处。在朝鲜战场,曾有一位叫罗盛教的战士,为救一名朝鲜儿童而捐躯。像我们如此大规模在异国异乡抗洪救灾的,好像不曾听说。就因为这是一场天知地知众人不知的战争,罗盛教式的英雄战士尤胜玉、卜万义至今鲜为人知。

中国人民解放军在国内抢险救灾,那是经常的事。哪里有灾情,哪里就有人民子弟兵。在国外成建制、大规模地参加抗洪抢险,也许这是绝无仅有。

1968年8月9日至14日,越南,安沛,红河,50年一遇的特大洪灾。抗洪抢险,6天6夜,自己偏偏碰到了,很小的几率。所以说,13个月的异域作战,真的是赴汤蹈火。"蹈火"自不待言,天天穿越战火。"赴汤"也是实锤,无非此汤不沸,然则浊浪排空。

人这一生,一直在给自己拼图。有的模块可以规划,有的模块就是从天而降。

26,烟雨寮棚

到了战场,既要能打,也要会藏。

军队作战,多为东奔西突,南征北战,经常打一枪换一个地方,行踪飘忽。我们赴越作战则不大一样。

因为一般不与地面之敌交火,任务又是守卫公路、铁路、机场、桥梁等"死目标"，因而各部驻地不常挪动。作战一年余，仅 6 次因为调整火力配置而变更一部分高炮阵地，再就是多次转移过警戒雷达方位。其余大体在一个地方扎营。

敌我双方大体都是知己知彼。敌机对我部各火力点虽说不是门清，但也掌握个十之七八。我们呢？对敌机的来袭套路，来去航路，及其一般战法也了如指掌。对手兵器一流，我们天网绵密，矛锐盾坚，打的是硬碰硬。

由于择址得当，隐匿无形，也由于当时美机的侦察手段有限，纵然侦察机成天转悠，还是盲点多多。师指挥部所在的孙热山区，杂树密匝，植被葱茏，山色空濛，又不接火，始终是敌机的"灯下黑"，我们称之为安全区。所以，尽管部分阵地挪来挪去，我跟着指挥部 13 个月没挪过窝。

衣食住行，生存四要素。鲁滨逊漂流荒岛，还是凿了洞穴，建了木屋，有自己的栖身之所。我在塬上那会儿，有过穹顶被衾，地坑卧床。野营中钻过帐篷，睡过车肚，还有借宿民居，多为十天半月的小住。这会儿是长年累月驻扎一处，总得想方设法弄个窝，哪怕再简陋。

既是窝，当得有个窝样，当需各种"建材"。当时中越双方有商定，就地砍点竹子、杂树和葵叶什么的，解决栖身住所，不算违反群众纪律。当然，砍伐的时候都请当地合作社干部在场，会计现场结算，照价付款。这就好办了。山上山下，沟旁坡根，这些"建材"多的是，不用愁。只要不影响地貌，不会被敌机发觉，俯拾皆是。

说是窝,其实也就是一个带围篱的框架竹棚。特别讲究的是选址。那里和黄土荒塬倒了个,雨多水多,尽管分雨季旱季,我却觉得一年到头都是雨季。无非是那里雨季(4—10月)下的是大雨、暴雨,那是真正的风敲竹篱,雨打芭蕉。吹得稀里哗啦,打得噼里啪拉。一阵敲打过后,反倒会出太阳,于是上蒸下煮。旱季(11月到次年3月)则像我国江南的黄梅天,整日细雨淅沥,倾盆不多。由于山坳里河川纵横,不时发大水,泻山洪,我们便把竹棚搭建在风雨相对小些的半坡。那年8月的红河之泛,我们的窝就没被冲走。

选址停当,建窝不难。先是辟出一块平地,备好立柱、房梁、檩子、椽子和竹篾、竹签等竹坯料,立马便可开工:挖柱坑,栽立柱,支房梁,架檩子,再在上面铺上隔水的油毛毡。最后码上一层硕大的葵叶,再围个齐腰的竹片栅栏,成了。一个个敞门无窗、敞亮透风的寮棚,就成了我们的"安乐窝"。好在山里树多林密,特别是到旱季,风轻雨疏,靠着这种只有半截墙的窝,一回回躲过林间风雨。

真的是金窝银窝不如自己有个草窝,丛林深处自有我们的小世界。尽管出门便是天地,入室依然山林,山风习习,草木寂寂,到底还是让我们有了个落脚歇息的场所。再累再困,凉席上一觉睡过,又是满血复活。方寸之地,成了我们的"神仙居"。

不过,虽说那里绿荫浓密,为林间寮棚作了遮掩,美军战机没打扰我们,然而来自水里、地面、半空的小动物及各色昆虫却是不速之客,没有少来袭扰。

山里蛇多,水里的,洞里的,藏在枝枝蔓蔓植被里的,窜过来窜过去就没消停过,我不时听说有谁被蛇咬了,正送往野战医院救治。可在最后统计遇难人员时,倒没听说谁由于被蛇咬而没救过来的。后来听人说,我们经常遇到的那种暗灰色的小蛇,没什么毒性,真正毒性大的花蛇当地很少。

尤其讨厌那里的蚂蟥。我在农场插秧时被蚂蟥咬过,知道只要不是赤脚站在水田里,没事。谁知此地多的是旱蚂蟥,不仅游动于水中,更多寄生于草木枝叶和斑驳苔藓,往往让你躲得过初一躲不过十五。还有到处都是黑蚂蚁、棕蚂蚁、花蚂蚁,没一个是善茬。

为阻止这些家伙入棚肆虐,我们便沿着篱笆墙根撒上一圈那年月常用的"666"粉,而且每过几天补一回。别说,这一招挺管用,地面爬行物能通过"封锁线"的属极小概率。至于外出,就把解放鞋的鞋带系紧,把裤脚、袖口扎起来。如此这般虽然不至于百毒不侵,安全系数还是增加了。

由于寮棚只有半截竹篱墙,半空作业的蚊虫、小咬当然来去自由。对付的法子只有点蚊香、钻蚊帐,再就是多涂抹万金油,据说此类飞行物就怕万金油的刺激气味。其实不见得,我的胳膊和腿上愣是在涂抹的地方起过包。至于一小瓶"蚊不叮",那是一直揣兜里的。

人在世上得学会生存。谁知道日后会遭遇怎样的难处，到时候最靠得住的还是自己的努力和能力。只有具备生存能力，方能车到山前自有路，走遍天下有吃有住。

27，天体浴场

对军人的考验，不只是枪林、弹片。

20世纪50年代，朝鲜战场，志愿军除了与敌人血战，还得面对严寒和干旱。60年代，越南战场，我们除了与空中杀手相搏，则要面对高温、潮湿。一冷一热，一旱一湿，全是老天的安排。

一是环境恶劣，潮气超重。山峦草木间水气弥漫，随手抓一把空气都能捏出水来。所有时候都是水气茫茫，湿漉漉、黏糊糊的，大家白天穿的、夜里盖的都很"贴身"。雨水、汗水经常黏在一起，身上很少有干爽的时候。常年气候阴沉，难得阳光透过树叶间隙洒下，大家都在树间系上背包绳把东西拿出来晾晒，一寸阳光一寸金。

二是食物不新鲜，那时除了用水取自当地，所有食品全都来自国内，那会儿也没啥冷藏保鲜的招。一路上高温、耗时的折腾，再分派到两百多个点，到了大伙嘴里，新鲜的少，脱水的多，有的甚至变味了。即使取自当地的水，我们也得按比例投放净水片。于是，体内缺少某些维生素和微量元素。由于免疫力减弱，一些疫源性疾病便流行开来，成了天敌。除了疟疾、痢疾、登革热等，还有两样过去不大听说——

一种叫钩端螺旋体病，此种多见于热带亚热带的怪病，常由鼠、猪等动物以及土壤疫水传染。在几天、十几天的潜伏期内，啥事儿没有。一旦发作，高烧头疼、上吐下泻、咯血乏力、呼吸困难，有的还昏迷不醒，严重的会要命。好在野战医院充实了从军区总医院到各分部医院抽调的精干医护人员，青霉素等抗菌药物应有尽有，绝大多数患者得到了及时有效的救治。兄弟部队则有个别脑型、肺型钩端病人没有抢救过来。

还有一种唯有男性会得的病，叫不出名。在随处雨水、汗水的湿润环境，长个疖癣、脓包什么的，倒是不足为怪。问题是这病得的不是地方，裆部溃烂。一旦感染，两腿内侧起疹瘙痒，走路都得撇着。不过走这姿势的人多了，谁也不笑话谁了。其实，这不过是湿疹之一种，当年没啥新药，就是硫磺软膏、癣药水、紫药水涂涂，尽量保持干燥干净。要干燥，白天没辙，情况再特殊，短裤得穿。晚上好办，往里外看不见的棉纱蚊帐里一钻，谁都知道怎么个干燥法：解除所有装束，涂上药水药膏，蒲扇扇着，那叫一个凉快干爽。

要干爽干净，还得多洗澡。那儿缺这缺那，唯独不缺水，只是别去沾疫水。由于山里没什么人家，有女军医、女护士的野战医院又群山阻隔于几十公里开外，指挥部一色的男子汉，性别品种单一，无所谓伤风败俗。因为大家身上一直黏黏乎乎，只要没有战事，我们几乎每天冲凉。由于选址隐蔽，有时敌机隆隆掠过，也是你飞你的，我冲我的。真的，战场有战场的规矩，有的规矩平常人难以想象。

先是找一个遮荫蔽日的所在，自己动手挖口井。那里水位高，挖不多深就见水。井口略微隆起，再在井沿四周铺层竹木格栅，这没挡没掩的露天浴场就成了。

安沛这个地方，一年四季没冷过，尽管井水比河水凉些，冲凉还就得这个温度，况且地下水相对干净。每到没有空袭警报的傍晚时分，从师长到士兵，都聚拢在井旁洗天体浴。一个个全赤裸着，任一桶桶清冽的井水自头顶往下浇。要说健硕男子的裸体美，此时绝佳，此处绝域。爱闹的还会把水泼在别人的头上身上，边泼边笑闹。这一刻真心是快乐时光，嬉闹的，贫嘴的，互相泼水的，没大没小，没规没矩，忘却隐私，忘情放纵，赤条条地闹腾。满山全是英雄主义和浪漫主义的混合气息。我又"浪漫"了一回。战场，空袭，炸弹，天体浴，这样的组合算不算是奇葩？

现在想啊，我们真的是既能忍受，又会讲究。再硬的仗能打，再多的苦能忍，像天体浴场这样有点原始的讲究，也不放过。你说是不是穷讲究？是不是很会过日子？那般水花四溅的喧嚷与铁石火光的硝烟，整个一幕错乱颠倒。有音乐细胞的，绝对可以谱一章战地交响曲。这一刻，我的思维突然跳到了音乐史诗《黄河大合唱》，何等慷慨激越，磅礴壮阔，为什么冼星海能抱病谱出？因为他曾行军于黄河之滨，因为他曾经历了战火洗礼。有体验和没体验,干什么都是两码事。

　　走南闯北,见得千奇百怪。有些奇葩,往往就是特别的环境、奇特的遭遇使然。

　　东奔西走,累是累点,苦是苦点,苦中作乐照样让人品尝别样的浪漫,让人生多一抹色彩。

28,气血流畅

　　自古用兵就有规矩:兵马未动,粮草先行。说远一点,楚汉相争,韩信所以百战百胜,萧何的后勤保障无疑居功至伟。说近的,志愿军在朝鲜战场所以连连告捷,不能少了那条钢铁运输线。越是现代战争,越是先进装备,对物资、技术等后勤支援,依赖程度越高,有的甚至起着决定性的影响。有人说,打仗实际也是打后勤打保障,似乎有点以偏概全,但不无道理。

　　越南南方的丛林战,美军不能自拔,连接越南南北方的"胡志明小道"于整个战局举足轻重。安沛是这条"小道"的交通要冲,我部镇守的142公里交通线,有公路、铁路、机场、桥梁、车站、渡口等,无疑是条大动脉,来不得闪失,更不能梗阻。我部万余兵马,近千炮管,日夜扼守以上要隘,使这条运输线血脉畅通。

　　说畅通,当然是相对的,"胡志明小道"不可能一年365天全时段、全天候毫发无损。公路、铁路被炸,桥梁、车站受损,局部和短暂的梗阻，十天半月、三天两头一直有。不过，来得突然，去得利索，立马就能修复。虽说不是分分钟搞定，但绝对用不了几个时辰。

保畅通，有两路生力军，一路是沿线越南军民，再一路是我们的铁道兵、工程兵。那里的公路完全为了实用，再讲究也就是砂砾路面。铁道是窄轨，备料多的是。所以，这里的公路炸个坑，那里的铁轨毁一截，修复作业往往就是一个突击。绞车、吊车、起道机、柴油机轰轰隆隆一块儿上，清场地，平路基，扛枕木，铺铁轨，一切轻车熟路，动作利落，修复如初很少超过24小时。

"胡志明小道"起先的确是条小道，后来道路拓宽，桥梁加固，纵横交错，成了一张长度13倍于边界线的战略交通网。那年月我们国家自己也难，但是，节衣缩食照样是越南的大后方。只要前方需要，我们又有，哪怕自己过紧日子，该出手时照样相助。我曾到过安老铁路的几个车站，亲见码放整齐的武器装备、医疗器械、大米罐头、棉布药品，直至电池、电筒、火柴、肥皂，林林总总，包装箱上都标有"CHINA""中华人民共和国"的字样。方方面面的援助，绝对慷慨无私。我身上穿的虽是越南人民军军服，其实也是中国制造。

由于空袭频繁，我运输队经常昼伏夜行，硬是练就了一身在昏暗夜色里闭灯行驶的神功。就这样，每晚穿行于7号公路，在各个阵地与我国云南省马关县、麻栗坡县、文山自治州等后勤基地之间穿梭。隔三差五，还得去开远、蒙自的兵站、分部补充战备物资。13 个月,没有哪天中断过。

由于我师驻扎越北腹地,后勤供给线拉得很长。为确保血脉通畅,指挥部特地为负责运输调度的后勤部运输科配了 3 名正副科长和 8 名助理员,绝对超配。即便如此,11 个人依然白天忙得团团转,晚上还经常跟车。多少"夜行侠"颠簸奔波于 7 号公路,武器弹药的补充,油料器械的供给,粮秣副食的保障……源源不断地穿梭于中越边界。

火炮、雷达和各类器械一有战损,即刻补充,炮弹更是要多少有多少。朝鲜战争过后,高炮部队除了每年实弹打靶,很少消耗弹药,库存阔着呢。由于没愁过弹药接不上,仗打起来也硬气。你不是飞机多、炸弹多吗?我也不是软柿子,一个集火齐射,空中就是一道火帘,也让对手知道什么叫赴汤蹈火。这牛还真不是吹的,我们这个加强师的火力密度,哪个对手也得掂量掂量。有时几十门炮集火射击,打下敌机还真搞不清是哪门炮击中的。

那段岁月,国内生活用品匮乏,吃的肉蛋禽类,用的火柴肥皂,一概持证、凭券、限量。相比之下,我参战将士的生活却得到特殊保障。就说伙食费,在国内每人每天 4 角 1 分,哪怕在西北荒塬同样是这个标准。赴越作战,伙食标准翻番,每人每天 8 角,听说这还是周恩来总理特批的,这在当时放哪儿都是高标准。至于吃了点啥,别的没记住,只记得午餐肉罐头、香肠、榨菜、挂面等大大地有,大个的肉包少不了三天两头一回。

因为 7 号公路畅通,既保证了上天喂敌机的,也保证了前线将士生活必需。除去一日三餐，还有同样是简陋竹棚的战地服务社。当然，人民币是不让带出国的。于是，1965年中国人民银行专为出国部队发行了军用代金券，面值1元、1角、5分、1分，用于津贴发放，平日买点牙膏、牙刷、肥皂、手纸什么的。有烟瘾的，高档的"大前门"3角5分，低档的"勇士"1角3分。正宗的茅台，也就4元1瓶，还没什么人买。20世纪60年代的国酒要是搁到现在，你说该翻多少跟头？此外还有水果，量多品种少。香蕉成筐供应，1角1斤，我都是成筐地买，搁在床板下，"共产"起来也快。那会儿我每月津贴52元，可经得起花了。所有这些，比起朝鲜战争一把炒面一把雪，不知强哪儿去了。

言而总之，因为气血通畅，身在异域的我们一切自给知足，自力自理。吃的用的不说，就是理发工具，两三个人的观察哨也是推子、剪刀、剃胡须刀一个整套。要不一年多下来，全成蓬头乱发的野人了。要说有啥不得不取自当地的，一是前面讲过的搭竹棚用的竹子、树条、葵叶之类，再就是生活用水。好在那儿缺这缺那，唯独到处都有水源。那会儿谁兜里都揣一小瓶净水片，经常自己找个干净地方灌一军用水壶，再往里头丢上半片，晃那么几下算杀菌了。这13个月，我还真没闹过肚子。

通则不痛，不通则痛。此乃中医的讲究。

粮草先行于兵马，是兵家讲究。

放手用兵，决胜千里，粮草无忧是前提，是硬道理。有人说打仗也在打后勤,言之有理。在某些环境和条件下,运输线通畅与否,足以影响整个战局。

29,无冕总编

说起来,我当"老总"挺早的,24 岁。

异域战场上那份《战地生活》,我是"总编"。整个编辑部也就两人:一个是我,负责采编稿件;还有战友陈德尧,专事刻印、打印。

办报之初,条件绝对原始。就连如今已成为排版印刷古董的铅字模板也没来得及准备,就急匆匆上了前线。怎么办? 手头有啥用啥:手工刻印。

所谓手工刻印,今天的年轻人也许只能在影视里见到了。当年红军出小报,印传单,用的就是这一手。这一手说简单也简单,其实就四要件:钢板,铁笔,蜡纸,油墨滚筒。说不简单还真不简单,要在特制的钢板上,用力拿铁笔一笔一画把字刻在极薄极坚韧的蜡纸上,刻写时必须用力均匀。轻了,油墨渗透不过去。重了,蜡纸容易破损。而且一旦落笔,便涂改不了。因此,每个字、每个标点符号都必须 200% 专注用心,容不得半点差错。

如此刻写、油印小报,全是手写体,而且是多种多样的手写体。标题、内容、重点什么的,总不能一种字体、一个格调吧。比如这张小报的报名,"战地"二字就是照毛主席《采桑子·重阳》里那句"战地黄花分外香"的头两个字描摹的,"生活"二字则取自毛主席另文手迹,再一拼接,《战地生活》报头集字而来,成了"毛体",很有气派。再说报眼,那年月不管大报小报,那个位置都是选登一段毛主席语录。陈德尧很有美术细胞,不仅设计了美观的边框,还刻绘了毛主席穿军装、戴军帽的侧面头像,大气端庄。可以说,整张小报两个版,笔笔不容易,字字皆辛苦。

蜡纸刻好后,置于一叠 8 开白纸上,再在滚筒上涂匀油墨,推一把,出一张。那时候"洛阳纸贵",印好一面晾干,再印另一面,几百份小报整套工序下来,好一阵忙活不说,衣服上、手上经常还会在脸上,留下油墨污渍。既为油墨,除了黑色颜料,当有油脂成分,要弄干净没那么容易。当时没有洗洁精、油葫芦等清洗剂,肥皂解决不了问题,就用牙膏、汽油。原先听人讲油墨香,我与油墨打了不少交道,没那回事。一身油墨脏倒是免不了。不过,当自己拿着这两版"字字皆辛苦",当看到这份小报在火线堑壕里手手相传,成就感满满。

至于稿源,两条来路:

一路是博采众长,取自各团的小报。那时候五个团都有自己的小报,报名都有点战场气息。例如,615 团叫《全无敌》,617 团的叫《战地红花》,624 团的叫《战地黄花》,一般每周一期,除在本团发行,每期都送师部。都说高手在民间,也包括兵营。别以为扛枪弄炮的都是土鳖,其实人才济济。干力气活没的说,笔头好的也多了去。五份小报浏览过来,舍不得放下的文章不少,挺矛盾的。闹稿荒不行,好稿过于丰富也让我作难,只有好中再选好。什么叫好中选优? 还不是见仁见智,总觉得版面不够用。哪个团小报上的稿件被师里的《战地生活》采用,都当喜讯来传,好歹也是被上级报纸刊用了。

另一路是"本报讯",即所谓本报记者自己采写的文字,说白了也就是我的拙作。那会儿自己年轻,又是在境外,在疆场,在天天有突发事、新鲜事、感人事的一线的一线,特别容易出亢奋点。哪里鏖战正急,哪里打下了敌机,哪里在围捕跳伞的飞行员,哪里挨了炸弹,哪里发生了拨动我心弦的事……自己保准三步两脚赶去,了解第一手原委。

战场上干什么都是快节奏。凡觉得值得一书的,根本不回师部,现场立马动笔,经常是坐着小马扎,倚着堑壕在膝盖上划拉。天色暗时,还会打着手电,或用那时候有种特殊的夜光笔赶稿件,几百上千文字,个把钟头拿下来一点不稀奇。倒不是自己的文思倚马可待,而是激情之下,笔停不下来,有些文字完全是和自己的脉搏一块跳,都是一挥而就,那种激情平时不可能有。再说,战地小报需要的是新鲜、感人、激励,文笔是其次,往往顾不上咬文嚼字,修饰词语。

这个时候,就想一件事:第一时间出报,抢"独家新闻"。小陈和我同守长夜是三天两头常有的事。一等功臣、雷达操纵手顾品康身负重伤,脑浆溅在显示屏上仍操纵手轮跟踪敌机;一等功臣高桂瑾在稻田助民劳动时触弹牺牲;一等功臣尤胜玉、卜万义搏击红河波涛,舍身救助当地群众……记录多少浩荡正气,都是在第一时间、第一地点一气呵成的。记得写尤胜玉、卜万义烈士的那篇,是在大雨如注的晚上,披着雨衣一气呵成的。一篇文章整整两个版面,专门刊出一期。

现在回想,尤其理解闭门造不出车,身临其境才会迸发带情感、有温度的文字。过了那个火烫的时刻,再重新构思,再遣字用词,情感和表述都不能同日而语了。

为了组稿,我三天两头沉在炮位,在堑壕里采撷各色战地火花。回到指挥部,依然竖着耳朵。哪里有点动静,拔腿就走。就这样,每周至少出版一期的《战地生活》,一期接一期发往阵地前沿,那是激越的战斗号角。

人是有情感的,生物界里最富情感。

想做成点事,没有情感驱动,没有感奋点,没有热忱和激情是难以想象的。无非有人性格外向,情感外溢。有人性情内敛,情植心间。

30,千里单骑

别瞧《战地生活》开张小,版面少,邮局的报刊目录里找不到,可这是我们自己的小报,自己的号角。战场的大事小情在里面全能找到,所以上上下下都挺把它当回事。我"猴子称大王",充任

"总编"，更是倾注了全部心血。

为办好这张小报，一年多里两次硬件升级。所以，这张小报前后有过三种版本。头一种前头说了，铁笔刻写，油墨推印，特别费力耗时。第二种铅字排版，先是按字号字型等把一个个铅字挑拣出来，排列于模具再付印刷，遇到冷僻字，还是少不了上手工，相较前一种没强多少。这时候有人出主意了：干脆升级买打字机，这东西上海有。

我是"总编"，家又在上海，买打字机得去上海，这趟差事摊我头上成了想当然。大家都觉得我总会比别人轻车熟路，多些门道。就这样，未及掸去硝烟尘土，乘窄轨列车，搭运输车队，单枪匹马昼夜兼程。折返国门，重新换上了人民解放军的行头。

那年月，弄张开往上海的火车票有点难。但是，我就凭一身红帽徽、红领章的橄榄绿，再是展示了那身越军制服，说自己从前线回来办事，弄到了开往上海的火车票。尽管是站票，没座。估摸站了五六十个小时总有，累是累点，不过心思一直在打字机上，也就扛过去了。还是拼的年轻，这也是硬道理。况且，前方的战事正急。

其实，派我回国办这事并不知人善用。我天生不擅与陌生人打交道，自己除了比别人多认识几条上海的马路，其他全是短板。"有困难找组织，找兄弟部队。"出发前师政委的交代我记住了，他给我的一纸"锦囊"也派上了用场。所谓"锦囊"，就是让我去找他在东海舰队（当年驻地在上海）一位当领导的战友。战友不比朋友，多了同过患难、共过生死的情怀。让帮忙买台打字机，自然倾力而为。两天功夫，不但事情办妥，还让我给前线捎了几百枚毛主席像章，说谁立功奖给谁。那年头领袖像章可宝贝了，哪怕有办法弄到点制作像章的铝锭，也让人刮目相看。

东西到手了，而且超计划，怎么带回去可是犯了难。那年文化大革命依然如火如荼。造反派造势，抢手的就是打字机这号物件，再加上像章，要是让这些人嗅到了，更是抢走没商量。那时候解放军与造反派发生冲突，还有"打不还手，骂不还口"的纪律。就算可以还手，我孤身一人，也是双手不敌众拳。

思来想去，还是有困难找组织，找到了铁路上海站军代表处。人家一听我是从前线来的，二话没有，立即把这些物品作为军机要件，连物带我一道塞进货车车厢。整节车厢全是货物，活物唯我一人，也算是特殊的"专列"吧。按说，我乘火车也算名堂多的了：几天几夜闷罐车厢里待过，几十个小时列车上站过，就连昼伏夜行的越南窄轨火车也没少乘坐，就是没尝过自己独一节车厢的待遇。这是什么待遇啊，连张凳子也没有。

一路上，和着火车咣哧咣哧，每天灌水啃干粮。水也不敢多喝，货车车厢没厕所。即便停站去厕所，也是三步两脚速战速决，总觉得自己守着那点东西踏实。实在困了，硌着那个木箱打一会儿盹，醒来腿脚发麻。每逢停站，站台上人声鼎沸，那是失序的年代，要怎么乱有怎么乱，我就神经高度紧张，生怕有人打劫。遇上内急，总要找个看着可靠的车站工作人员千叮万嘱，匆匆去，匆匆回,就怕出什么差池。那会儿火车行驶没个点,甚至遇到过司机开溜,半天才找回来这种匪夷所思的事。如此这般,一路坐立不安,悬心吊胆,没少惊险,总算熬到了桂越边境城市凭祥。

当初入越,我是作为"西路军",走的是西线。由云南河口过"友谊桥",疾插安沛。现在返越,由于可乘火车直接抵达紧邻越南的广西凭祥,比从昆明颠簸几百公里崎岖山路去河口便捷,因此走了东线。我重又成了"越军",从凭祥出"友谊关",经越南的谅山、太原,一路晃荡,再赴戎机。奔突了近200公里,途中还撞上过空袭。就这样餐风宿雨,前后倒腾了10天左右,总算带着又大又沉的木箱回到了那道山坳。作为奖赏,政委从我带回来的像章中给了我一枚。我呢,带了些上海特产,如城隍庙五香豆还有牛轧糖什么的,让战友们尝尝。

今天想来,那时的我虽然已经过了一通锻打,不再像初涉兵营时那样无能,但要孤身一人完成如此难度的差事,似乎不可思议。那年月没手机,没呼机,我就是没线的风筝,遇到困难只有请示自己,事到临头只能靠自己。当年的自己硬是想方设法,费尽周折,千难万险,没有出岔,人在物在,闯了过来。也算是雄关漫道,八千里路云和月,弄了个加长版的"千里走单骑"万里赴戎机,关山度若飞。落笔这一节,我甚至有点不信这是真的,24岁的自己能有这般能耐? 我回答自己:天无绝人之路,那些年一路的难,比常人想象的要多,能耐就是逼出来的,所有果决都是本能的应对。没这八千里路云和月,真不知道自己有这般身手。

当然,这一路也不完全是单枪匹马,没少了有困难找组织。只是关山重重,情急走险。有的办法就是秒上心头的,有的胆量就是硬逼、硬闯的。也许还有点运气成分,比如从货车车厢里钻出来,没引起疑心;带个大木箱接连搭别人便车,没出现意外;通过东线时遭遇空袭,没挨着炸弹……算不算充了一回"独行侠"?

用上打字机,一色仿宋体。整齐是整齐了,清楚也清楚了,小陈和我也不再满身油墨了。但也有人说,少了点战场风格,不如从前。

13个月,近四十期《战地生活》和近四十期《号外》,便是我和小陈在异域疆场的耕耘。它模样虽土,文字也粗糙,但战场上的"西瓜""芝麻",都能原汁原味地从里头找到。尽管由于保密,归国时凡涉及参战的所有文字,都上缴的上缴,销毁的销毁,偏偏有一期泛黄的《战地生活》在后来整理旧物时出现了。这个当年无意的遗漏,成了今天自己的典藏和念想,金不换。陈德尧则比我有心多了,《战地生活》和《号外》一期没漏地带了回来,合订成册,收藏至今,让我好生羡慕。这也是绝版啊!

我后悔自己过于呆板,后悔可以打的擦边球没敢打。我眷念乃至神往24岁时候的自己,那时候不懂天高地厚,不知道什么叫难什么是险。孤身穿越火线,出西线,入东线,这几天中国人民解放军,那几天越南人民军,独自一人于两国间出出进进,千里万里走单骑。

一个人的能耐，可以是教出来的，可以是学得来的，可以是练出来的……途径多种多样。使命必达，少不了逼。

到了退无可退，往往绝地逢生。人哪，到了亢奋点，会生成魔力，能量比平日翻倍。

人的能耐绝对是变数，上下限都难以恒定，有时硬逼着你超能。

31，黑屋孤影

那13个月，我的担子不轻，除了猴子称大王（我还真的属猴）当个"总编"，除了完成领导交办的七七八八，还兼着战地摄影记者。

尽管那张小报没条件刊照片，可是作为军事资料，光有文字不够，照片是不可或缺的。于是，有了我这个"土"摄影记者。当时"洋"记者也是有的，八一电影厂和南京军区来了两位：许家声、鲁晓明。他们是专业摄影，用的照相机甩我几条街，德国货，莱卡。除此，还有拍电影的摄像机。这在当年是稀罕物，不像今天手机随心拍，弄几十帧画面、搞个视频都是分分钟的事。我呢，每拍完16张照片，就得打开相机换胶卷，而且必须黑箱操作。当时就那条件。

起先有段时间，拍了不少胶卷没法冲印，不清楚拍摄效果，也不知道哪些该补拍、重拍。怎么办？自己冲印。这就得弄间暗室。简陋点不要紧,只要能冲胶卷、印照片就行。不会?没人教,看说明书。自己琢磨琢磨,觉得不难。

搭一小屋,对于搭过许多寮棚的我们来说不是难事。无非把四周竹篱码到顶,密密实实多垫几层油毛毡,做到密不透光。当然,伸手不见五指也没法干活。懂行的都知道,冲印胶卷、照片的暗室,只允许有黯淡的红光,排斥其余色光。我就用红颜料涂了个红灯泡,只要柴油机一响(坑道指挥所需要用电),我的"红灯记"便开张了。白天忙,一般都是夜场。

暗室虽小,空间局促,再多个人就转不开身子。然而五脏不缺,冲洗胶卷、印放照片、烘干裁切用的几种药粉、搪瓷盘、烘干器、裁切刀等整套物件,可以说一般照相馆有的我都有。要说不一样,也就是人家高大上,我属于入门级,简配。

多少夜晚,战友们睡下了,我开始了忙碌。一个流程下来很费时,经常忙到下半夜,倒是忙得很开心。那个年纪不知道累,越是稀罕的事,干起来越是情感涌动。

那时拍的都是黑白照,从胶卷开封到照片烘干整套流程,学会不难。几趟操作下来,从兑显影液、定影水,到洗印、放大再到烘干、裁切,自己一条龙,绝对操弄自如。反倒是现在,满街找不着能洗印我那些黑白老胶卷的地方。好不容易找到一家,开价吓人。

要说我的暗室比其他寮棚有什么特别,那便是封到顶,有扇门,挂把锁,钥匙搁我兜里。说这间暗室是我的独享空间吧,也不尽然。两位洋记者就时常找我借钥匙。

野山一间陋屋,室内一盏暗灯,灯下一个孤影,我在战域熬过一个又一个子夜。

可惜啊,我前脚回营房,还没来得及整理那些宝贝,军事博物馆的人后脚便到了,以保密为由,要求把所有照片连同底片,全数交给他们。那年代的人多实诚,当兵的尤其守规矩,我们都憨憨的傻傻的,上头让怎么样自己便怎么样,二话没有。想想也是,我们穿的是越南人民军军服,打的是一场不事张扬的秘密战争,要是照片流出去,的确泄密。况且,领导也交代这是纪律。就一句"纪律",我很听话地把照片和底片一张不留全交了。当时没点数,不上千也有大几百张。无意间留了点当初自己以为没拍好的胶片,这些次品今天反倒成了珍品。

真的可惜,那13个月里,除了上头来的两位记者,恐怕数我拍的照片多,尽管像素不理想。敌机呼啸着俯冲投弹,我高射炮一串串愤怒的火舌,阵地上硝烟遮天蔽日,被我击落的敌机残骸,奋身抢险红河洪灾,丰富多姿的战地花絮……我是用照片记录那场在越南、中国、美国的军史上都留下了一笔的战争,每一帧画面都倾注了自己的心血。有的画面也许只会出现一次,是永久的定格。我摁了快门,我又把它交给了别人。

现在想,那会儿自己也是死脑筋,不知道变通。要是打个擦边球,在同类内容、相似画面的照片当中,悄悄地留一些也没人知道,也算不上什么了不起的原则问题。这样想对吗?只能对自己说,一个年代有一个年代的情形,彼一时此一时了。这件曾经的憾事,如今只能释然,只能"俱往矣"了。

常听人说,要是当初如何,后来会如何……这样的假设有意义吗?时光不可逆,后悔药没处买,多少事一去不再,叹息一声,唯有释然。

32,挥泪英魂

那天的悲凉,我至今未能淡忘。每个细节,钉在心版。

谁都知道,军队是要打仗的,军人是随时准备流血牺牲的。有时一个冲锋,倒下无数。高炮部队也许比步兵伤亡小些,但是一排排炸弹泻下来,那就是火海一片。弹片不认人,崩着谁就是谁。那几年援越作战,我军还是伤亡了 5300 余人(录自《中国人民解放军的八十年》,军事科学出版社 2007 年),烈士都葬在了当地,未能"马革裹尸还"。

为此,我师甫抵安沛,立马就由政治部派员踏勘墓地。一看,先期参战部队安葬烈士的朗达烈士陵园从山脚到山头全用上了,再无空穴。

英雄捐躯得有安息的地方。于是,我们与越方商洽,又在安沛市郊盛兴乡选了一片相对平缓的山坡,专门作为我师的烈士陵园。当时就自下而上给空穴编了号。由于盛兴烈士陵园建在山丘,我们都叫它"友谊山"。

第一梯队是 1968 年 1 月 6 日入越的。头两天,两个穴位就有了人:1 号墓地来的是雷达站站长仇友益,家乡上海川沙,是没过完蜜月和我一趟列车入伍的。2 号墓地来的是战士郑必成,家乡福建莆田。往后来的人多了,越方又在墓地中央建了一座有数级台阶的纪念碑,上端有一颗红色五星,下书"越南人民记功",挺庄重的。

当年美国在越南的战略是南打北炸。几年下来,什么招都使了,南方的丛林战依然毫无胜算,往北方派出大批先进战机与我高炮雄师缠斗,也不占上风。随着丛林战和地空博杀陷入胶着,美国兵到底还是打累了,没辙了,不愿再这么耗下去了。在我师参战后期,美国终于走到了谈判桌前,美越开始了"巴黎和谈"。三方打打停停,跟 20 世纪 50 年代朝鲜板门店谈判时候如出一辙。

我们曾笑侃,美国人这样打得赢就打,打不赢就谈,与我红军初创时代打得赢就打,打不赢就走的游击战术,就差一个字,莫非师出同门? 就这样打打谈谈,谈谈打打,美国人还是台上握手、台下踢脚那套。越、中是以打促谈,美方则以谈助打。对决下来,到底还是让美国人心不甘情不愿地接受了"和为贵"。

随着空袭减少,战友们一个个全成了"诸葛亮",纷纷揣测部队什么时候凯旋。

就在此刻,有件事发生在了我身上。

眼看战事进入尾声,我国驻越南大使馆的袁云楼武官到访我师,归集烈士资料。为此,我奉命陪同驱车前往"友谊山"。使馆的车前方挂了面五星红旗,挺正式的那种。后面还有越方一辆车跟着。此行是去友谊山祭扫、辞别将长眠于此的英灵忠魂,核对烈士名册。袁武官和我,以及那束献给纪念碑的山间野花,都一脸凝重。

整个陵园异常肃穆。从走下车那刻,一排排墓碑跃入眼帘,我的心情便霎时沉重起来。整座友谊山就袁武官和我,还有位看守陵园的越南老乡。更多的是一列列永远安息于此的战友。"风萧萧兮易水寒,壮士一去兮不复返。"何其悲壮的诗句,何其耳熟能详,我心起波澜,空气却是凝固的。

我随袁武官时而缓步绕行于墓碑之间,时而长久驻足于忠魂跟前。有的名字是那样熟悉:仇友益,同年同月同日同一趟军列,从上海北站出发到达南京灵山;高桂瑾,同连同排同宿舍的战友,低头不见抬头见……一个个活生生的战友,现在他们身躯留在了异域,姓名留在了碑上,只能魂归故里。他们有家,却再不能回家。他们有父母,却再不能相聚。他们和我一起出征,有的还在同一哨位值过哨,在同一口锅里搅过勺。现在,我与他们近在咫尺,却已生离死别,阴阳两隔,处在世界上最遥远的距离。当我走近他们,心中怅然若失,泪水不由沿着脸颊滚落。再铁血的硬汉,也会热泪长流。

袁武官让我给每座墓碑拍摄一张照片,而且必须清晰地留有烈士的英名,生于……卒于……我在战场拍了一年照,没有哪次像这时,心生悲怆久久地凝视墓碑,对焦每一位英烈,屏息着摁下快门,就怕惊扰了他们。所有的胶卷都交给了袁武官存档,相信所有烈士的英名都留在了军史上。陵园里就三个人,却弥漫着硝烟味,让人喘不过气来。周围的青山草木无言,肃穆地见证着这一切。

我默默地想,战争的惨烈是穷尽所有词汇都难以刻写的。一个个曾与自己朝夕相处的战友,就这么永远、永远地留在了异国他乡。在这块焦土上,在铁与火的对撞中,说倒下就倒下,永远倒下是那样直截了当。眼前一个个战友的鲜活脸庞,变成了墓碑上冰冷的名字,他们在生命最璀璨的岁月消逝了,都来不及开追悼会。很多荣立一等功、二等功的英烈,都是在牺牲后追记的。他们会知道吗? 那只是给了家人一点点宽慰、褒奖。中国人是讲青史留名的,他们的名字永远留在我和战友们心里,永远,永远……

我曾亲睹烈士下葬。在举枪排放的一刻,军礼悲壮,山谷鸣咽。原先藏在自己内心的一些阴暗,这时候会被荡涤。一般人的心里多多少少总有点龌龊,这些东西最经不起战火的洗礼。

告别陵园,我不忍回眸,却几次回眸,这是个情感难以承载的地方,哀恸难以平复的地方。回程的路上,我想平静自己的情绪,但是做不到。袁云楼武官和我一直默然,只听见发动机响。来的时候还问我是哪里人,哪年参的军? 回程则久久没说一句话,好像此时说什么都难以表达心境。这就是战争,真枪真炮惨烈的战争。人生百年,有的事情是终身不会忘的。比如这天的悲凉,心里的翻江倒海。

这时候,我的思绪又跳回了屯兵云南时写的血书、遗书。他们的遗书真的成了绝笔,他们写给家人的每一个字重过千钧。我的遗书呢?我想修改。打过仗了,感触不一样了,心绪不一样了,真的想要回来修改。去过烈士陵园,又与那儿熟悉的战友打了照面,想到自己怎么出征又怎么回去,顿然觉得生死两茫茫,幸存的幸运。就为他们,谁都没有理由不发愤努力。

我在儿时曾两次瞻仰龙华烈士陵园,那时候是敬仰,受教育。当自己面对曾朝夕相处、音容宛在的战友,现在变成异域山坡墓碑上的名字,除了肃然起敬,便是悲恸彻骨。还有比生死更大的事吗?

从2011年起,我们这些古稀战友已三次组团重返"友谊山"。把家乡的土培上,把家乡的水洒下,把战友爱喝的酒、爱抽的烟留在那里。献花束,诵祭文,行军礼,洒热泪,告慰长眠于此的战友。因为这是一场"秘密战争",很多人不知道他们长眠于此,而我们对这些一同出征、却未能一同凯旋的战友,打死也不会忘记。当过兵特别是打过仗的都懂,战友的情谊里有血汗,有性命,最无价。

归来半个多世纪了。什么都可以回想,唯独陪同袁武官扫墓的那一天,唯独那座山、那座无言的纪念碑,经不住回想。想到从上海乘同一军列从戎的仇友益,想到住同一帐篷的同连同排战友高桂瑾,想到那些一起出征的战友,永远留在了那里,眼眶会湿润。想到他们不是老病而死,全是在青春年华慷慨捐躯,想一次,泪一次。有时告诉自己,有时老伴劝慰,这样想一次难过一次,伤身体,就别再放不下了。道理我懂,做不到啊!越是上了年岁,越是做不到。人生百年,让我心里头一阵阵翻江倒海的事能有几件?有哪件事能让燃烧的心永不熄灭?

我曾经问人:为什么歌唱战友情的歌曲尤其多,尤其感人肺腑?你听过电影《冰山上的来客》那首《怀念战友》吗?这是部老电影,也许有些人没听过这首歌。听听吧,相信有共情的人会泫然泪下。你听过刘欢唱的《驼铃》,那句"送战友,踏征程,默默无语两眼泪"吗?那歌词里、旋律里,有着过命的情谊。也许,不同的人听感受不一样。

人生大事莫过于生死。跨越过生死,没有再大的事。

能够不临战火,该是多大的福分。然在实际生活里,不停感叹日子过得没劲的何其多。

感恩每个太太平平的早晨吧,那都是有代价的。

33,班师西线

战火硝烟,伴我穿越了一个完整的本命年。

几多热火,几多热血,几多热泪,几多热切,终于凝结成了两字：归来！山川异域的归来，跨越生死的归来！

13 个月的战事，每天都有袭扰，每天都是故事，每天都不缺丰沛的细节。

人在亢奋的时候，往往不在意时间的流淌，时光的流速会特别快。我在安老防线的阵地，在孙热的山坳，一晃，13 个月。

我是 1968 年 1 月 6 日随部赴越参战，1969 年 2 月 15 日奉命回撤的，405 天，也就浮生一瞬。那一年多，几乎每天一样：空袭警报，烽火硝烟，隔空厮杀，撼天动地。对我来说，还有那份《战地生活》，还有那间丛林暗室。那一年多，又像每天都有每天的样：这次击落的是 F - 4C，下次击伤的 F - 105，昨天在哪里搜寻飞机残骸，今天哪个阵地有了伤亡……每个昼夜一样也好，不一样也罢，一直亢奋着，日复一日。要是哪天没响突袭警报，还会觉得缺了什么。

战场没有节日。1968 年，戊申猴年，我的本命年，除夕未见聚餐。至于清明的青团，端午的粽子，中秋的月饼，更是没人想起。战争，血与火，生与死，生生死死的场景见多了，会排斥平日所有的讲究。

我在越南战场过了两个春节：1968 年的春节，是军委三总部发来春节慰问信提醒的。哦，过年了！1969 年的春节，我是搭乘炮车自安沛往昆明，在车轮滚滚中度过的。因为除夕前一天过的"友谊桥"，一到河口，见家家户户都在忙过年，这才知道猴年画句号了。我在越南战场过了个完整的本命年。还过了两个最没有节日气氛,又是最难以忘怀的春节。

战争终有穷期。经过一年多的对决,终于打出个"巴黎和谈"。随着谈谈打打,总算谈出了点结果。到了我师参战后期,空袭渐渐消停了,炮膛渐渐冷却下来。1969年1月8日,中央军委来了命令:"经中越两国政府商定,援越高炮部队全部撤回国内。"

从1965年8月1日我首批高炮部队挥师南下,至我师最后撤离。三年多里,我高炮部队与对手隔空交战2153个回合,击落美国战机1707架,击伤1608架。其间,周恩来总理和贺龙、陈毅、徐向前、聂荣臻元帅还接见了战斗英模,陈毅元帅说:"这仗不好登报,是无名英雄。"(摘自《中国人民解放军历史资料丛书·炮兵·回忆史料》,解放军出版社1998年)了解军史的都知道,20世纪60年代,不算边境上的小摩擦,像样的仗有1962年的中印边境自卫反击战,1969年中苏边境的珍宝岛战役,唯独这场时间更长、规模更大、击落击伤敌机和我军伤亡最多的隔空绞杀,知情者讳莫如深,更多人根本不知道。千军万马挥师南下,三年多后班师归营,来去静悄悄。

正因为这场空地对杀的句号由我们来画,所以七七八八的事情尤其多:"房屋"交接,物资清点,资料归集,行装打点,也包括了我陪同袁武官的陵园别离和胶卷、照片递送等,林林总总,都是很耗工夫的。

班师前三天,1969年2月11日,越南国防部副部长陈贵海专程赶来安沛,代表越南政府和越军总部送行。说了许多热诚情切的话,一再感谢我们为越南的抗美救国战争建立了至伟功勋,付出了巨大牺牲。我和战友们接过了时任越南总理范文同签署的嘉奖证书,以及越南政府颁发的奖章、纪念章。我这个人向来不注重积累个人资料,只有自己觉得特别重要,才会有心留存。这几样证书、奖章倒是留住了,五十多年没丢。毕竟是劫后余生,从火线捎回来的。今天凝视这些纪念章和证书,有时会想:要是有一枚自家发的该多好。不为邀功,就为在告别人生前留个念想,自己的人生有这么一段最回肠荡气的时日。这些年,我军的编成和隶属一直在变,就怕再往后,参战将士的名册也弄不齐了。当初的新兵,而今已过了古稀……

待到临别,我们按照不带走一草一木,不遗漏片纸只字,不留下任何痕迹的要求,把不少值得留念的物品都交了。军服、军帽自不待言,还有像用高射机枪弹壳当套子的藤棍,用美机残骸制作的飞机模型等,统统交了。有的还制作得特精致,作为艺术品也拿得出手,结果全留下了。当然也有藏着掖着带回来的,那都是些"能人"。我不行。

2月15日18时,我随师指挥部撤离孙热,班师凯旋。从战区撤离同当初向战区开进一样,伪装隐蔽,空中警戒,交替掩护,一路沿7号公路行进。次日报晓,过境"友谊桥",这天正好是除夕。我们未及洗尘,又马不卸甲沿河口、蒙自、弥勒,绕了无数个山路十八弯,历时三日,直抵昆明郊外。要是从过小年算起,我在异域度过了两个春节。这辈子在国外、在战场接连过两个年,而且是在火线度过一个完整的本命年,好难忘。

收兵归营,大伙还兴奋着,教育布置下来了:"反骄破满"。没错,骄兵必败。可那会儿我们还没来得及骄傲呢。一年多了,耳边还响着战机的啸叫,高炮的怒吼。刚刚胜利班师,想的是赶紧给家里写信报平安,抓紧把战前没来得及办的事给办了。真要说这会儿大家想的,都觉得自己幸运,一条硬汉出征,一条好汉回营,多数战友和我一样,浑身上下零件不缺不损地回来了。不问九死一生还是九生一死,在生死线上穿行了一趟。当时我们一听"反骄破满"就反感。怎么啦?就是有点骄傲,谁不理解?何况也没谁居功自傲啊。那个年代就那样,打仗的时候顾不上,到了和平环境教育就来。权且当打预防针吧。

要说心里有什么疙瘩,有什么心结,那倒真有。由于历史原因,较长一段时间越、中、美当事方都对这场战争秘而不宣。天知地知,你知我知,中、美之间打了三年多,居然谁也不捅破这层窗户纸,那段战史被贴了封条。我有时自问,在自己的军旅生涯里,这一年多是否就这么屏蔽了,只能留白?那些长眠于异国山野的烈士,难道只能是有名有姓的无名英雄?在军史上,我军援外非本土作战很少,大的也就两处,一是在朝鲜,轰轰烈烈;再就是在越南,悄无声息。虽然前者的规模远大于后者,然而后者毕竟历经三年多,参战兵力也不是小数,难道就一直湮没?

好在任何秘密都是有时限的。自 20 世纪 80 年代起,这场战争终于一点一点地解密。1990 年 2 月,时任总参谋长的杨得志上将为《秘密出兵亚热丛林——援越抗美纪事》(解放军出版社)作的"序"中这样写道:"在我军的斗争史上,还有一段震撼世界、却又鲜为人知的援越抗美的光辉历程。这段不寻常的历程,无疑在史册上应有它的一席之地。"1992 年 7 月 3 日,时任国防部长的秦基伟上将题词:"援越抗美英雄业绩永载史册"。2014 年 10 月下旬,上海电视台纪实频道接连播出了《高炮部队入越战记》上、下两辑,中央电视台的第 13 套节目、云南电视台等传媒也陆续做了报道。至于新浪网等就更热闹了。2017 年 8 月,搜狐网还隆重推出《参战者》1—4 集,献给当年浴血疆场的铁马金戈。对于这场靠近北纬 17 度线,惊天地泣鬼神的地空搏杀的记忆,终于被唤醒了。对浴血疆场的将士,对以身殉国的英烈,历史终究没有沉默,祖国终究没有忘记。

此事已过去半个多世纪,作为滚滚烽烟中的一粒尘埃,什么前尘皆可放下,唯独这一年多未敢忘却,尽管早已淡然。古来征战几人回?想想那些战友长眠异域,我却完整无缺、拍拍灰尘回来了。天地硝烟,微末如我,生存下来就是幸运,还有什么不淡然的。

自己是参战者,也是幸运者。看没看淡是一回事,忘却没忘却是另一回事。今天再抚摩那些奖章、证书,很自然会有烽火狼烟的画面感。摩骑,炸阵,炮吼,陵园……别人谁解风情?也只有自己,老了老了,依然在意那些,有时独自泪盈。

人生百年,有时温吞,有时滚烫,有时还会崩几个"炸点"。哪怕一辈子不声不响,其实冷暖自知,不等于他没有燃情岁月。

　　世上还是凡人多。但是,凡人不凡。平凡的光阴间,也许有几阵高光;平凡的命运里,也许有几段激越;平凡的征程上,也许还有几声炸响。

四、乡曲

34，守株待"兔"

我服役的高炮 615 团，在自己从戎那年，担负起了全军战备值班任务。所谓战备值班，是指凡有战况战端，它将第一反应冲在前面，回第一枪、第一炮，是一把开了锋，且锋刃锐利的战刀。

实情确是如此。那些年东南沿海不太平，空情频仍。我团长期镇守浙江台州的路桥，威慑海空。

1961 年 9 月，部队移防安徽蚌埠。当年蚌埠郊外的南岗营房，虽然陈旧简陋，但是再寒酸，毕竟有遮风挡雨的屋檐，有摆平自己的高低床，拧开龙头就来水，有按点开的热乎饭菜，生活环境相对安稳。这一切，对于战备值班部队来说，知足了。"金窝银窝不如穷窝"么！

对担负战备值班任务的我团而言，从来没有太平过。过来人都记得，1962 年蒋介石曾策划反攻大陆，媒体上隔三差五有抓获登滩敌特的消息。我们在南岗营房待了也就半年，又奉命开拔，炮阵隆隆东去，执行要地防空任务。直到海峡对面消停了，才收兵归营。

不过,相对消停的营区生活日子从来不长。那时海峡对岸还做着梦,想着哪天能反攻大陆。搞不成大动作,小动静却一直没停,其中就包括经常派飞机,偷偷摸摸到东南沿海搞侦察。

当年台湾那边过来的美制侦察机,多是 P－2V。为了对付这家伙,我们拖着笨重的火炮,在敌机可能出没的航路上设伏,日夜狩猎,守株待"兔"。

P－2V 狡猾诡谲,性能出众,能够掠着海面、地面超低空飞行,隐身本事绝非等闲,雷达极难察觉。有许多回,我们头天晚上就接获空情通报,而且情报细得不能再细。例如,次日早上将有一架 P－2V 从台北桃园机场起飞,流窜大陆执行侦察任务,就连航路也有个大概。这种情况,没让我和战友们少嘀咕。我们怎么会对敌机的行踪如此了如指掌,时间上还有提前量,难不成对方的作战室里站着我们的人? 现在解密了,那些年的确有我们的人潜伏在对手内核。后来暴露了,不少人牺牲了。

即便如此,起先我们还是有点被动。有次我们正吃着饭,这个不速之客便从山脊背后钻了出来。待到空袭警报啸叫,大家冲到炮位,追着它屁股开炮也来不及了。

这样的扑空多了,对这家伙的路数也慢慢摸到了。此后,我们不总待一处守株待"兔",而是依照分析判断,无问西东地打游击,不断的换"株"逮"兔"。皖北四邑一些丘陵村野,我们不知绕了多少回。就如此打一枪换一个地方,斗智斗勇,用的是没办法的办法,兜兜转转依然十防九空。不过,设伏次数多了,到底还是逮住了"兔",一架架 P‑2V 成了战利品,一个个飞行员束手就擒。

由于 P‑2V 接连被击落,后来这种偷鸡摸狗的事也就收场了。这样的游击战,断断续续折腾了我团一两年。

其实,类似的战端很多。谁都知道,自新中国成立起,有过抗美援朝,还先后在北边、南边、西南边打过几仗。其他呢,好像还算太平,似乎算和平时期。

但很多人不知道,无论地面、空中、海上,没有哪天真正太平过。甭提别的,就说我亲历的那几件事:炮车东驱迎战蒋介石反攻大陆的图谋,走南闯北一路追着 P‑2V 打;核爆前夜西去边陲雪原两年枕戈;身处异域丛林与敌机格斗 13 个月……那些年南北征战没消停过,实打实的养兵千日用兵千日。

至于边境线上几度剑拔弩张,双方士兵枪口对刺刀,日夜对峙,那就是准战争态势,稍不留神擦枪走火,瞬间可以由冷战点燃热战。还有平日,不明飞行物抵近我国空域,我战机升空拦截;外舰驶近我国海疆,我舰前往驱离……如此这般,乃是三天两头常有的事。无非许多人置身事外,未见未闻,以为太平无事。

当初自己随着部队游击 P‑2V,不仅老百姓少有听说,即便是军人,要是没有参与其中,清楚的也不多。

那一阵的守株待"兔",让我直截了当接触了不少的"株"。因为大多在淮河畔的皖北乡壤打转,因此到的地方都是"老少边穷"，全是苦地方，旁人不去的地方。再是连队多为走村串户，借宿农家，因而目睹了一些最穷困的原生态。粗粝的现实让我对什么叫穷得叮当响，什么叫全方位贫困，开始有了切身体悟。

"养兵千日，用兵一时。"其实不然。多少兵马乃练兵千日，用兵千日。君未见：

有的事闹哄哄，其实空空洞洞。有的事静悄悄，往往非同凡响。

35，冰火长夜

那些年我部战备值班，这一阵由西往东，过一阵自南向北，在乡野，在高原，在异域，到这去那。营房反倒像半道歇脚的驿站。究竟有多少日子在乡壤东跑西颠，那会儿没去想，也没工夫在意。如今粗粗算来，我在高炮部队的头八年，特别是在连队那四年，野在外头的时间竟然多过在营区的日子。说起来，我们团、我们师是独立的高炮部队，不隶属于哪个集团军。论成色，实锤的野战部队。

既为野战，必须具备野外生存能力。谁不行，多折腾折腾便适应了。我就是。

每当驻扎荒野，帐篷便是自己的家。到了地方，大家便从炮车跳下，熟门熟路地支钢架，撑篷布，抢大锤，砸地钉，那叫一个麻利。七手八脚,三下五除二搞定。那个年代我们栖身的简便帐篷,今天已不多见:立柱就中间一根,篷布呈倾斜状直接扎在地面四角,方寸窄小,能直起身子的就中间巴掌大一块。俯下身子头挨头,躺下睡觉脚碰脚。外面下大雨,里头下小雨,得有人轮流照看几个脸盆,水满了往外泼。我们照样在雨水叮咚响中酣睡,习惯了。这种帐篷夏天不隔热,冬天不抗冻,远不及现在普通的救灾帐篷,难怪如今很难见着了。

不过,多数情况我们还是借宿老乡家。有时候难得见到水泥地,不用问,一准是小学。碰上寒假暑假,住校算是遇到了上好条件。课桌一拼,就是架子床。但十之八九还是投宿农户。当年的皖北农舍,墙是土坯垛的,屋里墙外一样的泥地,也就是门口多条门槛,屋顶有道梁,几根稀疏的枝条做屋脊,再压实几层茅草而已。我们呢,也就是借几捆麦秸往地上一摊,个挨个一溜通铺。什么地面不平啦,脏兮兮潮叽叽啦,猪啊狗啊待一屋啦,没谁在意。那年头军民关系那个好啊,越穷越闭塞的地方越好,都是争着拉战士去自己家,把堂屋让给子弟兵住。谁家住上了兵,水缸就一直是满的,柴垛总会码得让你手够不着顶。军民鱼水情,没有更贴切的比喻了。

记得是1962年初的一个夜晚,连队住村里。到了半夜,有户人家着了火。农户别的没有,就数秸秆、柴禾多,坐的长条凳、睡的板条铺,也多是自己找木料打的,火势蹿起来特别快。虽说这家农户没住兵,但部队驻地都设岗哨,黑魆魆里有火光,那还不是

138

刹那间哨声大作。于是，大家一脸盆一脸盆地从水塘里取水，哪儿蹿火朝哪儿泼。好在人多，又全是用不完力气的小伙子，火很快扑灭了。

那家农户孤身一人，本就没有多少家当，由于扑救及时，差不多全抢了出来，就是茅草房顶烧穿了。那会儿连队里农村兵多，有的老家也住一样的低矮土坯房。所以，帮助那户老乡修房子，架房梁，铺茅草，支柴门等，干净利落，大半天工夫就搞停当了。

要说麻烦，那天晚上的确有点麻烦。我和不少战友身上全被浇透了。淮河畔的三九天，棉衣的外层很快就冻得梆梆硬，像是穿了件冰铠甲，随便一动都能听见冰片碎裂的脆响。没有别的办法，大伙只能把一件又一件单褂单裤全套上。即便如此，我还是冷得瑟瑟发抖。千层单不如一层棉哪！

于是，我们找来柴禾，拢着火堆，拎着棉衣正过来反过去地烘烤。那时候我们还穿着那种没有罩衫的光板棉衣（次年冬天便有了棉袄的罩衫，还添了绒衣，冬日再不穿空心棉衣了），要是不弄干，第二天就没穿的，腊月天总不能一身夏装吧。

开头，一张张劳累的脸庞围着跳动的篝火，烘着经过速冻的棉衣，听着火星噼啪乱响，还在那里天南地北地侃。不记得是谁最先发现了异样，大家顺着他的目光，跟到了与我们一起围坐火堆旁的那家农户（后来听说是个鳏夫）。他正一脸愁苦，闷头不吭。所有没心没肺的胡侃嬉闹，霎时打住了。谁会真的没心没肺？

139

天亮过后,帮他修个遮风挡雨的茅屋当然不是事。两天后我们开拔,给他留了点吃的用的,大伙又从津贴里凑了些,走了。可以后呢?家徒四壁、柴米无依的他,生活还得继续。当时的这难那难太多,谁心里都不是滋味。

第二天,老天开眼,放晴。大家套上了七八分干的棉袄。太阳晒,身子焐,也就过来了。

然而,那一夜太长、太难忘。倒不是因为彻夜未眠,也不是由于那身冰铠甲,而是在熊熊燃烧的火堆旁,大火里抢出来的就几件搁城里也许无人捡的家当:一堆残旧的锅碗瓢盆,家具几乎没有,几件原来挂在一根绳上的破旧衣衫,还有一条烂被……太扎眼,太扎心。更有那个坐我们身旁,不知往后怎么过的农户,没谁心里不受冲击。

我们帮得一时,往后呢?其余的穷人呢?以前我知道农村穷,农民苦,谁知道还有这样的穷乡僻壤,还有这样贫寒苦难的农民。农民不是已经翻身十几年了吗?这天夜里,我真正看见了什么叫一贫如洗,穷得叮当响。这天夜里,我懂得了饱汉当知饿汉饥。这天夜里,懂了杜甫"安得广厦千万间,大庇天下寒士俱欢颜"那两句悲天悯人的诗。这天夜里我滋生了一种命运不公的心境,好像懂了一些以前没有感受过的东西……

人生总有或长或短几个瞬间,让自己难以释怀。因为那个瞬间,锥击自己的心扉。

人在学习、磨难中成长。感受某些触动，也会成长。

36，赶山伐柴

我当兵那会儿，连队有个规矩：每天有个人去炊事班帮厨，各个班轮。到了班里，大家挨着个轮。炊事班有炊事班的不易，让大家体会体会。掰手指头算算，全连百十号人，可不是小半年轮一回。

帮厨帮厨，一个"帮"字，就告诉你是去当下手。伙房那摊子事，多少也得有点厨艺，不是谁去了都能掌勺的。

我轮着过几回，记得淘过米，洗切过菜，打过猪草，扫过猪圈，都是不用怎么学很快能上手的活。要说印象深的，有两回：

一回是摸黑起身帮着磨豆腐。整个流程全手工，浸泡过的黄豆是拿磨盘碾的，一大锅豆浆是用柴禾煮的，点多少卤，用多少分量挤压，全由高手掌控，我只有打下手的份。不过收获真的有，自此除了觉得豆腐美味，也知道了吃到嘴里不容易。相比现在全是机器制作，做起来两码事了，少了忙碌劳累，味道却好像打了折扣。

还有一回，野营拉练到安徽滁县（现为滁州市），轮着我帮厨。荒山野地，几把铁锹三下两下垒个灶不难，就是费柴禾。于是，炊事班长让我进山砍柴。交代过任务，临了缀上一句："砍个差不多就行，早去早回。"都知道我身单力薄，没指望我有多少斩获，砍多少算多少。

那里丘陵岗地多,够荒的。四野多的是枝桠盘曲的野生杂木。我对自己有多大披荆斩棘的能耐是有数的,本打算早去早回。谁知道山丘起起伏伏,越是朝里走,灌木杂草丛生,枯干败枝越多。我有点逞能,只顾着越砍越多,没去想走出了多少里地,直到觉得背后沉了,再砍背不动了,才知道该往回赶了。

进山时候,一把砍刀一根绳走得轻便,还自得其乐地哼啊唱的。回程就完全两样了,不光力气已是强弩之末,更要命的是身后这捆着实有点分量的柴禾。自己费了牛劲一刀一刀砍的,哪里舍得扔半根。我弄了根树枝当拐,咬着牙往回赶。

身后越来越重,两腿越来越沉。远处望去,瞧得见连队的车炮帐篷。可明明走上了一段,再看好像还那么远。这一刻,我秒懂了什么叫"看山跑死马",什么叫"路遥无轻担"。这一刻,我知道自己说什么也不能坐下歇息,因为一屁股坐地上,就再难站起来了,那捆柴禾指不定就散了。

就这么走着,挪着,每一步都像过雪山草地。蓦然间,发现道旁有块齐膝高的山石,那个高兴劲儿啊,甭提了。我顺势把柴禾往山石上一戗,所有分量全给了石头,身子立马轻松了。这时候拧开水壶,咕咚咕咚一通灌,擦了把汗,扇了会儿草帽,算是歇了口气。不能说元气恢复如初,肯定是接了把力。

俗话说:不怕慢,就怕站。我没敢多站,重又挂上了挡。凭着那块石头给补充的能量,终于使尽洪荒之力,瘦马拉大车,把那捆柴禾背了回来。

炊事班长没想到，瘦不拉几的我砍回这许多柴禾，连着夸赞"好样的"，还跟指导员说了这事。于是，自己那份得意，盖过了当晚的腰酸背痛。

这捆柴禾实在是小小不然的事，一些手脚快、会下刀的，比我麻利得多。我也就是自己跟自己比，开头自己根本没想能砍这许多，甚至觉得好难好难。不经意间的开挂，也算知道了自己究竟能够承受多少负重，能够走多远。还觉得一些原本认为好难的事也不过尔尔。咬牙坚持一下，换来峰回路转。这样的斩获，比那捆柴禾可金贵多了。

我们这支战备值班部队也就专找这种蛮荒的地方绕。工事随便挖，走的时候填平如初。柴禾满坡随拾，挥刀砍不尽，野风吹又生，好像越是荒野越能疯长。

那片丘陵是地道的穷山恶水。说句不中听的，那年月，那疙瘩，就还停在中世纪。虽说不是刀耕火种，生存劳作却停留在很久很久的从前：用落后的农具干活，用晒干的牛粪烧火，吃的、住的、使的……土得不能更土。看不见电线杆，没有可以称其为道路的路。就几家农户，都是土坯和疏枝搭的草屋凑合着住，经常吃了上顿愁下顿，真的穷。地也不争气，有的年头麦子收下来，甚至不比撒下去的种子多。

我半个多世纪没去那里了。那会儿那里的岗地、丘陵地貌特征都差不多，今天自己去了，怕也寻不见当年的坡。听曾去寻觅旧踪的战友说,现在那里变化可不小,通电、通路、使唤农用机械,那是很早以前的事,有的地方居然捯饬成了风景名胜。农家乐东一家西一家,玩好、吃好、睡好,游人还不少。按说我对那儿够熟,就是想象不出会是怎样的变化。三十年河东三十年河西吧。

我也知道,这儿的变化只能是这儿,毕竟北临淮河南接长江,穷山恶水也算有山有水,地利还行。往远处看,还有多少乡壤困苦艰辛,奔小康的路不好走。

好些事情,成与不成就看能不能再坚持最后一刻。挺住了,拿下。挺不住,功败垂成。当中的节点,就是坚持。

最后几步路,最后几分钟,最后一口气,在整个事件中物理占比不大。但这个时间点最折磨人,最考验人,最磨砺人,也最成就人。人与人的差异,常常在这里。

37,苦寒农家

前头讲到过,那些年我团战备值班,东奔西突游击 P－2V,兜来兜去,多见山村圪崂,穷乡僻壤。皖北的滁县、凤阳、明光、定远、来安、天长等,无不荒凉贫瘠。即便经常去的浙江长兴,大概念说起来在富庶的杭嘉湖地区,山里人家一样贫穷。

多少年了,军民关系情同鱼水,而且越是穷苦的地方这种关系越铁。我们野宿,只要靠近村子,自己带的帐篷肯定用不上,老少乡亲争先恐后把我们往家里拽，说什么也得让你"落户"。

那些年，那些地方，那些人家，那是真的穷困潦倒，泥巴砌的墙，疏枝茅草做的顶。就这泥坯房，垒起来也不易。由于是挑湿泥直接夯，一得等旱天，二得抢时间。就因为等不起，需要乡里乡亲帮忙不歇气地干。今天你帮我，明天我帮你。要是赶上部队在那里停留，绝对是建房的良时吉日。不少战士干这活是行家，我当下手还行。

这种房子到了冬日，门一关，尽管墙上刷过白灰，因为窗户又少又小，平日烟熏火燎，里面总是昏暗的。问起为什么不多开点窗？为什么不把窗户开大些？人家的回话能把自己噎住：土坯那个重，窗框大了能扛住？再说，屋里也没几件家当，就连拼床板的杂木条，也是有宽有窄，有厚有薄，有的缝隙手掌都伸得过去。至于人畜同住，也不过是猪一头，鸡两只，限养。多养的是"资本主义尾巴"，你不割，自有生产队帮你割。

住在这样透风多，透光少，人畜混居，白天也会有老鼠窸窸爬过的泥房久了，倒也见怪不怪，慢慢适应起来。唯独处理内急是个不大不小的难。当然，小解从来不是问题。乡野，荒坡，男人，找个犄角旮旯不难，都懂的。大解则得有点规矩，随意放肆不行，只能在农家茅坑如厕。像我这样自小在城里生活，即便在 20 世纪 50 年代初，家里再不济，用马桶，每天清早也有人推着粪车到各家各户收排泄物，各家再自己拿竹笤帚把清空的马桶刷洗干净。后来有了抽水马桶，那就不用说了。

面对粗陋的农户茅坑,真的难以接受:很多人家就是埋个大缸,上头搭两块木板,一脚踏不稳,后果很严重。四周也就拿秸秆围了围,里外能互相瞧见大概,要是上方弄个破旧的石棉瓦盖上,雨天能对付,就算有点讲究了。自己蹲在一缸黄色排泄物之上,有时还见到蠕动的蛆,这时候嗅觉已经无感,只求速战速决,小心翼翼撤离。

不过,大缸倒是不见外溢。过些日子,农户便会用长柄勺子把内容掏出来,弄到地头的坑里,和杂草一道沤上些时间,便使在地里了。那些穷地方一般不兴化肥,用的多是自己沤的农家肥,不中看,中用。

即便那些茅坑足够粗陋,比起我们野营的"旱厕"还是强些。由于拉练常常是前脚到,后脚走,一处待不几天,所以是怎么简单怎么来。那时候我们建旱厕,其实就是找个避人的地块,往下刨去一层,在里头挖两三个蹲坑。四周没挡,上方无遮。连队撤离时,埋土填平,恢复原貌。

旱厕旱厕,真的只方便了旱天如厕。雨天的山野,遍地泥淖不说,烦恼的是蹲坑边沿滑得不行,极难落脚。没体验过的不妨想想,要是雨夜遇有大解,身着雨衣,手持电筒,一路泥泞,落定在湿滑的蹲位,是不是高难度?没经野外体验过的,肯定接受不了。当然,这是我们那时土得不能再土的法子,不知道现在是怎么搞定的。

野宿农家,是那时的家常便饭。到处都是原生态:所见的是原生态的山水,所接触的是原生态的乡亲,所感受的是原生态的人情冷暖。实难忘那个年代的人间烟火。我感恩那些穷山恶水给我补了过去欠缺的那根筋。倒不是过往自己没听说过农村苦,农民难,实在是体验没体验两回事。要真正读懂农村、农民,不沉在那里过一段时间是做不到的。要是没在积贫积弱的穷乡僻壤待一阵,多半只会停留在那种无感的懂。

我的农家野宿,比起破衣烂衫,经常食不果腹,而且少有怨尤的许多农民来说,根本渺不足道。于我,也就是一时走过,体验一阵。于人家,生于斯,贫于斯,终生于斯。直至今天,但凡想起这些最勤劳有些还极聪明,尽管活得很苦难、很沉重,依然很有生命力的农民,我会想通许多。发现自己所向往的岁月静好,就在身边。

　　百闻不如一见,亲见不如亲历。由自身体验得来的认知,绝对比匆匆一瞥长记性。

　　知足,不知足,都是比较得来。

38,"三湖一山"

讲起"三湖一山",必得交代一下有名的"五·七指示"。所谓"五·七指示",是指 1966 年 5 月 7 日毛泽东主席写给林彪的一封信,里头说:"军队应该是一个大学校……学政治,学军事,学文化，又能从事农副业生产"。

那是"一句顶一万句"的年代。就一句军队应该从事农副业生产的"最高指示"，让全军闻风而动。

地在哪里？好办！那年月"军管会"说话顶用，让当地"革命委员会"点个头也容易。没土地，就向水要，向山要。于是，有了这儿讲的"三湖一山"。

"三湖"其实是两湖一江。当时南京军区炮兵下辖三个师，都是向水要的田：一个在江苏宜兴的滆湖，在湖滩围出了近万亩的滆湖农场；一个在苏北淮阴，筑堤泗湾湖，围了个一万亩的泗湾湖农场；还有一个在江苏句容的桥头镇，把长江滩涂一圈，办了个大几千亩的桥头农场。至于"一山"，因为在南京近郊汤山有个炮兵靶场，改造一下便有了汤山农场。

扛枪的荷锄，打炮的围湖。围湖造田是件特别艰苦的劳作，旷野，江湖，寒冬，干活浑身湿透，停下瑟瑟发抖，脚下烂泥污水腐臭难闻。终于围湖造地，辟山成田。于是春种秋收，我们有了自己的"南泥湾"。

"三湖"我没少去。五月的阳光下，滆湖农场的麦田一望无际，风过起浪，的确金灿灿，那句"金色的麦浪"形容不算离谱。养的鸭子成群下水，成群上岸，嘎嘎喧闹。桥头农场的鱼塘，哪网下去都不下几百条，大青鱼尤其多。泗湾湖农场的高粱红得发乌，他们自酿的"湖泉大曲"远近知名，据说是得了洋河大曲的配方和真传。

"三湖一山"于我而言，更难忘的是知农事，练农活。有的农活看着简单，真要自己上手，那就是千难万难。

就说割麦子。那些年再简陋的收割机也没有，全人工。就是每人一顶草帽，一把镰刀，包一两畦麦田，一样宽，一样长，不带帮忙。战友中很多在家就是好把式，镰刀一揽，唰地倒下一片，几刀下来，拿麦秸一绕，便是一扎。那个利索，噌噌地往前赶。我呢？依样画葫芦，割麦、扎把咋学咋不像，整个慢工出糟活。开镰不多一会，自己便落下好远。人家完工后田埂上一歇，扇着草帽喝着水，衔支香烟聊大天。我却望着畦头还有好远，愣是嘿咻嘿咻地干，不敢直腰。别人瞅着我一刀一刀来，也不搭手。那倒不是让我难堪，就一个字，逼。眼过百遍不及手过一遍。

割完麦，车驮肩扛弄到场上。石磙碾压，顺风扬场，再把麦秸垒成垛。一个流程下来，不用人教"谁知盘中餐，粒粒皆辛苦"，自己就明白了一粥一饭来之不易。

其实，"三夏""三秋"也可以叫抢收抢种。一个"抢"字，全说清了：晴天抢干，雨天巧干，白天大干，晚上加班干。麦子新熟就那几天，人手紧可以起早贪黑，就怕天不帮忙，来了"东海龙王"，下不了地，扬不成场。所以，只要天放晴，那就是龙口夺粮。抢割，抢运，进了粮库，机器风干，才算劳动果实到手。春种秋收那点事，今天也没谁敢吹牛，不用看天吃饭。

我在南京待了13年，每年去汤山农场"三夏"（夏收、夏种、夏管）和"三秋"（秋收、秋种、秋管），大伙戏称"修理地球"，每回总有个十天八天。在那里割麦,插秧,薅稗,垒垛,全是打无从下手到边干边像。每年总要当十天半月穿军装的农民。虽说那段日子不比别人能干,也没比别人少干什么。那个疲乏,每天扑腾下来,累得连洗脚的力气都没有。干一星期的活,一星期不洗脚,干十天那就十天臭着。反正脚臭、汗臭一屋,找不到源头,谁都是源头。那份邋遢,总得等到临回去,到当时没人在意、今天名闻遐迩的汤山温泉,把一身污垢和汗臭、脚臭一次性打理。每回洗过温泉,头发一定黏结,得用手掰扯半天。听说是因为水里富含硫磺,能治某些皮肤病。那年月不兴造假,汤山温泉确是温泉。我见过蒋介石夫妇曾用的池子,私密没有问题,硬件倒是一般般。现在各省各地温泉如雨后春笋,数不胜数,你有我有大家有。孰真孰假,天晓得。

好些活,想来很普通,看上去也不难。一旦自己过手,感受截然不同:眼过百遍不及手过一遍,生活的每样体验都是有意义的。

细活也好,粗活也好,全是打无从下手到边干边像的。不尝试,不躬行,一是永远学不会,再是永远没体会。

39,乡壤再识

我在一支战备值班部队戎马倥偬八年,多数时候不在兵营,而是在乡野转悠。由于多年从淮河流域到黄土高原,从华夏九邦到异国丛林,执行战备和作战任务,接触乡野农村特别是穷乡僻壤多,渐渐颠覆了我对农村和农民的认知。也算是搂草打兔子的一点长进。

我家所在弄堂的一个口子在宜昌路上,宜昌路沿苏州河延展。自己从小就一个印象:河对面是"浜北","浜北"差不多就是乡下。再就是有次春游去了川沙县的高桥镇,一路农田阡陌。结论:浦东是乡下。

讲起我的祖籍江苏无锡,一定不能少了一条小河,一座小桥。一条小河,是指南门外有条耕读河,早先叫菰渎港。菰是茭白的意思,菰渎顾名思义是生长茭白的水面。一座小桥,当初叫西菰渎桥。南乡农民进城,必经此桥过。光绪二十三年,小桥重建。当地官员觉得菰渎与孤独同音,于是更名耕读桥,耕读传家么。我出生的小屋就在河畔桥侧,后来迁居上海。

上小学时有几个暑假,我是在无锡祖屋过的。要说记得煞煞牢的,是有口小井。每天清晨拿个西瓜,放铁桶里浸于井水中。下午提上来,那个清凉,花皮黄瓤,七十年没忘。所以,后来上学读到"小桥,流水,人家"的诗句,很自然就对上号了。可不是吗?"小桥",有,耕读桥,如今是文物保护单位,前年我还重游。"流水",有,耕读河,至今流淌依旧。"人家",有,我家就在岸上住,只是如今起了高楼,人家多了。蝉鸣蛙噪,野花小草,鹅鸭游弋,炊烟袅袅,进城的农民哼着小调从桥上过,真的有田园牧歌的味道。

儿时的我，以为能吃上王兴记双浇面的崇安寺，以及有正宗酱排骨的三凤桥，还有演过锡剧《双推磨》(此生看过的唯一锡剧)的那个戏台，才算城区。虽然我的祖屋所在也是小河潺潺，河沿青青，小桥弯弯，但算不上乡村，充其量是城乡结合部。要不，地址怎么是南门外谈渡桥石子街15号呢？母亲曾带我指认自己呱呱落地的那间小屋，房门朝东，七八平方。前年我去寻找自己生命的原点，桥在，河在，却再没有炊烟袅袅，鸡犬相闻，柴禾老灶，石板铺路，祖屋更无影无形。这些年无处不兴土木，旧陌平房哪能留得住？我想寻找自己生命的原点，找那间小屋，纯属单相思。

17岁前，我最远的足迹也就到无锡。每每回故乡度暑假，从火车的车窗望出去，地是绿的，水是清的。即便是20世纪50年代，经过苏州到无锡，这一路多是粉墙黛瓦，见不到泥巴垛的茅草屋。不过，历朝历代的这两点一线，从来就水土丰沛，是富庶的沃野和鱼米之乡。"太湖熟，天下足"么！

乡壤真的如此吗？当年那点视域，决定了自己肯定不会有正确答案。

参军后无问西东的奔波，让我领略了更多陌生的天地，尽管视界依然有限。中国太大了。

以前，我见到的多为好山好水。后来的跋涉，特别是开头八年，我有多半时日与穷乡僻壤为伴，与淮水、黄水为伴，与不毛黄土为伴，与异域丛林为伴。这时候，我体验了穷山恶水的凄冷烟

152

火,见到了意想不到的贫困。这些,前面零零碎碎已经涉及。尽管山无言,水无语,这段经历还是拓垦了我印象里的一块荒地,矫正了自己对农村认知的维度。让我一点点懂得,广袤的田野山高水远,天高地厚,绝不是自己从前所见的那一亩三分地,反差太大太大。

照说,那些地方不是我的乡土,但一旦接触那样的赤贫,便触动了自己内心很深很软的一块。人心是肉长的。几十年了,依然难忘那片乡土。

半个多世纪了,沧海桑田,农村的土坯房渐渐淡出了视野,坑坑洼洼的土路压实了,电线扯上了,不少农活交给了机械。有些地方还办了"农家乐",把耕犁、碌碡、磨盘、锄头、镰刀、尖杈、耙子等农具都放院子里陈列,还让游人在大犍牛、架子车上坐几分钟,美其名"体验农村生活"。"农家乐"乐了游人,乐了主人。又有多少人知道,"农家乐"的前世曾经是满满的苦难记忆。就是在今天,还是一方山水养一方人,"农家乐"得靠招人眼球的好山好水。那些山不转水也不转的荒原穷乡,一样是农家,却"乐"不起来,不少地方还在朝温饱线奔。

乡壤给自己的印象,不只是薄地、茅屋、旱厕、下雨时的"水泥路",也不是那些比刀耕火种强不了多少的落后农具。真正有冲击力的,是人。

20世纪60年代那些地薄人穷的乡野,在农田里劳作的社员,每天为了挣那一角、八分的工分,弓着腰一镢头一镢头地刨,一镰刀一镰刀地割,风里来雨里去,用力地活着。一年忙活下来,依旧被穷困绊倒,很难躲过青黄不接。乡村小学里有从师范学校毕业的老师,公社医务室的赤脚医生有的是读过医大的。委屈吗?他们没觉得,那是淳朴的年代。

这世上就是有很多人,那些一眼就一览无余的人,囿于山穷水尽,没坐过汽车,没见过火车,一辈子就在简陋的农舍深居简出。日出而作,日落而息。外面的这变化那变化,好像和他们没有什么关系。就说自己最吃苦受累的日子是当架线兵,哪怕一直当下去,服役期三年也有个头。人家呢?想想真的无语……

那时候他们能见的世面,也就是从十里八乡去镇上赶集。我到过那种地方,穷归穷,每逢农历3、6、9,即初三、初六、初九,还有13、16、19……或者逢五逢十,都还有个集。三五天一集按说次数不少,我曾好奇地随处转悠。那是什么集啊,从头扫到尾,尽是些用树枝、秸秆、蒲条编的篓筐、锅盖,还有手艺人打的条凳,箍的木桶,闲置的旧农具等。除了不多的鸡蛋、鸭蛋,主副食品少见。要是逢枣树结果,枣子倒是有些。那时候枣树都是野生野长,没用过农药和催生素。结的果实不中看,口味却不差。尽管不少农户既自己摆摊,也拐带逛街,还是交易冷清。谁要是摸几张十元、五元,无疑是大买卖了。不少人清早怎么来,下午又早早地原样担回去。

因为闭塞,少见世面,许多农民除了劳作,打发光阴也简单不过。记得有年冬天,我去驻在江苏宿迁晓店、井头的高炮659团蹲点。出了营区就是村子,正是农闲时节:几个满脸沧桑的老汉,吧嗒吧嗒嘬着呛人的旱烟袋,蹲着下棋。棋盘是随手在地上画的,横不平,竖不直。棋子就是小石子,你挪一步我走一步,下的人、看的人都目不转睛。直到今天,我还是叫不上这种就地取材、随处可下的棋叫什么名。还有几个穿着空落落的棉袄,系着缅裆裤的,个别还趿拉着鞋,在墙根聊大天。要说带点动静的地方,当数水塘旁,水波潋滟,几个半大不小的孩子打水漂正起劲。打得好的,石头片能在水面弹跳十几二十次,飞出去好远。他们见我看得入神,便捡起几片让我一道来。这玩意儿学会不难,最好有块薄些的瓦片,俯身成小角度,用力平行旋击水面。瓦片贴着水面连蹦带跳,一跳便是层层涟漪,玩得大呼小叫。要说他们也有"开心一刻",我想这就是了。

这是 20 世纪六七十年代我所亲见,是当时皖北苏北一些农村的真实,与诗文里的田园牧歌完全不搭调。他们生长于斯,终生于斯,算碌碌无为吗?我马上否定自己的设问。无厘头地说吧,下了几十年石子棋的,要是一直琢磨围棋、国际象棋,会不会……一出手打好多水漂的,要是苦练哪个体育竞技项目,会不会……我假设,我臆想,好像也不是完全不着边际。如今有的国家如日本等,真有了打水漂这样的竞技比赛。历史上不是有一度靠接济为生的韩信,闲居卧龙岗的诸葛亮吗?要是没有刘邦的起用和刘备三顾茅庐,他们的人生能开挂吗?

事实是,不少生活在底层在边缘的人,生存在这样的物理空间,视野缺少广角和长焦,决定了他们再怎么努力,也很难改变自己的命运。他们的生活内核,最现实的是油盐酱醋,是一日三餐,是饱暖有着落。面对维持最简单的生活仍举步维艰的他们,你说要减肥,人家还食不果腹;你说要断舍离,人家还在愁生存必需,整个是天壤云泥。

如果说我对农村的所见所闻还是浮光掠影,那么我对曾在同一口锅里搅勺,同一溜大通铺头挨头、脚碰脚的战友,应该算知根知底了。那些年,部队里也就在我当兵那年多招了点城市兵,八九成还是来自农村,而且越是穷苦的地方兵员越多。别看他们自嘲"土老帽",其实他们身上那些最本原、最朴素的原生态,恰恰是自带光芒的向阳面。他们守着"人之初",善良本真,待人朴拙。一是一,二是二,爱恨简单无保留,没有虚头巴脑的玩意儿。别瞧他们"一根筋""缺心眼",却有着丰富的喜怒哀乐和清澈的至情至性。那种纯朴清朗,想找点杂质也难。我们这批从城里来的高中生,那会儿居然"珍稀",被人叫开了"知识分子"(天知道有多少知识),可在他们跟前,样样高下立判,谁都不敢高看自己,真没什么可以牛掰的。要说人家有什么不足,无非是过去囿于环境,少读了点书。那又怎样?书本上的东西,进课堂是能补的。相形之下,洗涤心尘和为人处事,更压分量。

那个年代有句口号:走与工农兵相结合的道路。由于家人、邻居、同学中不乏当工人的,加上自己读书时有过一阵勤工俭学,操弄过车床,好歹也算有过浅尝辄止。当了兵,不用说,甘苦自

156

知。至于对农村、农民的了解,实际是我的一块短板。短到什么程度?有句俚语:没吃过猪肉,还没见过猪跑?想来这句话是穷人说的。我呢,猪肉没少吃,当兵之前还就是没见过猪跑。至于其他农事,近乎白纸一张。当了兵,走了点穷困地方,与最穷苦的农民打起了交道,算是有了些许了然和体验。

人真的不可貌相。我在四连指挥排生活4年,没挪过窝。二三十人,一千多天,白天夜晚厮守,熟悉得与家人无异。谁有多大能耐,谁有什么潜质,应该说拿捏个差不离。其中好几位,论进取意识、刻苦钻研、心领神悟、动手能力等等都是好手。绝非自谦,智商、情商比我强。然而,除了来自军校,士兵提干麟角凤毛。当时政策是哪来哪去,降生投胎决定了他们还是回原来的村子,种原先种的那几亩薄地。近年我打听到两位,几十年一直窝在村里,生存艰辛,负累一生,籍籍无名。倒不是说农村无可作为,不是说条条路通罗马、行行出状元吗?问题是他们得不到公平的机会,没有参与竞争的渠道,那里根本就没有路。

什么天生我才必有用、是金子总会发光、人穷志不短,那是诗句、格言。在有的地方、有的时候当不得真。谁未见,有的人一身本事无处施展,也有无能之辈偏偏占着茅坑。荒野草莽,人尽其才何其难。

世界那么大,应该多看看。好山好水固然养眼,穷山恶水也该进入视野。若能体验一番,更是值得。自身体悟和一

157

般般知晓,毕竟不一样。真正走入山水课堂,那些截图会让你懂得比较,懂得知足,懂得许多。

诚然,人生百年,足力有限,眼力有限。即便足力眼力到了,观察力、解析力还是有限。只是走过路过不要轻易错过,让自己多点经历,多点见识,多点证实证伪的判辨力。而要真正看透、参透,大不易。

五、码字

40，无心插柳

我的人生一大转折，发生在黄土高坡那张小马扎上。本节写了一桩小事，一件自己随兴而为的小事，结果成了人生的第二个重要节点事件(第一个节点是辍学从戎)。

把时间线拽回塬上。

塬上荒漠，我插过一截柳。本是随兴而为，居然成了一次转机。要是说当兵是个"误会"，这次无心插柳，收获倒不是可有可无的意外。

那时候没电视，网络更闻所未闻。报纸倒是有，总得延后几天。连队仅有一台收音机，用来排排坐收听中央人民广播电台的新闻，总是夹杂叽里哇拉的噪声。这不奇怪，我们是在鸟不拉屎的偏僻角落，信号缥缈。

训练和生活一天拷贝一天，寡淡不过。那年月强调突出政治，读书是毛主席语录和"老三篇"(《为人民服务》《纪念白求恩》《愚公移山》)，开会是阶级斗争年年讲，月月讲，天天讲，指导员上

159

课难免老生常谈。即便如此,上课时候谁也不敢交头接耳,迷糊打盹。百十号人齐刷刷坐在马扎上,指导员只需抬眼一扫,全场尽收眼底。

那时我是班长,自然得带头好好听讲,认真做笔记。乍一看,我还真够用心的。坐在马扎上的自己,时而抬头"虔诚"地听,时而埋头写点什么,做笔记的模样。其实那是忽悠,别看班长们都坐在前头一溜,就在指导员脚跟前。指导员讲课目光如炬望前方,眼皮底下偏偏是"灯下黑"。我看着够"乖",像在认真听,仔细记,其实脑回路的轨道上一直跑着火车,没听进去几句。小本上划拉的,经常是些自以为是的小诗、随想一类。写得咋样另说,自己对自己的落笔还是挺当回事的,会时不时拿出来翻翻,涂涂改改,整理一番。

那些不成文字的文字没有留下。我回想过,当年的落笔虽说青涩稚嫩,谈不上诗意词韵,更扯不上有多好的内涵意蕴。但是依稀记得,写过自己亲见的雪域荒漠,写过自己亲历的阵地豪情和战士心声,虽说那通涂鸦难免年少轻狂,文笔粗糙,但是军营气息、兵味、土味还是有的。

还是觉得可惜,后来岗位多次调动,驻地不断变动,再后来又搬了几次家,不少值得留点念想的东西都散失了。那片塬,不会再去了,去了也不是原来的模样了。那个岁月,永远逝去了。自己的涂抹要是还在,哪怕看一眼当年的笔迹,也会触碰心旌的。

就这样,在海拔两千多米的塬上,坐在那张小马扎上,我一边听三句丢两句,一边下句不接上句的写点什么,拉拉杂杂,不问所云。自打当兵,一直戎马倥偬,不停东奔西突。这片堨算把我给摁住了,有了点自己的闲暇时间,什么时候想到点什么,便划拉一段,也是排遣遥远的寂寞。

那时候义务兵服役期是三年。随炮上堨的每一天,自己都在超期服役。不过,心里头小九九还是打的。一会儿想,还有多少天脱"橄榄绿",一会儿又想,退伍以后自己能干点什么。那个年代,没有双向选择、自主择业一说,一切服从分配,让干啥干啥,让去哪去哪,自己也就是胡思乱想。就在这节骨眼上,不经意间发生了一件事。

那是到堨上不久,还是听指导员上课,还是装模作样做笔记。神游之间,脑子里倏忽闪出个题材,于是把所想所思在小本上划拉了下来,生怕一个好点子、一串好句子溜了。回头看了一遍,觉得有点意思,便在信纸上(当时连稿纸也没有)工工整整誊抄了一遍,装入信封,写上北京解放军报社收,让水罐车带到团里,敲上三角形的军用邮戳,寄走了。事后想起来,信封上连北京哪条路也没写,怕是寄不到。就算寄到了,编辑会看上吗?多半也是丢字纸篓的命。嗨!写过了,寄走了,不去想了。

自己有心无心,没抱什么希望的事,偏偏歪打正着。不知哪位编辑开眼,看上了我这篇"处女作"。不多久,《解放军报》还就署名刊登了,成了自己第一篇被军报认可的笔耕。那时候的《解放军报》虽还没像在"文革"中被视为中央"文革"小组喉舌的"两报一刊"(《人民日报》《解放军报》《红旗》杂志)之一,何其"神圣"。但是,一个沉在连队的小兵腊子,居然在全军最高报刊上发表文章,在连队,在团里,大小也算个动静,让上头刮目了一下。

随即有人上山来了。了解写文章的是何许人,平日表现怎样。这会儿的我多少有了点历练,似乎各方面还行,经得起考察了,过关。接着又是体检。一切突如其来。哪里想到,自己开了半节课小差,会招来如此意外。

体检过关,便是政审。那年头政审可严了,查三代。就为了弄清父亲的一个子虚乌有,政治处派人跑了几趟上海,前后审了大半年,到底正本清源。今天想来,幸好这事发生在1965年,把一件张冠李戴的事给澄清了。要是捱到"文革",听风便是雨,说不定冤案一桩,自己会是另一种命运。

程序走完,一纸调令把我从塬上调到了团政治处。本来以为自己的强项是通信业务技能,多年的"一级技术能手"。参加团里比武,时不时拿个奖项回来。这篇千字文,自己并没有直接动因,纯属无心插柳,偏偏让我改了行,就此跻身政工干部序列。

自打当兵,历次被选择都很无奈,哪次都感觉别扭。唯独这次,与自己的小兴趣暗合。人生是不是就这样,合不合意自己想也白想,全由上天安排。事实上,一次不经意的无心插柳,居然改变了我的人生足迹。

那些年"突出政治"高八度,很少有哪个领导不热衷出经验、出典型的,而且墙内开花不过瘾,都想香飘万里。那时候不像现在,新媒体五光十色。当时的媒介很单调,主要阵地就是报刊。能接二连三在报纸上见到自己单位扬名,谁都觉得是件有脸面的事。然而,报刊就那点版面,谁都想挤一块。于是,团里、师里都有专人从事新闻报道工作。团政治处没这个编制,便给我按了个"书记"名分,其实是类似秘书角色。一根扁担挑了两头。

在我们国家,但凡一个单位,除了有这个"长"那个"长",通常都还有个书记,例如党委书记、党支部书记。后者在一些人眼里,还会被高看一眼。谁知此书记非彼书记。就因为我这个"书记"的模糊称谓,弄出过一段难堪。此乃后话。

本来一次心不在焉的涂鸦,成了无心插柳柳发芽。不经意间,心未想,事却成了。一下子我从倒霉蛋成了幸运儿。人哪,机缘不同,后面的走向就不同。还真的是一阵子河东一阵子河西,用不着三十年。

人算不如天算。很多时候,对自己日后的路径,命运的变迁,事前根本木知木觉。想也白想。

人生不确定的事情太多,事前无感,事发突兀。有时就因为一件小小不然的事,一个莫名的偶然,居然撬动整个人生。正因为无常,一切皆有可能。

41，活水叮咚

我开始了"爬格子"。

我是在山头上听课，脑筋胡乱跳跃，随手涂鸦上的《解放军报》，纯属误打误撞。平心而论，自己也就那点随意涂鸦的能耐，让我正经八百专事新闻工作，心里还是打怵。

当时的我，除了知道新闻写作有个"五要素"，对其他的子丑寅卯不甚了了。自己那点底子，纯属白丁、菜鸟，草根中的一根。自己那几行浅薄，与报刊上的白纸黑字相去甚远。然而，"梁山"已经上了，只有努力当"好汉"了。一头是先天不足，一头是偏受器重，这种隐形压力只有自己明白。怎么办？一是努力，二是继续努力，三是更加努力。努力是没有底的。

实话实说，那当口打怵归打怵，除了不缺进取心，虚荣心也是有的，甚至还有点不懂天之高地之厚的牛犊子劲头。不知哪来的这种自负，也许来自无羁，也许来自年轻，那年我 21。既然组织给了这个支点，新手上来"三把火"还是要烧一烧的。就这样，我开始在"格子地"里直冲横撞起来。

写新闻不比写小说。后者笔下的人物、事件、情节等可以来自笔者的遐想虚构，提笔信马由缰。同时要有形象思维，要有生活经验，要有如泉文思，要有写作技巧。这些都不容易。新闻则有个"五要素"，必须崇实写实，要经得起事实推敲，功夫在嗅觉灵敏，原料鲜活，内核充实，立意新颖，构思严谨。原料新鲜美味尤其重要,"巧媳妇难为无米之炊"不是?

"问渠哪得清如许? 为有源头活水来。"我那点活水,源于几条浅溪。要说最原始却又最清澈的一泓,当数那四年"士兵突击"。

真是有点奇怪,连队曾经被我视作畏途,曾让自己意气消沉。就在混混沌沌,似乎看不见光亮的路上,还是同样的这个连队,把我一点一点给燃着了。正是每天的"两眼一睁,忙到熄灯",全年无休;正是夏日军装上的一片片盐渍,以及隆冬夜那身"冰铠甲";正是在雪域荒原风餐露宿,以及零下二十几度瑟瑟发抖的夜哨;正是在异国丛林,那扑面的战火硝烟……让我经历了一番洗心革面,为日后垫了一块结实的踏板。

我把这段时间,称之自己"激情燃烧的岁月"。把走过的那几截,称之自己的"小长征"。少了那几截,少了那几年,也就不可能有自己的后来。直至今天,我依然感到最难忘的还是那段日子。尽管苦累难熬,可以说哪天都是一道坎。但是,每过掉一道坎,都是成长,尽管没有成就什么。虽然不能说后来再无进取,但我始终把那几年看作自己从消沉到振作的转承。

所有的曾经,全是自己亲历。逆水也好,顺水也好,都是潺潺流淌的一点一滴,让人无怨无悔。我很幸运,命运让我置身一支辗转八方的战备值班部队,东跑西颠,备战参战,曲里拐弯到了不少地方:转战伏击 P－2V 侦察机,我赶上了;拱卫我国第一颗原子弹试爆,我也赶上了;随部队秘密出境,在异国丛林穿越战火,我还是赶上了……简言之，一些别人未见未闻的事件我碰上了，一些别人未曾经历的事情我经历了。在和平年代，不是每个军人都能遭遇这些戎机的。淮水瘠土，大漠气势，战场硝烟，生死气息……我都有幸感受到了。不仅丰富了自己的军旅经历，更丰盈了自己的心路轨迹。这些朴素的点点滴滴，却是弥足珍贵的涓涓活水，给自己的滋养润泽是隐形又清简的。而且无时不在，正所谓"润物细无声"。

四年的"士兵突击"，让我积攒了许多历练，许多感触，许多认知，还有许多别的……来到新的岗位，不用再刻意搜肠刮肚，一些对上号的因子会自然而然地蹦出来，走进我的文字。就说自己开头抢的那"三板斧"，那点变成铅字的东西，之所以让一些人觉得有军旅气息，有点兵味，有点生活，还不是来自那点源头活水，还不是过往的点滴积存？

很多事情是要回眸才看得明白的。自己感恩那些日子的锻打磨砺。那一阵阵折腾，那几年的积累，因为自己亲历过，与耳边刮过、眼睛扫过毕竟不一样，是长了根系的。

活水之所以活，是因为有丰沛的源头。灵感不可能凭空而来，离开源头，再多的原水也会枯竭。我们这茬人，在那个年龄段都不乏进取，都有股热情。何况自己还单身，了无挂碍。人是感性的，情感是会传递的。那时候的人思想很纯洁，在那样的生态里浸润日久，都会受到熏陶、感染和教化，一切是那样的自然而然。我仅仅是有样学样，见贤思齐。实在要讲自己有什么优势，也就是从列兵起步，泥里水里滚了几年，有来自最一线的感受。毕竟在连队度过 1400 多个夜以继日，连队情节难以割舍。

后来，每每机关人员下基层，我往往直插连队。中间还两次"回炉"，重新当战士一个月：重新背长枪，重新站夜哨，重新睡上铺，重新行军礼，"报告班长！"重温了"两眼一睁，忙到熄灯"曾经把自己折腾得够呛的岁月。当初苦吧？难吧？怪了，这会儿就想多少找回点感觉。

在连队，我尤其愿意同新兵唠嗑，因为新兵肚子里的名堂最多，不少东西就是当初自己的体验。聊得投缘起来，我也不怕把自己的一些坎坷挫折倒腾出来，我并没把这些当做糗事，而是看作有意义的回忆。因为推心置腹，战士也愿意对我掏心掏肺。尤其难忘那次在炮九师"回炉"，住的苏式营房，宿舍超大，全连百十人睡一屋，那个热闹！我这张新面孔扎眼，于是有一搭没一搭找我聊天的也多。这倒成了自己"望、闻、问、切"的机会，让我补了不少营养液。如果说那会儿写的东西里头，有那么点生蹦乱跳的鲜活东西，最原始的源头就在这里。

那段日子我很忙碌，有点辛苦。但是天道酬勤，让我重又拾回了连队的脉动和温度。活水潺潺，给了自己源源不绝的写作灵感。每当看见自己笔下的一篇篇东西变成铅字，大报小报，长点短点，总会带来一份喜悦，有一点点成就感。我未能免俗，还是希望我的投入能被外界认可，满足一下虚荣心。当时自己就那境界。

自己还几次无厘头地想及,除了上面提到的所谓活水,是不是还用上了以前留存的一点积水?别说,或许有。当年我就读的江宁中学有个图书馆。于我而言,似乎它比教室更有吸引力。当时的借书方式有点笨,一长溜柜子有许多小抽屉,有分门别类标识,抽屉里是串在轴条上的一沓卡片,写有书名和简介。我净借小说等文艺类。由于借阅时只见书名不见书,很容易被书名和简介给带进去,几页一翻,咂不出味,再换一本。如此勤借勤还,借书卡换了多次,图书管理员熟得见面能叫出我名字。不过,真正读出名堂的不多,整个是傻读。当然,读的当中也经常受触动,也有丁点采撷。浅尝辄止多了,或许留下了一点印记。

再就是有时翘课跑"大都会"影院。即便今天来看,那个年代无论国产片、译制片、国庆十周年献礼片,兼有思想性和艺术性,上乘之作不少,一些经典情节、画面乃至意象,至今难忘。会不会不知不觉在脑子里烙下点潜移默化的什么,不好说。

来到军营,想看哪部片子没得挑了。不过,我很长时间一直还在"读电影",主要是两本电影杂志:

一本是自己认为颇有格调的《电影文学》,至今依然认为这本杂志很棒。每期刊登的电影剧本,多未投入拍摄,多为分镜头剧本,自己往往会从头一个字读到最后,绝对是粉丝。读久了,读完一个剧本就像把这部电影看了。有时候想,自己似乎会点形象思维。

还有一本是通俗的《大众电影》,那是闲来消遣的。"文革"一来,这株"毒草"很快被拔。也许为了凸显人民性,后来改头换面出了本"人民电影",我依然每期照买。连自己也不得其解的是,向来不注重留存资料的自己,《人民电影》居然一期没漏地躺在书柜一角。有次与时任中国文联书记的高占祥先生谈及此事,他也觉得归集得有点意思。

东拉西扯些早年的陈芝麻烂谷子,想说什么呢,"失之东隅,收之桑榆"吗?无稽之谈。上学时根本不知道日后的路途风标。压根没有关联吗?倒也难以一口否定。今天想来,少时傻读杂书和随性观看电影未必一无所得。彼事此事,彼时此时,相互之间的关联不能生拉硬扯,但也不敢说当初那点破事什么因子也没留下。或许,隐匿在后来的点点滴滴里,说不定那些旧事与后来的续篇一直在杂糅。

　　所有的过往,终归会留下踪迹:或深,或浅,或清晰,或朦胧。无不在一点一滴、不声不响地沉淀。假以时日,也许会在不经意间浮现,同样是一点一滴、不声不响。

42，挥洒年轻

年轻,花好稻好,比什么都好,不存在更好。

我现在这年岁,算是走过了一点山水。年轻过,"而立"过,"不惑"过,知不知天命、耳顺不耳顺不好说,待蹒跚行至古稀,感叹无数。在道不尽的感叹里，尤其沁入肌骨的是：年轻真好！

如果把一生按年龄划段，那么年轻时候那一单元的权重和含金量是最高的。不管哪个年代，不管什么人，不管何种文化语境，年轻一定是最珍贵的。体力、智力、创造力……任由挥洒。

就我来说，初历锻打，戍边塬上，辗转乡野，奔赴战场，哪样不在全盛的年龄段？年轻时候的体魄，里里外外的硬件，扛得起摔打，经得住折腾。除了经得起伤筋动骨，年轻的优势可以随口说出很多：头脑机敏，思维活跃，长于领悟，更有激情，不易受条条框框的束缚，具有挑战未来的勇气……年轻的好，一口气说不尽，哪怕有点年少轻狂也是瑕不掩瑜。在我码字笔耕的那段时日，这方面感受良多，那就是初生牛犊啥都敢，一张白纸好挥洒。

我从事新闻报道工作前后八年，大致可分：开头两年，广种薄收；当中年把，自采自编；后来几年，小有长进。

起先，自己一腔热情耕耘，是在神秘的西域。尽管天机不可泄露，但仍有许多值得一书的亮点。

广种薄收，菜鸟多飞，是像我这样新手的不二门径。都说一分耕耘一分收获，实际上有人一分耕耘两分收获，也有人一分耕耘半分收获，就像初时的我。那时候自己依然"两眼一睁，忙到熄灯"。过去是熄灯后赶紧眯盹，因为白天消耗大，接下来还要值夜哨。这会儿即使熄了灯，自己常常辗转反侧，脑子还在运转，有时犯困，头脑想关机，关不起来。

那时候什么都快，思维跳跃快，笔头调转快，下笔成文快，脑回路转不停。年轻，脑细胞新陈代谢跟得上，有这个本钱。经常是一两天往报社发一篇，当然经常脱靶。凡稿件被采用，就像中了彩票（当年没有彩票）。尽管这种"字海战术"打水漂的多，到底是在一点一点收割，相信早晚有一分耕耘一分收获的那天。

一句话，年轻真好！初生牛犊敢干、肯干，而且不怕白干。精力用不完，青春活力任由挥洒。

当中一段，自己办报。要说那张战地小报有些许可取，自己有时倚马千言，那也是年轻气盛，战火硝烟给熏的。但凡到了特殊环境，尤其是正当年轻，常常会迸发出平时显不出来的特殊活力，写文章也是如此。年轻人身上流淌的血液是烫的，笔下流淌的文字也是烫的。

还是那句话，年轻真好！激情四射。

但凡上心的事，一般容易上手，为兴趣而忙碌是开心的。虽然自己起初是粗放作业，广种薄收，但只要笔耕不辍，早早晚晚、多多少少会有长进。战场归来，我奉调南京，任职南京军区炮兵新闻干事。当时军区炮兵司令部下辖三个师，还有直属团等不少单位，这使得自己视野宽了。岗位改变了，加上自己还算勤勉，触角和视域又有了拓展，随着笔耕不辍，各方面小有长进。投稿的命中率终究一点点提高了。码字这活，其实也是一个字一个词的码，码的时间长了，码成了熟练工。多观察，多琢磨，多动笔，到时候自会出工又出活，形成正循环。

广种薄收至少是笔头要勤。十分勤勉加上五分机敏，假以时

171

日，以勤补拙，付出终归会有回报。每每写的过程，无不是构思的过程，开窍的过程，积聚的过程，一毫米、一厘米提高的过程，"命中率"就是这样一环一环长上来的。有阵子我够忙，忙着下部队蹲点，忙着发现和提炼主题，忙着思考文章的脉络，往往会为一个标题、一段导语，琢磨再三，想的就是哪一句话，哪一段文字，能让读者的眼球定格。

那会儿写东西，根本不兴与编辑部套近乎、走偏门那些歪歪道。不经自己一番苦功，笔下没有干货，要拿到版面想都别想。但凡编辑部看上的，同样想都不用想，不声不响自会给你版面。故而那时候报刊上出现自己的文字，事先一无所知，每次都是突然而至的惊喜。随着"命中率"一点点提高，稿件的含金量也在提升，我也有了自己的"丰水期"。甚至，觉得光登个大军区和省级报刊有点"小儿科"。

有一阵子我往北京跑得勤，只因为新华社、人民日报社、解放军报社等都在北京。许多次，他们觉得我寄去的稿件有采用价值，但需再作打磨，于是一个电话过来，自己立马前去耳提面命。每每去改稿，实际都是一次实务进修。

说印象深点的吧。一次去新华社改稿，责任编辑叫熊铮彦，苏州人，一手好文笔，说话轻声细语，全是商榷口气，谦谦君子一个，然而句句都在要紧处。我按照他的提示作过修改，他再细心推敲。付梓前，他修改之处还要我过目，并缀上："请斧正。"正应了众人说的，越是高手越不显山露水。可不是吗？大智若愚、虚怀若谷这些词语,全是有来头的。由于那篇稿子置于新华社当日通稿头条,故而在全国性和地方性报纸上也大都置于一版头条,算是放了个"炮仗"。

还有一次是学着写报告文学,叩门《解放军文艺》。头一次尝试陌生文体,倒也没吃闭门羹。不过,一位刘姓编辑五次提出修改意见,让我前前后后改了五稿。为此,我熬了五个通宵。每天夜里改一稿,次日上午送刘编辑过目。待他阅过退我,提出一串进一步改动的建议,一般都到下午了。于是,又来一个通宵,又是一字一句苦酌。那是以梦为马的年岁,如此五个昼夜,一直孜孜不倦,直到《一步一个脚印》付梓。那几年写多长、多好的文章也没有稿费。像自己写了好几页的报告文学,还有新华社的通稿头篇,《人民日报》《解放军报》等大报的一版头条,稿费分文没有。就是工作岗位使然,也想证明自己,满足那点好胜心。

那个时候,只要出活,工作条件啥的,全都不是事儿。就说当时新华社院内那个小招待所,紧靠着民国初期的国会会堂,实在逼仄。那几间紧紧巴巴的小屋,真不知早先派什么用场。那可是国家通讯社啊,也是民国初期的礼堂建筑群,就那么寒碜。还有解放军报社院内的招待所,也强不到哪去,比袖珍还袖珍,一桌一椅一小床,转身也得留意磕碰。那年头出差,没有拉杆箱,拎个人造革的旅行袋,往床底下一塞,剩下就是干活。记得条件好些的是总政西直门招待所,吃的名堂稍丰富点,在食堂还见过几位八一厂的电影明星,也是那点普通饭菜,那年月没谁摆谱。虽说生活条件简陋,然而都很清静,特别适合把自己关在里面埋头笔耕。有时进了状态,甚至误了饭点,索性省去一餐两餐的。好像也没有累了饿了困了的感觉。还是啊,干着自己喜欢的事,就是觉得在做自己该做的事,就有那样"子非鱼焉知鱼之乐"的感觉。也因为有过比这苦多少倍的日子,自己并不觉得条件差,干起来反而荡漾着幸福感。

依然是那句话,年轻真好!在哪儿都能扛事。

体力上,苦点累点,白天夜晚连轴转,熬它几个通宵,那会儿都不是事。智力上,虽说欠缺积累和沉淀,但是思维的敏锐性、创造性蓬勃焕发。这类优势,随着时光流逝是会打折扣的,越是上年岁,扣率越大。当然,大器晚成者、老骥伏枥者历来不乏其人。这里也就是说我自己,应该有人与我同此凉热。

年轻真好!就说自己现在码字,明明一肚子事,一肚子话,有时就是不知道怎么落笔,思路开关经常打不开,遣字造句经常左支右绌,写着写着就卡壳了。年轻时候哪会这样啊,一个通宵几千字,不稀奇。想想也是,时光不仅衰减了我的体能,也迟钝着自己的文思。陡然间一声叹息:走了那么些路,阅人阅事无数,按说积累和沉淀一直在做加法,何至于今天如此狼狈。

当年听说团长、政委都四十了,觉得年纪好大。一定想不到自己七老八十会成什么样,太难以想象、难以置信了。

年轻真好!体力、智力、活力任由挥洒。苦吗? 累吗? 难吗?

174

都有。一旦跨过去，又是意气勃发。那是一段元气健旺金不换的岁月，那是一段生龙活虎甚至精力过盛的时光，好像就是让我耗的，也只有这段意气少年的时光经得住任意挥洒。"年轻不用，过期作废"，这八个字土了点，却精辟到位。

朋友圈里，常听人说老了真好。退休了，不忙了，可以去过去一直想去而没有机会去的地方，可以做过去一直想做而没有功夫做的事情。对于有闲有钱一族来说，也没错。我相信更多人会说，还是少年可期，还是年轻好，好到无极限。对我来说应该是哪段岁月呢？是连队那四年，还是笔耕那八年，抑或两者叠加？四年也好，八年也罢，都已是"过期"的几个瞬间。

年轻是投入产出比尤其高的足金年华。这个时段不激活自己，不尽情挥洒，是会后悔的。人生是单程，只有越来越多的曾经，每个瞬间都是过去时。不少事当初不为，后来再无机会。

年轻不为，过期作废。人的许多能力，像体能、智能、技能及有些特殊能力，从来是用进废退。过了这个时段，往往心有余而力不足。这样的有心无力，变化是器质性的。

特别欣赏王蒙那本处女作，书名起得真好，直呼"青春万岁"！

43．两根"拐杖"

谁都有个终生陪伴：老师。生养的父母，学校的老师自不待言；相遇的贤人、知己、朋友圈也不乏老师，"三人行必有我师"嘛；至于读过的书，经手的事，亲历的实践，乃至所见所闻，也让自己一直受教……当然，还会有各种各样个性化的老师或者帮手，比如我的两根"拐棍"。

第一根"拐杖"，当数一版再版的《新华字典》，以及后来添置的一些工具书。这些，都无异于我的案头塾师。比如，一部头（缩印本）、三部头的《辞海》，四部头的《词源》，十二部头的《汉语大辞典》，还有《中国成语大词典》《百科用语分类大辞典》《常用典故词典》《古汉语常用词典》等，五花八门。有人说我是"词典控"，并非无厘头。虽说书架几经清理，工具书却很少被清掉，我始终视其为百问不厌的老师。因为像我这号学识浅薄的，人生地不熟，字生词不熟，不辨的字，生疏的词，不懂的知识，实在多了去。当碰到卡壳又找不到人求教时，工具书便成了随时叫得应的老师。上至天文地理，下至鸡毛蒜皮，几乎都能从里头寻觅得到答案，这算是偷师走捷径吧。

这根"拐杖"如今更好使了，各种学习渠道和查阅工具比过去丰富得多。特别是有了像"百度"这样的搜索引擎，汇聚了海量的信息和知识，几乎什么都能信手拈来，可以帮自己许多忙。然而，也许是习惯使然，我还是觉得像《辞海》一类书籍考证更缜密，论述更严谨,更经得起推敲,更靠谱。毕竟历经多年推敲酌量,荟萃了各个领域大师、巨匠的心血。所以,去年我又添置了新版八部头的《辞海》。价格不菲。

其实,"百度"类的有些资讯也取自《辞海》等工具书。由于《辞海》更新需要复杂的物理过程,而"百度"内容的补充、延伸和拓展几可随时随地,采纳新知识新信息来得更快。所以,我现在是两个外脑并蓄。短、平、快就"百度"一下,瞬间搞定。同时还是倚重《辞海》等大部头。前者来得便捷,后者则更精准。有时还会对同一内容的查阅两相比较,斟酌取舍。

第二根"拐杖",便是白天揣兜里,夜晚搁床头的小本,算是24小时贴身的课外老师吧。

我一直觉得,每天夜晚有三个时段思维更活跃,尽管已经忙活了一天。

一是每晚倚着床背捧读闲书的工夫。读得漫不经心,思绪却在无序跳跃。此刻笔放下了,人松弛了,一些白天苦思冥想不得要领的东西,反倒会冷不丁地蹦出来,一些好想法、好思路,乃至好句式、好词语,居然会妙思附体,得来全不费功夫。于是,立马抄起枕旁的本子记录下来,先不管在理不在理,立此存照要紧。古人有话:"好记性不如烂笔头。"

二是身体摆平,打算入眠而睡意未袭之时。尽管一再催促自己:不早了,该睡了,别再瞎琢磨了。然而没用。也许因为身体放平,脑部供血得到改善,思绪依然跳东跳西,往往会突然间蹦出个头绪。于是，赶紧扯一下拉线开关（曾是城乡最普及的一种照明开关，现在已少见），记下再说。不一会儿，又跳出个眉目，再次拉亮电灯，草草记下。有时辗转反侧，一路通关，睡意阑珊。本来没想熬夜，却常常熬到大脑短路，睡意深沉。

三是夜半梦醒时分。我年轻时，入眠后梦多。一旦午夜梦回，常常辗转难眠。此时一个灵感，会把白天挠头苦思、憋不出来的思绪给捅开。此刻的灵性和感觉，可要赶紧白纸黑字。否则又一个梦做过，脑子复归空白。自己的一些好思路、新想法，还有妙句、好词，相当一些是在夜晚被窝里，三更半夜得来的。

这几个时段产出的奇思妙想，常常比坐在办公桌前苦搜枯肠效率高。以上又以第三个时段效率最高，又最易遗忘，小本尤其不可或缺。这样的体验，不知道有没有共性。

除却三段夜静思，白天这个小本也一直揣我兜里。当年取消军衔，从元帅到士兵军服说起来是一式，其实大同当中还是有小异，差别就在军上装。战士胸口有两个小兜，干部则在下摆多两个大兜。要说"官服"特殊，也就多这两个兜。我的小本儿原本就为备忘，不用多大多厚，64开，揣兜里正合适。

"好记性不如烂笔头。"别以为白天不做梦，所见、所闻、所感、所悟不及时记下也跑不了。其实不然，常常因为头绪一多，那些颇有意味的东西，照样会丢三落四。真正靠得住的，依然是小本。

开初一阵，自己码的一些文稿，经常被执掌生杀大权的编辑扔进字纸篓。我就纳闷了，凭什么我码的字是无用功，人家笔走方格则常在报刊上弹眼落睛？门道只有自己找。后来，凡人家写的好文，我会潜心琢磨，从标题、导语、布局、文笔……看人家怎么谋篇落笔。凡编辑在我拙作上的每处改动，都力求领悟究竟。如此，看高手如何着墨，悟到一点是一点，通关一处是一处，每每有些许心得，皆即时录入小本。

小本还有个用处：记录道听途说。别以为军营就那方天地，也别把军营想象得太军营，更不要把铁血军人遐想成不食人间烟火。其实不是这样。如果时常行走军营，无意间道听途说，你会感受到战友们的喜怒哀乐和酸甜苦辣，哪样也不缺。自己的所见所闻、所接触的点滴，所有那些有意思、有嚼头的东西，以及在不经意间触碰到了某根神经，会意外地打开自己的灵感开关，还会时不时捡到一些"金句"，甚至触动说不清、道不明的第六感，恰似"踏破铁鞋无觅处，得来全不费工夫"。所有的得来，要赶紧大珠小珠落纸笺。哪怕一时不便，也得先印在脑子里，过后尽快复印在小本子上。

一句话，这两根拐杖是我须臾离不开的。如今有了万能的智能手机，想查点什么找"百度"，想记点什么写进备忘录。"拐杖"进化了。

再有本事的人，也难样样通晓。师从对应的"老师"，能力立马放大。但凡有心，愿学肯钻，三人行、三步行皆有我师。

44，七股八股

码字码久了，总归驾轻就熟。笔耕多了，自会扶正犁头。自己通过勤研习、勤动笔、勤揣摩，慢慢地摸到些门道。空包弹打得少了，豆腐块面积大了，版页逐步升级。

随之，除了主攻新闻，也开始辐射到别样文体，比如评论、散文、报告文学等，以及归不到哪种门类的文体，什么都去涉猎尝试。年轻嘛，没框框，无知者无畏。

然而就在不经意间，自己却被拽进了一类陌生的文体：工作总结、领导讲稿之类。这件事本有别人捉笔，问题出在偶然上。有次那位同事告假，这时候却偏偏需要一篇此类文稿。想来领导觉得，横竖都是码字，便把这件差事派给了我。于是，自己临阵磨枪，有了官样文章头一遭。

从来没有摸过这类文字，一时没有方向。好在催促不紧，使自己有时间窥探门径。我想法找了一摞这类文稿来。几篇浏览过后，有了初步印象：格式大同小异，里头似乎有点套路模式。

凡是自己的头一回，印象都深一些。我那头篇官样文章，怎么搭的框架，怎么列的提纲，怎么层层铺展，至今仍能回想起个大概：

开头、结尾多半是戴帽穿靴的套话，主体部分十六字诀：成绩讲够，问题讲透，经验一堆，要求若干。先把原材料攒够，组装的时候弄条好的流水线，多少搞点"新意"。实际是，成绩从来讲过头，问题也就起个头，提炼几条经验倒是带点技术含量，所谓"新意"也往往体现在这里。每次写到这里，多少有点挠头，会加一些"调料"。至于部署工作任务，相对好办，主要从领导随口的你一句我一句里理出头绪，捋顺脉络，来个一、二、三、四……最后作一总括，全篇就打结了。

也许因为自己功课还算做得用心，也许尚能领悟领导的意图，官样文章开篇居然"一读"过关。弄不清这算好事还是不好的事，后来又接连几次让我落笔此类文稿。不久，索性让我挪地方，去了秘书处。

自此转了笔风。有时写阶段性工作总结，有时写专门事项归纳，有时给领导写讲稿。对这样本非自己所长的文体，倒也很快熟稔起来。一篇接一篇，闲是没闲着，但总觉得自己思维的活跃度、码字的新鲜感，日愈寡淡乏味，似乎有个什么框框，把自己给箍住了。每每落笔，大体结构，起承转合等等，体例大同小异，似有一定之规，开头结尾更是老套。不是八股，形似八股，我称其为"类八股"。例如，一年一度的工作总结和部署，虽然内容和数据、事例等一年一个样，经验体会也有所谓翻新，但是挥洒空间有限，文体格式更难完全跳出"类八股"的框框。

年年岁岁事不同，年年岁岁文相似。后来，我倒真的有了自己的小秘笈：把那些领导比较认可，"一读"过关的各类文稿，都留了底，视同圭臬。到时候拿出模板冷饭翻炒，依样画葫芦，往熟悉的框架结构里填充新的素材,用词遣句搞点与时俱进,省事不少。那点旁门左道,虽有抄作业之嫌,然则自己抄自己,居然屡试不爽。

此外,凡开个什么会,领导总得讲点什么。有的领导有思路,拿两页纸写上自己想说的内容,娓娓道来,倒常常有血有肉。也有人坐在领导位置上不怎么动脑子,每到开会既想刷"存在感"又不知该说点什么,这就得让秘书发力了。此时动笔,屁股坐着秘书的板凳,脑子跳到领导的椅子,一对一的换位思考。浸溺其中日久,你说会不会"类八股"?

我这一圈板凳挪移,其实也是一次被动的文字转型。自此,守正有余,出新少了,出奇更谈不上。笔下欢蹦活跳、鲜眉亮眼的东西不见了,萧规曹随、一本三正经的冷面孔多了。也许因为自己也算打通了"类八股"的任督二脉,由我执笔的此类文稿多为"一读"过关。以至有时多部门合作撰文,虽非由我执笔,别人却推我上会递呈。说是由我过手,"一读"通过的概率会大些,结果还屡试屡验。看来时间一长,领导也让我的七股八股给忽悠了。不知是不是由于这个原因,一直把我留在机关,一待就是 13 年。要不是后来整个指挥机关撤编,指不定还会在这张板凳上枯坐多久。这儿成了自己所待时间最长的地方。

从原先开放的创造性思维,转型到相对固化的习惯性思维,就像不尽清流在不知不觉间少了活水。人的棱角是会因为种种缘由磨去的,码字也是。看起来自己遁入八股如砍瓜切菜,轻车熟路,实则不知不觉间磨平了棱角。怪不得别人,还是自己把自己箍住了。

也许因为笔头倦怠了,抑或因为对这种相对规整的写作格式兴味索然写腻了,再就是后来岗位变化陷于事务了,反正此后我再没给编辑部寄过一个字,也再没提笔洋洋洒洒过,至多在别人的文字上改改弄弄。即便到了管理岗位,需要在会上讲点什么,多是在片纸上写上几行,给自己提个醒。就这样,自己一搁笔便是四十来年。说起来我起笔不晚,却搁笔长久,现在再拾已迟。古稀迟暮了,才莫名地重新拾起笔来。殊不知上了年纪,许多方面都退化、钝化了。

八股流传几百年,时而多几股,时而少几股,时而大股套小股,老树不停发新枝。七股八股生生不息,或许有它的道理:文化传承?章回有序?条理明晰?挺费猜度的。

突发奇想,冒出几句打油诗:八股文章是个筐,东拼西凑往里装,似曾相识似未识,新瓶老酒比扮装。

六、流年

45，入"府"13年

　　人这一辈子,会不会有段时光让自己无限感慨,甚至觉得不可或缺? 我是有的,四年野战奔突,两年黄土荒塬,一年异域战火……自己称之"八年抗战""小长征"的岁月便是,这是影响我一生的最进化的时日。就整个人生而言,八年是一小截。就全书来说,却已落笔数十节。只是觉得,要是把这八年写得过于粗略,会对不起那阵磨砺和那段经历。

　　没曾想东跑西颠八年后,我会一脚踏进南京的旧时"总统府"。

　　1969年10月,我前脚从越南的山坳丛林拔出来,未及掸落战地归来的尘埃,后脚便踏进了早先的国民党总统府。从来说"铁打的营盘流水的兵",我这一脚踏进,居然待到单位撤销,集体散伙。在一个地方13年不挪窝,此前没有,此后也没有。

　　我一度诧异,自己怎么会一下子时来运转,从偏僻的乡野、荒漠、丛林,奉调六朝古都南京,事先毫无征兆,中间没有过渡。时空背景的跨度实在有点大。

一脚跨进高级指挥机关大院，且是在旧时的总统府。而且，又是事出偶然：当初赴越作战，上级选派了一批优秀干部随我师出征，接受战火洗礼。其中，南京军区炮兵政治部的白平处长，任职师后勤部副政委。即便如此，由于我在师指挥部，他在几十公里开外的后勤部，并没有工作上的交集。虽说生死与共一年多，不但从未谋面，我甚至没听说过。他呢，是从对《战地生活》的留意，听说有我这么个人。兴许觉得这张小报办得还行，于是经由这株战地黄花有了神交。归国后，一纸调令将我招至他麾下，忝列新闻干事。

实际上，及至自己履新，他才见我真容。我呢？这才知道出征的将士中有这么一位"伯乐"（我可不是良驹）。所以说，互相连对方的高矮胖瘦都不清楚，连偶遇也不能算，至多算个偶闻吧。然而调令却来得快，听说考察、政审之类都省去了。战火硝烟熏过了的，放心录用。是不是人生中常会有这么个贵人出现，于是机遇来临，改变自己前行的路径？

按说我这个上海兵，也不是没见过繁华世面。但是经过"八年抗战"，辗转穷山恶水，黄土荒塬，战场焦土，经历了太多不足为外人道的磕磕绊绊，再来六朝古都，再入旧时总统衙门，竟然有知青在穷乡僻壤插队多年，突然返城重见霓虹那种感觉。

莫非所有的发生都有因果定数？莫非甘苦是守恒的？先是八年"河东"，让我尝过八年艰辛，留个胎记；接着给块馅饼，来个十三年"河西"。嗨,纯属胡思乱量,哪跟哪呀,完全无厘头。

提起总统府,很多人眼前会浮现两幅画面,一是解放军战士站在总统府门楼上举枪欢呼,再就是胜利之师沿着"总统府"中轴线冲锋,直插蒋介石的办公室。

这个门牌号为长江路 292 号的总统府不仅够大,而且太特殊,被一分为三:中轴线上有总统府邸和国民政府所属主要机构。东轴线主要是原来的行政院和东花园。西轴线除了有当年国民政府的主计处和西花园等,还有一个时间更久远,也许更有历史地位的孙中山临时大总统府及参谋本部。所以讲,总统府院子内实际上有两个总统府。无非前者排场大,后者较小,我们习惯称后者为中山堂。

百万雄师过大江,这里换了主人。军政机关办公场所跑马圈地。于是,中区、东区成了政府机构办公场所,西区成了军机要地,挂了个门牌:长江路 288 号。此地收编了我。

一不小心,我与文物和故去名士傍在一起 13 年。一个人去掉少时读书及退休后赋闲,能有几个 13 年? 太让人魂牵梦绕了。

府院情,千千结。2019 年 10 月,75 岁的我作为游人,挤在如织人流中,从长江路 292 号进入总统府大院,寻找自己的生活痕迹。一到院内,"过江之鲫"几乎全都沿着中轴线直行,只有我心无旁骛,径直去了西轴。此一番重返故地,就是为了再寻我的金陵十三载。

到西轴,必先入西花园。此地故景依旧,亭台舫榭,假山鱼池,错落于古树间。那艘泊于太平湖,青条石作船身,上覆卷棚瓦顶,人们称其"不系舟"的石舫,还是那样弹眼落睛。游客徜徉其间,啧啧称奇。

怀想那些年,西花园常年空空荡荡。空到怎样?我要是进去,那就算有了人。要是哪天晚饭后我带着孩子去蹓跶一圈,里头便算有了两个人。就那么冷清。

谁知走着走着,这处本来再熟悉不过的地方,突然变得陌生起来。西花园本有四围,可眼前消失了北墙。草坪,绿树,曲径,流水,小桥,游人如织,遮住望眼。时空错乱了。

脑补昔日:北墙之外,本来是成片的旧屋啊,包括有片叫文化村的几十幢平房。文化村住的未必是文化人。据说早先住着总统府内的一众杂役。我军接管后,一直用作宿舍。这片平房虽然简陋,水、电、煤、卫倒是齐全,实用。瞬间,新景旧物重叠,一时竟说不出是原来的遗存好,还是像现在这样赏心悦目。

然则,立马就是对新景的排斥:那些平房呢?我住过的,我母亲住过的。13 年里,母亲两次来过南京,一次是看望病中的我,住的医院招待所。再就是在文化村小住了两天。我这辈子少小离家老大回,后来也是假日去探望双亲,再有在母亲病重时去医院陪护过不多的几次。如果说自己全方位管母亲的吃,母亲的寝,母亲的行,陪母亲走走看看聊聊,好像也就这么两天。另外也就陪母亲去过上海市郊的周浦军营,去过世纪公园……屈指可数。

187

眼前的靓丽新景固然比历史遗存吸睛，但是在我的心版上，文化村是抹不去的存在。不只因为它承载了一段历史，也因为母亲和我在这里一起住过。自己成年后，成块时间与母亲相守，也只有这么两天。难忘的文化村，怎么就拆了呢？母亲住过的那一间，去哪里找？我不承认自己偏私。既为历史遗存，修旧如旧该多好。人工打扮的花园何处不能搞？

西花园紧邻孙中山临时大总统府，两者墙里墙外，本有一扇小门相通。现在变了，那道小门遍寻不见，另外辟了一条宽敞通道，任由游人边走边看。

来到孙中山的临时大总统府，眼前还是一眩：那幢浅黄色的府邸依然，府邸前的茵茵草坪中间浇了条水泥路，并且新竖了一尊孙中山先生座像。这是何等熟悉的地方，不说恍若隔世，至少有点生分了：中山堂，这幢在中国历史上有着特殊地位的建筑，因为几十年一直嵌在军营内部，不少人对他的前世今生一度知之甚少。直到20世纪八九十年代，成为旅游景区，更多人才有缘一睹尊容。

然而，中山堂于我有着比别人浓烈得多的印象。此话怎讲？因为我曾无数次沿它墙根走过，成千上万次地走过。成千上万？没错。因为每天至少走过四次：上午从宿舍到办公室，中午从办公室去食堂，必走那条纵贯南北的无名小道，与中山堂擦身而过。下午再这么来回一趟。13 年余，做道算术题吧：年数×每年天数×每天次数，即累计次数 $13 \times 365 \times 4 = 18980$。去掉周日和出差的日子,不计还有许多日子更多的往返,上万一定有。

这还只是走过路过。有点特别的是,这座有着厚重感、沧桑感的建筑,当时驻的是只有两男两女的一支电影放映队。我在大院内工作、生活 13 年,绝大部分时间在宣传处,其中任职副处长、处长 10 年。由于放映队归属宣传处,自己三天两头出入中山堂是再平常不过的事。当年孙中山召集内阁开会的一圈皮椅,那时就是随便放置,随意闲坐的。长年累月,哪张椅子自己没去磨蹭过?有时晚饭后带女儿蹓跶到这里,孩子更是前后左右坐过这张坐那张,可不当回事了。至于孙中山的办公室、卧室,简朴、逼仄让人惊叹。

现在那个庄重。桌椅不仅摆放整齐,而且拿包了绒布的绳索围起四周,我已可望不可碰。想想那会儿对我来说坐下翘个二郎腿再随便不过,从没觉得有何不妥,无人置喙,今天成了这样,蓦然觉得当初的自己不知敬畏,感慨不已。毕竟此去经年,彼一时此一时了。

其实,中山堂由军机要地变身早有端倪。20 世纪 80 年代初,我曾陪同专程来此的中央统战部副部长童小鹏察看此地。他一室一屋、一景一物看得特别仔细,问得很专业。当有位随员说某样老物件可能已散失,他非常通达地说,要不是有解放军管着,经过那个十年,中山堂哪会是今天这样,已经很不容易了。这倒是实在话。

毕竟童部长申明通义。都知道房子有人住比空置强,还有比解放军驻守更让人放心的吗？可不是：有人值守，有人打理，闲杂人等在军营门口就被哨兵拦下了。有几年到处打砸抢，民国时期便竖立于南京新街口坐南朝北的那尊孙中山站立铜像，为免遭毁坏，早早就移到了中山陵园管理处。现在新街口这尊坐北朝南的孙中山铜像是后来竖的。我们看管的中山堂则基本毫发无损，与其嵌在军营被"军管"起来不无关系。我们也是有意无意间守护了这幢珍贵的历史建筑，以及里头的家当：召开内阁会议的桌椅，孙中山寝室的小床小桌……

中山堂南去不远，有一座青砖青瓦、两层围抱的四合院。楼上楼下的办公室几乎一个模式构造，少说有四十间。室外是水磨石地面的骑廊。院内对称地植了几株有了年头的桂花树。如此一座有点气势的院子，却只在西北角留了扇小门出入。门多小呢？英国伦敦唐宁街 10 号那扇深色小门见过吧？电视新闻里经常出镜的，就那么狭窄。

这座院落曾是国民党政府的主计处（主事统计、会计等）。百万雄师过大江，华东军区炮兵司令部即后来的南京军区炮兵司令部，就成了此地的主人。1969 年我从越南归来，便风尘仆仆进了这个院落。自此，有了平生第一张办公桌。

儿时曾坐小凳，以方橙为桌。上学时与同学合坐一张课桌，中间还划过"三八线"。那"八年抗战"，如果想写点啥，要么坐马扎趴床板，要么蹲坑道垫膝盖……如今有了自己的办公桌，而且用的是当年总统府里的家当，无异于一地一天。这张有玻璃台面，"两头沉"的桌子，陪伴了自己13年。即便后来当了"长"，不但桌椅没换，甚至连桌椅的摆放位置也没移动过。说起来军级机关的"处座"也算县团级，实际上，就是个更忙碌、更劳累的大参谋、大干事，干更多、更重的活。那年月当个头头，都那样。

弹指间近40年过去了。我重又踱步于曾留下自己无数脚印的骑廊，楼上楼下，一门一窗，一廊一阶，来来回回，不忍离去。骑廊的水磨石地面还是原样，门还是原来的门，窗也是原来那种有铜钩的窗，只是多了些斑驳。旧时的一些建筑，质量真没的说。这里已经变身禁毒展览馆，院内塑了一尊林则徐像，那本是我们工间打羽毛球的地方。不知什么原因，那天展室全关着。我手搭凉棚，朝自己曾经的办公室久久张望，无奈里头暗外面亮，影影绰绰，看不真切。心想既为展室，那些桌椅肯定不在了，不会随便处理了吧？在我眼里，那可是宝贝。一个声音不停在耳边响：你不该忘记这里，你在这儿打磨过13年，成长了13年，你必须再来，来看当年的办公室，寻找放置过自己桌椅的一隅，寻找那口古井。

哦，是该看看那口小井，应该是口古井：那是在隔壁办公室的正中位置，地板上嵌了一块约摸50公分见方的小地板，因为颜色、条纹与周边基本无异，不在意不易看出来。起开小地板，下面便是一口小井。光亮的黄色石头井沿，古井无澜，水影清清。我们一直纳闷，井口始终被地板盖着，井水常年不见天，居然从无异味，一屋人健健康康。这口小井的来历肯定早于四合院，是盖楼时候刻意留着的。今天想来，不妨考证一下来头。这片建筑群可以追溯到明初的归德侯府和汉王府，清代的两江总督府，太平天国的天王府，有口井并不奇怪。提示一下吧，小井位于四合院北列楼下东起第五间，我特地问了知情人，言之凿凿，确定还在。

再怎么流连依恋，终有离别的一刻。也许为引导游人观看禁毒展，那扇小门现已成为总统府景区的出口之一。我一步三挪，终究还是走出了心心念念的"唐宁街10号"，走出了苍老的回忆。接着，三步一回头，来到总统府的最后出口：长江路288号。太熟悉的灰色门楼，太熟悉门楼东侧那间灰色小屋，都还在。只是小屋墙上那个我无数次投递家书和稿件的信箱不见了，保安接替了卫兵。

出门西行，即是原本属于总统府园区内的两栋红楼。红楼通体橘红，红砖红瓦，楼上楼下，曾是携家眷的处长宿舍。现与其他民国建筑打包，打造成了集餐饮、娱乐、休闲、观光为一体，媲美上海"新天地"的时尚休闲商业区，取名"1912"。据说是因为毗邻中山堂，而孙中山宣誓就任中华民国临时大总统是在1912年1月1日，为表示"昔日总统府邸，今朝城市客厅"起的此名。其实，红楼乃建于1935年的16幢联排建筑，当年为中央陆军大学高级教官居住，后来住着南京军区炮兵司令部的一批处长，与"1912"哪跟哪呀？我找到了白平处长曾经的家，墙上赫然"红公馆"三字，门口一幅孙中山画像，里头摆了几张餐桌，一切重构了。"萧瑟秋风今又是，换了人间。"好地段，好建筑，好噱头，还有什么好说的？

我一路徘徊，满眼都是年轻人和孩子，就是不见我这岁数的人。蓦然感觉,这里早已不再属于自己。一样的所在,不一样的所见,毕竟时轮更替,时移世易,想想也正常。

从"1912"折返,移步长江路打出租车。不由念及:旧时一别总统府,重见竟已40年,有什么心境要用40年来度量,怎不让人慨叹系之。

曾经戏言,自己也有过戎马倥偬的"八年抗战"。在哪里抗的? 一段留在淮水,一段留在荒塬,还有一段留在了异乡他国。抗了些什么? 抗险恶环境,抗狂轰滥炸,抗极度劳累,抗突然而至的各种考验。最起码的吧,一直没个像样的住处:夏蒸冬寒的简易帐篷,草秸铺垫的农舍泥铺,苍穹作被的高原土坑,敌机机翼下的丛林寮棚……有阵子驻扎军营,有高低板床,有自来水用,吃饭有桌凳,乃至方便之处有房顶……那就是现在住宾馆的感觉。入总统府,有了一桌一椅一间宿舍,那还不是五星级和超五星的感受。比喻夸张了吗,也许有点。但是这种比较和遐想,只有经历过的人才可能感觉,没有亲身经历,是不可能体会的。

那时我的感觉,就是不可思议,就是苦尽甘来,就是天上真的掉馅饼,砸我身上了。有没有上天眷顾? 我的回答,有。说白了有点运气,命运的运。一个"运"字,偶然与必然叠加,或可生出许多种解。不过要是自己不给点力,老天倒也帮不上忙。难道是"八年抗战"套现?

路途再难,坎坷再多,唯有前行,唯有逾越,才有更多几率碰到天上掉馅饼。人不会始终背气，也不能总靠运气，该来的该去的自会来去。改变命运的钥匙，永远在自己手上。

实际上，哪块馅饼还不都得自己和面、擀皮、调馅。运气好的话，老天爷给添把火。天助自强者，是说但凡成事，半靠天予，半靠自力。老天是睁着眼的，优哉游哉，哪来的馅饼？

46，策马江淮

我的"八年抗战"，山一程，水一程，山山水水一程程。按说，自己所到之处不算少，足迹留痕的物理半径并不短。

这八年我始终没有离开这支战备值班部队，较长时间在高炮615团4连。后来到过团里、师里，时间不长，体验和认知当受局限。此次履新，也算再上层楼吧，让我有机会面对更宽的正面：高炮、地炮三个师，还有直属的反坦克炮团、教导大队、靶场、农场等。只要不是无所用心，行万里路，阅万千人，对于自己心智的开导，总有裨益。

沙场点兵，无不威武。高炮66师自不待言，两度与美军交手，一次在朝鲜，一次在越南，跟不可一世的美军掰过两回手腕的部队不多吧。再说炮9师，参加过渡江战役、抗美援朝、炮击金门，绝对是响当当的主力。后来投入过南疆的自卫反击作战，威武胜当年。全师列装的各式大口径加农榴弹炮、多管火箭炮等，更让多少军迷眼羡。至于高炮75师，虽然组建于1969年，但从高炮66师调去了许多有作战经验的骨干,也是一支新锐。

能征善战的队伍,当有勇毅冠三军的领兵人。我入"府"13年,先后在三位司令员麾下履职。一位是两次过草地的开国将军周纯麟,这位原新四军4师的骑兵团长,策马江淮,横劈敌顽,是彭雪枫师长手里的"王炸"。一位是1930年加入红军,骁勇善战,八次负伤,战功赫赫的独臂将军廖政国,59岁病逝。许世友曾仰天长叹:"好人为什么不长久?"还有一位是原朱德警卫团的团长,1947年被授予战斗英雄称号的何志聪。好人一生平安,享年105岁,去年走了。

他们都是有故事的人,故事太多太长,随便聊一段都不同凡响。

由于前两位有的调任,有的早逝,我在何司令麾下度过的时日长些。我军历来实行军政首长"双长制",有司令有政委。我任职政治工作部门,按常理会与政委交集多一些。然而,自己好像例外。平日何司令爱往基层跑,除了带上参谋、干事,一般还会有个处长跟着。怪了,我总被点将。何司令是火暴性子,虽说自己军政皆有一点历练,但在人们眼里还是归类文官。常理想来,意气不投啊。

难不成他想带个帮着写讲话稿的人? 不。他讲话少,尤其讨厌念稿子。要不,他想总结点经验什么的? 更不。他觉得那是些虚头巴脑的玩意儿。直到跟他蹲了几回点,似乎找到了答案。

例如,知我者都以为我沉稳,其实办事情性子可急了。凡事都愿意早完早了。三天时限的事能两天干完的,放空肯定是第三天。这是在变相夸自己办事雷厉风行吗? 真不是,自己就这性情。为此,家人和同事没少埋汰我。何司令呢? 办事更急,总要求交办的事早落地。办事节奏对路,也许算我和首长间共通的一点。

再就是有次让我调查一次事故。过后,我直不笼统地照实做了汇报。由于他听到了一些原先别人没敢说的情况,火冒三丈,拍了桌子。开头我还以为自己闯了祸,惹领导如此生气,有点忐忑。谁知,过后他为这事特地表扬我没"贪污",说他最讨厌藏着掖着,说一半留一半。其实,我也是因为年轻,处理事情少根筋。时间久了,自己也慢慢明白了什么东西该一锅端,什么事情可以"过滤"一下,什么情况应当区别时机、场合、对象等。这算是进步,还是少了棱角? 见仁见智吧。现实生活中,人们似乎越来越会"过滤"。我一凡夫俗子,自难脱俗。不过,真要学会这招,得瞻前顾后,拿捏分寸,滤多滤少全有讲究,也挺累的。

或许就因为这些共通点,何司令下基层多次叫上我,我也愿意跟这样的领导下沉。他的来历、经历,决定了骨子里带着乡土情结,普通人情节。我知道跟他下去哪次都要准备吃点苦。我更知道,哪次都是洗脑子。

印象尤其深刻的一次,是去浙江长兴野营驻训的一个连队蹲点。一进村,他便打听哪家是"五保户",最终找了家最寒碜的落脚。一个六七十岁的鳏夫,一间为秋风所破的茅屋,一无像样的

196

家当,彻底的贫困潦倒。不过,茅屋破旧,堂屋还算有。首长和我们一道,二话不说,打别处弄来一抱麦秸,往泥地上一摊,四个人个挨个有了放平的地方。接下来倒是听了我安排,让他睡在最靠里,我靠门口。这样的高级将领,就接受这一点点"特殊"。不是哪次作个秀,从来都是这样。

既是下连蹲点,当应一日三餐在连队。事先,我觉得自己什么都想到了,就是没料到他来一招:一早一晚在这家农户搭伙,人家吃啥他吃啥。我知道何司令员脾气,没敢搞小动作。于是,那些天我们天天喝稀薄见底的杂粮粥,啃一点咸菜疙瘩。连队的午餐,成了那几天的伙食改善。那些年最普通的陆军一类灶,伙食本不怎么样,可再怎么说还是胜过当地农民,"五保户"就更别提了。何司令员不只吃吗吗香,还给我定纪律,不让提他的身份。临了,还拿"三大纪律八项注意"硬给老汉结账,不但让我把伙食费往高算,还自己掏出一沓钱塞给人家。他对贫苦农民那种打断骨头连着筋的惺惺相惜,对处于困境中的穷人那种本能的感同身受,源自他自己吃过的苦,走过的路。那沓钱,一看就是早有准备的。我和另两位战友没来得及准备,只能倾囊帮助一把。老汉抹着泪水,我也流泪了。我们只能帮一时啊!他的余生……我不敢想,又不时想……

在"五保户"家住的四五天,每天晚饭后我们就盘坐地铺上,听何司令员在油灯旁回忆他那过去。老汉有时候也凑过来听,似乎听不懂四川方言,通常早早睡了。我正是在那几晚,多了点对首长前世今生的了解：他是 1933 年红军路过家乡时，招呼了村里百十号乡亲投奔的队伍。这百十人当即编成一个连。人是他带出来的，也都听他的，红军便让他当连长。可他认死理：听说过"连长连长，半个皇上"，连长是个大官，自己没带兵打过仗，又没文化，说什么也不干。好说歹说，当了排长。给官不要，就这般憨厚朴实一个人。长征路上，他两次翻雪山，三次过草地，没有倒下。抗战八年，他打的全是硬仗。夜袭阳明堡机场听说过吧？一小时激战，毁伤日军战机 24 架，是忻口战役的一场大捷，他参加了。有名的响堂铺战斗，名气不及炸阳明堡机场响，但毙伤日军400 余人，焚毁汽车 180 辆，也是抗战初期一场不小的胜仗，他也参加了。解放战争他五次负伤，被授予"战斗英雄"。

那些年我接触了不少老红军、老八路、老英雄。不只军长、师长、团长，就是我待过四年的四连，连长、指导员也是枪林弹雨打出来的，都是功臣，让人高山仰止，不服不行。至于自己的胸襟、品格，相差不可以道里计。在他们身上，自己学了一些为人处世的道理，往往会感染一些积极正向的因子，哪怕每次一点点。其实，熏陶就是一点点来的。跟带光的人在一起，自己也会蹭去点黯然。我一直很钦佩那样的领导，不作秀，不会装，不造假，是非感一清二白，说的做的全一样。怎不让人怀念那时候的风气。

随着足迹的延展，我接触了更多的人，更多很优秀的人。同时，向更多地方延伸了触角。不过，多是些穷得叮当响的地方。我的老部队就不说了，其他部队尽撒在苏北、皖北一些穷地方：

泗阳、泗洪、沭阳、射阳、宿迁、淮安、凤阳……别看如今这些地方，脱贫的脱贫，小康的小康，起了高楼，车水马龙。倒回50年看看，我可是跟着哼过顺口溜的："县里有幢二层楼，一个警察看两头"，"县里有两辆汽车，一辆救护车，一辆消防车"。也许夸张了点，却也不是太离谱，相信不少人跟我一样眼见为实过。那年头那些穷地方的县委书记、县长，座骑可不就是28吋的"永久""凤凰""飞鸽"，不夸张。

不过，穷地方也有自己的不同凡响。宿迁出过项羽，淮阴出过韩信，凤阳出过朱元璋。淮安就更有说头了：京杭大运河在此穿过淮河，明、清两代统管全国漕运事务的官署设置于此。这些，都是当年听来的。至于周恩来在淮安的故居，当年我进出过多少回啊，紧紧巴巴住了好多户人家，与蜗居别处的破旧民房并无二致。2017年我又去了一回，旧貌换新颜，好气派！原先的模样几无可寻，连我这个老"回头客"也陌生得不行，可是故居解说员却讲得有鼻子有眼。我怀疑自己的眼睛，怀疑久远的记忆，不知今昔何是？

苏北农家苦寒，酿酒却很有名。巧了，所谓苏北的"一河三沟"（洋河大曲和双沟、高沟、汤沟大曲）全在我部辖区。名气大的数洋河，产于高炮75师师部所在的泗阳县。此生我闷的第一口白酒便是洋河大曲。那是随首长去高炮75师，县领导设宴款待，酒是洋河中的洋河，拿的是深藏酒窖的陈年原浆。别看今天洋河有了点名气："天之蓝""海之蓝""梦之蓝"，从海上到天空到梦幻，成了系列,和那会儿根本没法比。我不嗜酒,不会鉴酒,但我认一个道理:真正的上品从来有限,现在这"蓝"那"蓝"满世界吆喝,东西南北源源不绝,与旧时的琼浆玉露怎么比?我一直觉得后来几十年的杯中物,招牌再响,就是不及那第一口,兴许也是一种"初恋"。

扯远了。说来说去是想说,有可能的话,多走点地方,那都是课堂;多接触点人,三人行必有我师。增广见闻,与自己的眼界、境界总会有补益。哪怕昔日贫瘠的苏北、皖北,也是人杰地灵,无处不是课堂。那些从雪山草地、烽火岁月走出来的英雄豪杰,永远值得自己仰视。

东奔西顾,阅人阅事,无意有心,皆为滋味。有些认知和境界,就是无意间从路上捡的。一句说滥了的"走过路过不要错过",用在人生之路,倒像是醒句。有时错过了,机会不再。

47,登顶茅山

子曰:"智者乐水,仁者乐山。"比喻智者动,仁者静。山高水长,我似乎两靠两不靠。

说靠水吧,没错。我17岁从苏州河边出门,先是临江淮,再是邻黄河,即使扎营战场,依然傍着越南北方那条最大的河流:

红河。

说靠山吧，也没错。我当兵一落脚，便在毗邻南京紫金山的灵山。移防安徽蚌埠郊区的南岗营房，则与老虎山相伴。野走滁州琅琊山，一脉土山丘陵就多不胜数了。后来更是在黄土高原待了两年。随军出征，先是坐炮车逶迤于云贵高原，再是转战于越南北方大象山脉一线的无名山坳土坡。

一句话，年轻时候那山一程水一程，好像与山更有缘。就是进了总统府。下基层蹲点、野营拉练还是没少了赶山。其中难忘的，当数茅山九峰。

那是进得总统府后的头一个冬春之交，毛主席在某部千里野营拉练的报告上批示：这样训练好。一声最高指示，全军闻风而动，纷纷拉到近似实战环境的江河山岭，练走、打、吃、住、藏。各级指挥机关也走出大院，练指挥协同，练战术战法，练后勤保障。既是野营，得荒野扎营。听领导的口气，是想找片野山，把指挥机关拉出去摔打摔打。

寻寻觅觅，终于向茅山进发。

茅山原来不姓茅，本名句曲山，连绵九峰。西汉时期，陕西咸阳有户行医的茅氏三兄弟游历至此，流连山色，便各在一峰建了茅庵，修道采药，济世救人。黎民百姓为铭记他们的恩泽，遂改句曲山为茅山，茅氏兄弟所居的三个主峰得名大茅峰、二茅峰、三茅峰。

茅山峰峦起伏，多奇岩怪石。当年陈毅、粟裕率新四军的一、二支队挺进茅山,开辟了茅山抗日根据地。毛主席说的六大抗日根据地,茅山居其一。

掐指算来,那次野营拉练距今有半个世纪了。那时候的茅山还是原生态,山深林密,小路崎岖,的确是打游击的好地方。那会儿也适合部队野陟野突,野营野宿。我们在山里练越野奔袭,开设野地指挥所,构通与所属各部队以及与上级、友邻的通信联络,从难从严从实战出发练习各式战训课目……不是实战,胜似实战。今天这山,明天那岭,折腾了个把月。

我们神随新四军转战茅山的金戈铁马,一路疾行。到这,有人给我们比划新四军曾在此处伏击日寇。到那,又有人指点这儿曾经是陈毅、粟裕的指挥部,电台就架在此处。每座山每片林每条小道都故事多多,几代人口口相传,全是有声有色的干货。我们走一路听一路,腿没闲着,耳朵、眼睛也没闲着,先辈的英雄情怀一直感染着自己。

尽管后来经过人工雕琢,为把茅山打造成 5A 级景区,在茅山镇大兴土木,建了新四军纪念馆,不仅有图文和实物展示,还用上了声、光、电和多媒体互动等,全程有导游讲解,似乎很有仪式感。但在我的心头,反倒觉得那年月土著山民用方言道来的故事更传神。

除了战训,这脉野山也带给了自己不少生活情趣。

有道是山不在高,有仙则名。茅山不高,若论仙风道骨则名下无虚。有几天,我们来到一处山脚休整。难得空闲,从来闲不住的白平处长招呼我随其登大茅峰。虽说山路蜿蜒,自己倒没觉得累。名扬道界的茅山道院,时值"文革",门庭冷落。房屋虽然陈旧,门楼上的"敕赐九霄万福宫"却清晰可见。既是敕赐,当为皇上赏赐。我当时就想,还是山高林密路难行,要不早让破"四旧"(破除旧思想、旧文化、旧风俗、旧习惯)的红卫兵给砸了。那团火没烧到这儿,实乃侥幸。

记得当时在山上见过三位道长,他们生活清苦,内心宁静,待人平和。问其高寿,一曰过百,一曰八旬,一曰68。白处长有学问,与他们聊道院的前世今生。得知此处原本有点规模,历经战火毁损,所余仅为一隅,所幸那块宝贝匾额留了下来。我则东张西望,见一旁种着蔬菜,菜园不大,品种不少,好奇地问起粮食何来?八旬道长指了指正在生火做饭的那位:他年轻,都是他担上来的。年轻至68,不容往后想,再过些年怎么办……

实际情况是我多虑了。近年又去茅山,想寻找点记忆中的旧的痕迹。结果是失望:拔高了,脱形了,哪里还有旧时的踪影。道院扩了数十倍,道职人员好多,年轻的不少。担米自然不是事了,通了汽车。到处雕栏玉砌,富丽堂皇。据说这里的老子塑像还是世界之最。至于泥人厂、饭店、茶社等,一应俱全。唯见生意之隆,少见道法遗风。那种现代感和浓烈的商业气氛,还是把我惊着了,甚至有点坏了心情。聊起今昔碰撞,人家说这是考证过后照原样重建的,我却很难接受。想找当年的三位道长吗?当时最年轻的68,今日也该120了。无人指证,只有感叹自己浅见寡识。不过,我一直觉得昔日的道院虽欠完整,毕竟那是没有勾兑过的,更有味道。

要说茅山还给我留下什么印象,除了秀色可餐,那就是好吃好喝好滋味。

说到好吃,人们会想起山珍海味。人在茅山,当然也会靠山吃山。每天清晨,我们沿着山路跑操,往外跑的时候是齐整人马,往回赶的时候却是散兵队形。怎么回事?山间树林密密匝匝,不少树的根部长着那种扁平无毒性的蘑菇。因为遍于野山,不归那家山民,不犯三大纪律八项注意,故而我们收操后都会采摘些送去炊事班。到了中午,平菇炒肉片几乎天天不变,尽管肉片属于点缀,大家却天天吃不厌。那个扑鼻鲜香,找不出形容词。如此即采即食的野生山珍,大自然的馈赠,如今去哪找?现在人工培植的蘑菇,跟五十年前那一口,完全是两码事。

说过好吃,还有好喝。好喝当数杯中物。不过,这里所言杯中物可不是酒,而是茅山茶叶。因为我们在茅山茶厂停留了两天,自此我与茶结了缘,以后再没离弃。

情况是这样的:那天上午,我见茶农早早就采回一篓篓碧绿生青的茶叶,摊开在一个个硕大的竹匾里,全是“一芯一叶”。稍作清理,就把鲜叶倒进烧热的大锅内用手揉捻翻炒。只见茶工不停地揉搓,叶子渐渐卷缩、变色,个把小时才出锅。然后就是摊凉。这中间火候、手法特有讲究。

茶工见我看得着迷,特地泡了杯上好的新茶。没等我伸手,身后的白处长先接了去，呷过一口，连称好茶，又递给我尝。就这样，我喝了此生的第一口茶。没等我咂出味来，白处长开口便是三斤，还撺掇我买点。现在凡茅山所产的，都叫清峰茶，那会儿不是。形似龙井的叫"旗枪"，形状不怎么规则、次一点的，就叫"炒青"。我一样来了半斤，自此成了饮茶人。50年过去了，几无断档。经常用的茶具都是玻璃系列，开头酱菜瓶，后来升级也多为玻璃器具。每每开水冲泡，茶叶翻滚着漂浮着缓缓沉下，一口喝下，茶香绵长，实在是养胃、养心、养眼。尽管如今茶界的名堂层出不穷，我一直恪守初心，认定绿茶，没再见异思迁。就是一直疑惑，今天的绿茶名气都特别响，品种也特别多，却不大听说"旗枪""炒青"了。

自此，喝茶成了自己生活中不可或缺的元素，对绿茶更是情有独钟，这也算茅山给自己的馈赠吧。茅山，高不过黄土高坡、云贵高原，长不过当年征战的大象山脉，就因为拉练、山势、野炊、茶香，还有空气好，含氧量高，处处闻啼鸟，许多故事缭绕，让我忘不掉。

山水怡情，山川多情。

人生，山水一程复一程，没有那一程少了故事。每一程都像本书，读着，回味着，萦萦于心，会让自己懂得点什么，学会点什么，在大脑的海马沟里留下点什么。

205

48，筒子楼里

进了总统府，自己不但有了笔耕的几案，而且还住进了紧邻孙中山大总统府咫尺之距的那栋灰砖灰瓦两层筒子楼。

一间无需多大的小屋，一张单人小床（量过，宽90公分），还有再普通不过的桌椅，单身宿舍的简配。于我而言，它就是天上掉下来的馅饼。从此，不再漂泊无定。

居室够小，不超十平方吧，却是属于自己的一方天地。当我肩背手提所有家当，推开那扇门，眼睛都直了，那种苦尽甘来的感觉……真没说的。这当口要是有人问"你幸福吗？"一准来不及地点头。

很多事物都经不起比较。苦累来自比较，快乐也来自比较：

这个时候我想到炮车肚下的蜷宿，想到冬寒夏热的帐篷，想到农家泥地的通铺，想到黄土荒塬的睡窨，想到异域山坳的寮棚，想到走哪在哪的席地而卧……当然也有高档的，也就是营区的双层床。转眼间，一下子又有床，又是单间，又是楼上，推窗便是中山堂。住的虽是筒子楼，毕竟是定居，那种幸福感，还不是乐得屁颠屁颠的。

实在地说，我倒也没有辜负这块馅饼。一来那会儿年轻，也许其他方面有短缺，唯精、气、神不缺。摇笔杆也很费神的，只不过当时自己不觉得。二来有点逞强好胜，新来乍到，说什么也得露几手。那一阵满脑子除了见报还是见报。有点素材，灵光一闪,随手便是一篇。办公室忙不完,八小时不够使,这间栖身的方寸之地,便成了我的第二办公室。每到入夜,拉上窗帘,点亮台灯,思如泉涌,常常收不住笔。忙活到什么时辰没人问,只要不耽搁第二天早上听起床号出操。当兵的,不管在哪,一早都得出操。

那个时候努力转化成能力特有效率,只要肯干,特能出活,那几年确实是我笔耕的丰水期。大报小报版面拿下不少,在院子里小有名气。我一直觉得筒子楼是块洞天福地,尽管走道窄,开间小,但那是让我长了点能耐的地方,工作、生活顺风顺水,简直美妙不可方物,让自己至今难舍难忘。

有句流行语,"好山好水好寂寞"。我当兵头八年,倒是穷山恶水没寂寞。进了筒子楼,想寂寞也难。住筒子楼的日子,满满的欢腾和友情。住这儿的,十之八九都在谈情说爱的年岁。谁的对象来了,就像大众情人似的,嘘寒问暖的,没话找话的,坐着不走的,私下里打分这个漂亮那个贤秀的,整个过道不是一般热闹。有的对象从远道来,会小住几日。那年头没人住宾馆,又不兴情侣早早住一起,领了证没办仪式也不能"越轨",否则受处分是铁板钉钉的事。怎么解决? 院子里没有招待所,不过总能找个地方落脚。这事也不用那一对忙活,热心的多着,战友七手八脚就帮忙办妥了。

住筒子楼的单身汉多为"流动人口","一人吃饱,全家不饿"。不过,往家属区搬是早晚的事。到了喜结连理,也是旁人帮着操办。那年月办婚事本就简单,当兵的则是比简单还要简单。不设喜宴,不随份子,一众战友围一块闹上一阵就成了。要是和现在比,除了没有围台面那八冷八热,一样有吃有喝有甜蜜,普及版是:甜蜜时刻该有的糖果不会少,只不过如今流行巧克力,那时只有硬块的水果糖,牛轧糖、高粱饴算是高档。会吞云吐雾的有"大前门""牡丹",那时候抽"中华"是讲级别的,普通烟票没处买。再就是清茶和花生、瓜子什么的。别说全是"小儿科",这些还是凭结婚证才给配售的,大家再凑点票证,才如此"丰盛"。我的婚事也是照此操办的,后面会讲到。

虽说筒子楼的主人一直有进有出,然而新面孔没几天便混熟了。就那点地方,低头不见抬头见,早早晚晚打打闹闹谈笑不绝。忙完正事,篮球、乒乓球、羽毛球便是空闲时间的消遣。实在有劲没处使了,使起坏来也是没边没沿。

举个真真实实的例子吧:有位战友的对象要从家乡来,至于哪天到,知道个大概。这事让旁人知道了,立马起了念头。星期天闲得慌,便去办公室往筒子楼挂个电话:"喂,我找某某某……哦,你是。我这儿火车站,你老家那个谁在这儿,不知道怎么找你,过来接一下吧。"这位战友开心得来不及,拔腿挤上公交直奔南京站。到了那里,转几圈没见着人影,便问车站工作人员,问谁谁摇头。车站广场大喇叭广播也没用。实在找不着,又挤公交往回赶,估摸那个她自个摸着路来了。回来见人就问,有谁找他没有。谁都一脸茫然。直到有人实在憋不住笑翻,他才明白有人搞恶作剧。这玩笑开得没底线吧?没事。他也就不轻不重给了始作俑者三拳两脚，别人笑得瘫倒床上，一会儿工夫过去了。过一阵子，又冒个新花样，照样没底线。一窝快乐的单身汉。什么花花肠子没有？比这更没底线的还有，没完没了。这些事真不是杜撰，当事人大都健在，如今都作暮年笑谈，也就哈哈一乐。我们那茬筒子楼里的人，谁都没心没肺，开玩笑名堂万千，全是拿得起放得下，不带翻脸的。那时候一天到晚穷忙活，一天到晚穷开心，其乐融融，可真好啊！

筒子楼旧，筒子楼小，对我来说有件事忘不了。有天深夜，突然腹部剧痛，痛得我使尽全力才爬到过道。更深夜静，惊醒了几个战友，连夜送我去了医院。验血吓一跳，白细胞27000，值班医生初步判断是阑尾炎，犹豫要不要开刀。自己不记得什么时候听说过有个"马氏点"反跳痛，这会儿在腹股沟至肚脐三分之二处的"马氏点"摁下，再突然撒手，不痛！不像阑尾炎的症状啊。这时候腹痛渐渐有了缓解，便请求先服药，又挂了点水，天亮再说。谁知第二天复检，白细胞14000。又过一天，正常了。于是，揣着糊涂办了出院。这个27000，至今是我此项的制高点。尽管这次夜半惊魂有惊无险，还多亏了筒子楼。那个剧痛，翻下床爬到过道，用的是仅有的那点力气。要是独自在单元房，情况真不好说。

后来筒子楼渐渐紧巴起来，又在后院盖了幢三层的。我住三楼的筒尾，紧贴太平北路（当时叫反帝北路），是条交通干道，白天车流如织，入夜也不消停，那时候没禁止鸣号，喇叭声整夜不绝，好像对自己睡眠没什么影响。

2019年那回寻根，我当然会去寻找那几幢筒子楼。可惜后盖的拆了，起了高楼。先前的旧楼倒还在，因为与中山堂是一个建筑群。但是，不能再叫筒子楼喽：外壳倒是原模原样，里头却面目全非。狭长的走廊没了，那些单间打通了，变身几个大展室。我楼上楼下逛了一圈，只剩叹息。还原历史旧貌多好，哪里不能找个地方摆放这些陈列物？想到今天许多历史遗存都被改造得不古不今，不中不西，四不像，还是一声叹息。

常听人说，人的欲望无止境，欲壑难填。其实未必。不信？苦水里泡泡，生死线走走，再来到曾经以为一般般的生存空间，可容易满足了。

49，飞来"处座"

进了总统府，有了办公室，住进了筒子楼，还有什么说的。单身汉一个，心无旁骛，自然是一门心思攻业务。

当初的"八年抗战"，那叫一个难。现在有着心仪的平台，工作、生活条件连上了几层楼，不努力说得过去吗？处里头分管部队教育的，分管文化工作的，分管新闻宣传的，人才济济。有从战争年代走过来的，有经过丰富历练的，有具备专项造诣的，谁都不是一般般。就说白处长，1947年的北大高材生，早年的地下党，随着"华东特纵"一路打到南京，功劳、苦劳、口才、文采，样样拿得出手。论资历,论能耐,论年岁,数我最嫩,初出茅庐,翘尾巴的资本半点没有。只有多出力、多出活的份,至少别让人家太小瞧。

自己心里有个小目标。再来个"八年抗战",自己一定在新闻干事的板凳上干出点名堂来。这里头有上进心,也夹杂点虚荣心,这些都是动力。干任何事总归要有点动力,敷衍是成不了事的。于是踌躇满志,点把火,再点把火,工作渐见起色。

我不是早熟早慧的人,向来自视不高,就这点抱负。

一旦忙起来,时间会过得特别快。开始我是做长跑准备的。谁知"八年计划"没过半。1973年3月的一天,党委秘书让我第二天去刘鸿益副政委办公室,说首长有事找我谈。刘副政委什么人?"三八式",延安抗大的学员队指导员,这会儿才从教育部军管组组长任上回来。首长与我"位差"很大,平日没多少接触,能有什么事?那一晚我没睡好,猜不出子丑寅卯。

第二天上班,秘书领我进了首长办公室。首长与我聊了许多,大意是白平同志缺个副手,党委决定由你来。没必要顾虑,放开手脚干。从头至尾,我始终是混沌的,甚至记不得自己是怎么往回走的。

那时候单位领导多为一正一副,或有正缺副,或以副代正,反正官位少。但是,有能耐的老资格却不少。就说白处长,认功劳、苦劳,论资历、能力,哪样不甩自己几条街。打磨了这么多年,不久前才由副转正。类似情况比比皆是,自己何德何能,怎么和他们比?完全没有可比性,因为差距不是一点点。处里头能人多多，这块馅饼却偏偏砸在我觉得最不可能的自己身上。对于没有多少基础、资源的自己来说，用意外已经很难形容当时的感觉了。仿佛在梦境，可事情又那么真实。

这件事吧，只能说是意外中的意外，幸福来得过于突然。着实让我玄幻了一阵。军级司令部、政治部的"处座"，正经八百的县团级。自己小巴腊子一个，虽说工作还算勤勉，过人之处并没有什么硬核。思来想去，现成的能人多多，资深的多多，也不是青黄不接，偏偏提拔了一个资历最浅、年纪最轻的，只会是领导想培养年轻点的，旱地拔葱，自己赶趟了。29岁的我，一夜间成了大院里最年轻的"处座"，自己觉得匪夷所思，真的是傻人有傻福？

我呀，傻归傻，一些基本的事理并不糊涂。大小当个领导，最忌讳光说不练，自己肯干多干会干特别要紧。所以，凡要求别人做到的，自己先做在前面，吃重的活自己多担点。就凭年轻好胜，这些都不难。问题这不是领导的初衷啊，把一亩三分地交给自己，就为养一头埋头干活的"老黄牛"？

我算幸运的，到时候老天总会给自己一个施展拳脚的平台。平台这个东西，有时候可望不可求，有时候不求反倒有，太难做到公平配置。就说我在"乡壤浅识"里提到的两位战友，那是知根知底的，能干着哪！惜乎没有平台，剩下无奈。没有平台，去哪舞枪弄棒？这世上，怀才不遇、尸位素餐都有，人尽其才真是个无解的题。所以，我一直心里提醒，什么时候都得正确定位自己，别把自己太当回事。

我算幸运的，到时候总是有人帮衬。白处长，还有别的领导，往往在要紧的时候出现，给予精当的点拨。不少事情开头觉得有点难，实际是不得要领，高人点拨一下，茅塞顿开。有些事情我就是见样学样，看人家是怎么驾驭拿捏的。只要心在，总会一点点长进。你说一个七品芝麻官能难哪去？又没直接带兵，身后没有千军万马。无非经历的事多了，有办得好的，有不如意的，也有办砸了的，经一事，长一智。沉淀多了，到时候办法自然会多些。况且，自信我还不是榆木疙瘩，多少有点悟性。因此，尽管是赶鸭子上架，干着倒也不是特别累，上下还算满意。

　　我算幸运的，遇上一拨好战友、好同事、好领导。那个相处，就是纯洁的良师净友。论资排辈，谁都比我多吃几碗萝卜干饭。倒不是他们一口一个杨副处长，没谁倚老卖老。最暖心的是处处帮衬自己。我安排的事，从来没谁戗着来的。我思虑欠周的地方，人家妥妥地帮着补位。处里十来个人，是个特别棒的群体，谁都有两下子。后来在军界、地方都很出众，担任省级报纸总编的就有两位。当然，有头有脸不说明什么，关键是干啥像啥。在我眼中，他们都出类拔萃。也许那些年人员流动小，人才有点积压吧。

　　正因为你理解我，我清楚你，平日互相都开着天窗说话。记得自己新官上任头一天，才在椅子上坐定，有位叫孙磊的老资格特地走过来，言之谆谆："小杨呀，你年轻，记得待老同志好点，谁都会老的。"这句话让我记了几十年。他说得没错，流年山高水

213

长,谁也没有不老的时光。相当一段时间,我觉得自己离老迈的年月还有得过,离七老八十无尽远,不去想数十年后的事。其实,人生还真是一个瞬间,拆解开来也就是一串小小不然的瞬间。我一直没忘记孙磊的话,这方面虽然做得不尽人意,但主观上还是用心的。或许多少做了点事,2001 年中国金融工会评我为"职工之友"。这不算多大荣誉,可我看重这种认可。这年我 57 岁,从那句话起算,过去了 28 年,依然心生惭愧。

我这一路,倒霉的,顺心的,好些事情真的掰扯不清。说起来有点意思,自己并没有刻意追求成为什么,就是跟着感觉走,有时候是被周围的战友推着朝前走,自己所作的也就是勤苦一点。生活却以我想不到的方式,给了自己特殊的"奖励"。就这样我在"处座"上一晃 10 年。有人问我有点什么特殊待遇?津贴算一项,原先 52,拔葱拔到 70 多。再就是原先住的筒子楼,后来有了两居室(也因为结婚了),五六十平方。转正后又调整为三居室,七十多平方。那年月这些都根本不用自己张口,到时候就有人通知我搬哪座楼哪个单元。屋里的基础家具,像桌椅板凳、床铺矮柜什么的没几件,保证基本需求,全是公家配的。

真要掰扯有什么特别点的待遇,那是乘了一回飞机。那时候乘飞机也算一件值得炫耀的事。因为不是谁都能上去的,有钱也不好使,得县团级。就乘那趟飞机,还遇见有几道目光投射过来:这人不像啊,够格吗?这也难怪,没军衔的日子还真难辨别谁是谁。

十年拔葱，让自己见识了许多，体验了许多。有多棒的领导力不敢说，总归是一直在研习。

活到今天，得之两字：随缘。

都说造化弄人。倒霉的事，运气的事，往往不期而至，接踵而来。所谓祸不单行，好事成双，听起来有点唯心，实际互相间有内在联系。自己所应做、所能做的，不过是顺应机缘。

50，轻车慢马

13年里，我的工作和生活状态，"一团火"有过，疏懒也有过，有点像脉冲。更多时间介于两者之间，我把它定义为悠然"巡航"，当然勤勉还是多些。

时常怀想那段年月的生活和工作节拍，码了一点字，读了一点书，积攒了一点工作经验，也蕴蓄了一点生活体验。这一点，那一点，都沉淀在海马沟里。不管当时是不是完全领略，却是可靠的存在。那些日子孜孜矻矻，忙得舒畅，日子过得很充实，很滋润。

13年不是13天，多少用点心，些许长进总归有。那时候的环境本就是谁都不甘人后，那样的磁场、气场，对自己的影响是无形、无伦的。况且，自己又忙碌着乐意忙碌的事情，所以也不觉得忙碌。这个时候也是"两眼一睁，忙到熄灯"，但与以前的"八年抗战"，特别是与四年连队生活昏天黑地的忙，已经不是一个概念。当初那一段往往是被逼无奈，这会儿在心仪的平台，两回事。再说，辛苦程度也大相径庭。

并非自炫，这 13 年自己一直是认认真真、勤勤恳恳忙碌着。自己过手的也好，耳濡目染的也好，一件件事情的前因后果看在眼里，记在心头，怎么着也在一点点开窍。自己大小挂个"长"，自知水平一般般，垂得了范垂不了范另说，率先是必须的，也是做到了的。除此，想让大家与自己心想一处，劲使一处，把能耐都淋漓尽致地发挥出来，里面学问实在多。我经常想，为什么同样当领导，有人三头六臂，有人力不从心，差别就在有的是"一个好汉三人帮"，有的是"单打独斗尽瞎忙"。这里头有大智慧。

这方面，我在转业后尤其有体会。军营有"三大纪律八项注意"，头一条就是一切行动听指挥，说一不二。到了地方，毕竟不是一切军令如山，搞个齐心协力的局面是要用心的，工作的方式方法必须多点讲究。

至于事情多了怎么分轻重缓急，头绪乱了如何梳理捋顺，牵扯面广怎样统筹协调……如此等等，有边看边学的，有依样画葫芦的，更多是在实践中悟的。见得多了，试得多了，加之自己还有个 10 年挂"长"的机缘，在平台上慢慢磨砺，才智也会一点点磨出来。平台本身就是资源，少了平台，很难成事。

所以说，并不是自己有多大能耐，更不能自我感觉太飘。我曾给人打过比喻：成功率的配置是"三三两两"：平台三，努力三，

216

悟性两,运气两。这只是自己的感觉,一通陋见。努力加悟性占一半,已经是高估我自己了。当然,各人之间有差别,想来差别小不了。

我还真不是懒散的人,即便是小事。那时候办公室和筒子楼没有勤杂人员,一切自己打理。我呢,提前半小时上班,进入自己的状态:地板扫一遍,拖一遍,桌椅橱柜一件件擦拭过,拎上暖水瓶去开水间灌开水,再把一些散乱的东西物归其处。冬天更忙些,到得更早些,多出来的项目是生火取暖。先是弄点备好的小木条和煤块,支空了填置炉膛,"人要实,火要空"嘛。再卷张废报纸,一根火柴,分分钟火焰就旺了。炉子升温很快,待大家上班,屋里已暖了。坐上铁壶,这一季就不用去开水间了。记得那个生铁炉子铸了年份:1935 年。虽是老物件,但拔风特好。烧的是优质无烟煤,没有一点臭味,很少一些轻烟全从烟道拔走了,燃尽在炉底留下的白灰也很少。这些小事杂活,自己当了处长也没放下。这类事情谁干不是干? 白平处长生炉子也是把好手。我也不懂为什么这些琐碎中的琐碎,一直占着自己的记忆。只能说日复一日,一复 13 年。再平淡的事,也烙上了印。

尽顾着自炫了。其实这只是这段时光的 A 面。有一说一,自己勤奋努力有一点,愚拙中偶尔的浅智慧有一点,或许运气也有一点,在各方面条件差不多的情况下,领导点了我的将,年轻无异成了优势。那有没有 B 面呢? 回答是当然。一直勤勉不辍、高位运行,很不容易,我没做到。要不,伟人怎么会说"一个人做点好事并不难,难的是一辈子做好事"?

恬淡平静的日子有吸引力。所谓岁月静好,在我身上还是滋生了一些负面的东西。那段时日,除了每年约莫有两三个月下基层蹲点、跑面,调查研究,充实自己。其他在机关的日子,大体循着一个相仿的节奏。每天踏进办公室,先做什么,再做什么,按部就班,轻车熟路,"朝八晚六",特别日常,特别自我,好像有个设计好且程式化了的固定程序。每天在规律的作息中过得听不见时钟的滴答,感受不到时光的流逝。如果说以前的日子不乏波澜起伏,这时候已经"顿失滔滔"。就像车辆从高速运行,切换到了不紧不慢的匀速巡航。诚然,我不能把自己工作和生活节奏的悄然换挡,归咎于过于规律,没山可显,没水可露。很多人在这样的规律中还不是照样干得风生水起。种瓜得瓜,种豆得豆,因果在自己。

人哪,什么都难不住,真正难以驾驭的还是自己,真正难过的坎也是自己。过去的物、事是流动的,卒然从四处飘零到泊入港湾,从风中凌乱到云淡风轻,很容易适应,很容易习惯成自然,因而很受用,也很容易守成。甚至会觉得工作节奏和生活状态就应该是这样。我何曾不时时告诫自己不要惰怠,岂知想来容易,践行好难。

客观环境的这种变化,让本来就埋有病灶,偏偏还缺乏免疫力的自己,惰怠的劣根性还是冒了出来。惰性这个东西是沉疴,是有惯性、磁性的,让人很容易适应。日子波澜不兴,会不觉得时光的流淌。13年,一段不长不短的似水年华,就这样"日月如梭"了。人们常说苦的时候度日如年,我想续一句:岁月静好往往度年如日,流年似水。春去秋来,夏日寒霜,光阴荏苒,时间在重复的程式中缓缓流淌。

按说当了十年的"长",时间不算短,条件不算差,有着过往难得的工作自主度和话语权,有不少可以自己调配的时间等资源。想要创造性的做成点事情,那是不可多得的机遇。怪了,这反倒成了进取有限、相对沉寂的10年。这截盛年就这样平滑着过去了。用宽慰自己的话来说,叫稳健。因为论常规动作,都还说得过去,就是不大用心做点有意义的自选动作。后来反思,觉得这段时光有点钝化、虚耗。那段时日本来是可以来点深耕细作的,多点作为。没有别的好说,还是惰性作祟,对自己心太软,时间、机会无谓地流逝,这段日子也就如烟了。

我25岁入"府",一晃13年,自己的芳华在这个院子里画了句号。在这里,我时有所得,也错过很多。纵览时间线,好棋走过几步,闲子也没少下。工作经验或许积淀了一点,但是后悔的事情实在太多。让热情长盛不衰,实在太不容易。当时光真的成为似水年华,才知道一旦错过,再不能重新来过了。失去了才感慨,唯剩追悔莫及。

有时我问自己,为什么会留下可为而未为的遗憾?有时受客观因素局限,有时错失了机会,最不该的是机缘和潜能被自己浪费了。对我这样还不能自觉把控自己的来说,轻车熟路固然好,少了坎坷,也容易怠惰。

惰性,或许是人的本能,是与生俱来的病灶,有劣根性。

人哪,什么都难不住,最难是自律。说来不是事的这件简单事,其实最难做好。很多时间和机会稍纵即逝,一朝错过,就再追不回来了。

51,我领兵了

1982 年秋,空气流动了起来。

记得 1985 年的百万大裁军吧? 实际早在 1975 年,身为军委副主席和总参谋长的邓小平就提出了军队要消肿。在真正拿起手术刀,推出百万大裁军之前,"微创手术"一直没停。

这里需要交代一下,自打设立八大军区,就一直有炮兵、工程兵、装甲兵三个直辖的兵种指挥机构,习称"炮、工、装"。1982 年秋,一道命令下来,把三路特种兵全都合成到了各集团军。"炮、工、装"指挥机关的人员多数成了冗余,我被富余了。

冗员,多指人浮于事,需要裁简。这次却是机构撤并,一锅端。冗出来的这员那员,大多在当打之年。须知培养一个合格的指挥员或专门人才,是要经历一定周期的。有的还经过了血与火的洗礼。浪费什么也不能浪费人才。然而裁撤指挥机关,冗出来的官比兵多,去向成了问题。一个萝卜一个坑,一时半会去哪里找那许多坑？

于是，军区统筹调配：有的由军区机关留用，有的充实基层，有的移交各省军区消化，也有转业和提早退休的。我呢？从来不吭不哈，让去哪就去哪。这次却有心无意地来了个随口一说：能不能哪来哪去？我从上海入的伍，听说上海警备区部队不少，想来消化得了我这个冗员。想过说过，也就再没在意。谁知，本来没抱什么希望的意愿，偏偏心想事成了。就这样，我少小离家，东西南北，国内境外，兜了个不大不小的圈，21年后又回了原点。

就这样，我被消化到了上海警备区政治部的秘书处。就落脚点而言，不敢说轻车熟路，然亦不算生疏。这回是地熟人不熟，人不熟事熟，上手不是太难。

家人一时没随调，我又住上了单身宿舍，还是紧挨马路——常德路。常德路不长，骑自行车北行几分钟，便是自己就读过的中学，再骑几分钟就可以到父母那里。21年东西南北地闯，到头来又回到熟得不能更熟的地方，真的是故土难离，人算不如天算。

正当时钟复归我所熟谙的节奏，来了一道任命，将我的从戎生涯带进一条新的曲线：履职南京军区守备第一师政治部主任。师长、政委、司令部参谋长、政治部主任（通常都有副职），是统率全师、各司其职的整架马车。我开始带兵了，职晋师级，时年39。

自己几十年没明白，我来新单位不久，了无人脉资源，加之自己的性格决定了不会"活动"。那一套哪怕有人教，也学不会，自己没有这方面的天赋。再说，和29岁时候一样，又是事前没有任

221

何征兆,甚至与最终拍板的章尘政委、王景昆司令员两位军政一把手连个照面也没打过,更没说过一句话。怎么又给了块馅饼?直至前年,我去探望知根知底的时任干部处长的周祖林战友,才得知究竟:当时这个缺位,有多个拟任人选。经过考察、比较、甄选,择优任用。自己到底优不优?没谁比我更清楚:"当过兵,没带过兵"。

在此之前,我从小兵腊子起步,一阶一阶地走。要说挂了"长"的,当过班长、处长,那不过"七八个人,十来条枪"。这下,身后千兵万马,自己短板无数。也许又只能拿具备潜质来看待了。

真不是得了便宜卖乖,我一直纳闷自己的哪一脉几次入了领导的法眼。说起来智商一般,情商短板。也就是事情到我手上,自己还算用心投入。谈不上做得完美,至多算力求完美,仅此而已。

好在自己在基层野过一些年,当的也不是和平兵。即使后来从事机关工作,团、师、军级机关也没少了一阶一阶踏步。新岗位,新使命,有的干过,有的看过,有的听说过,倒也不是一张白纸。

这支部队和另外一支部队自然有同有异,盲人摸象不可取,风土兵情当有知,包括部队的优良传统、作战特点、作风纪律等方面的长短。这就需要先把地气接上。

先是认门。对哪个团、哪个营、哪个连在哪里布防,对部队的基本面貌有个大体了解。这样的跑面浮光掠影,明显有负面影响：一要人陪，否则确实摸不到门。二是时常带去搅扰。比如遇上部队操练，训练场指挥员会高声长音："全体都有——，立正——"，跑步过来一个军礼："报告首长！某团某营某连正在训练，请指示！"我回过礼："继续！"操练接下去。自己也就是走过，人家按条例行事，谁都没错，但的确带去了搅扰。

要真正接地气，还是得靠蹲点，找一个连队"五同"（同吃、同住、同劳动、同操练、同娱乐）上一段时间，哪怕十天半月，也比一路走马观花能获取真知。毕竟有个切口，得以窥见五脏六腑。毕竟每天 24 小时相处，得以真切了然基层官兵的所思所想。当时就感叹，改革开放年代的兵和我这个"三年困难时期"的兵，不论生活态度、行为方式，乃至观察事物、思考问题等众多层面多有相异。因为时间点、大背景变化了，很多东西不能停留于思维定势。不沉下去，不接地气，做不到这一点。

政治部因为有个管干部的职能部门，尤其不能少了正气。虽说干部任用最终由师党委定夺，但是拟制方案的是政治部党委。作为部党委书记，我需要对拟任人选安排考察，有时还会一道参与。乃至有的由团一级任用的干部，举足轻重的我也介入。例如，"南京路上好八连"第 14 任指导员李晓明，我不但参与遴选，还在其赴任前促膝长谈。相比其他事，考察拟任干部更压分量，必须上下左右地听，纵向横向地比，"德、能、勤、绩"一项项过堂。都知道"兵熊熊一个，将熊熊一窝"，一旦任用不当，伤筋动骨不易治。虽说干部能上能下，实际情况是上去之后下来难。好在那个年月风气还行,走偏门吃不开。

在这段曲线上,我还先后在南京军区海防第一旅和上海警备区政治部参与过领导工作。旅、师、军三个层面,前后十一二年,空间和时间多少换来些许沉淀。大的、共性的、人们时常提及的领导科学,这里就不展开了,能人多的是。我就秉持一点:有位当有为。于是在实际工作中,摸索了一点自以为然的"土方子"。例如搞试点,某件事情全面铺开前,先在某一局部试点,获得经验再由点及面。又如抓典型,开展某项活动时树立典型,引导大家见贤思齐,有样学样。还如讲"小道理"。有时候大道理讲起来枯燥,不妨从大家听得进记得住的小道理开切口,由浅入深,小中寓大。再如既交任务又教办法,授人以鱼的同时授人以渔。更如哪壶不开提哪壶,帮助纠正某项缺陷或不足,有时来把猛火,有时小火加温,把准火候。复如留余地,纠正消极面的时候尽可能留个分寸,让人家有改进的空间……类似的细枝末节就不絮叨了。一句话,有点成功的心得,也有失误的教益。正因为体验过 A、B 两面,让我学会了一点点领导艺术,积攒了一点点实践经验,摸索了一点点工作方法。干货有限,多为薄技,半瓶子晃荡,都是小打小闹。不过,坐机关和带部队,即便相同职级,其实差别很大,后者很吃分量。

我珍惜那些年自己收割的三瓜两枣。真不是矫情,我不会追梦,每上个小台阶,往往觉得意外,心里都会咯噔一下:怎么是我? 这个时候有没有点小得意? 掏心窝讲,有。因为往往超过自己的期望值,有时实在是误打误撞。

我感恩这些平台。自己吧,或许勤勉有一点,敬业有一点,天分也有一点(不谦虚了),都是一点点,总起来说还是才疏智短,毕竟自己的斤两自己知道。倘若没有这些平台,去哪里施展拳脚?越是到后来,越是感觉平台具有无可比拟的优势,即使谈不上有多少成功,至少带给了自己成长。而且,这些平台所有的积累和蕴蓄会一直用得上,直接或间接。事实证明,那些年的存货的确早晚用上了。有的是挪移,有的是变通,有的可资镜鉴,这些对于我在日后岗位的拓荒,很有价值。

有的事,想要要不来,要推推不开。还是随缘,活得不累。

凡要成事,离不开时间空间。没有平台,缺少经历,去哪里腾挪闪转?有没有平台,天差地别。

所以,谁也不要自视过高。要说谁长了点能耐,把自身的努力、才智和平台的给予来个分成,哪怕对半开,恐怕还是高估了自己。

52,牙牙习语

走笔至此,冒出个"牙牙习语",是不是突兀?

牙牙学语,本是形容婴儿咿咿呀呀学说话。自己挂"长"的时候已近"而立"，不该呀。此处带了点个人色彩：自己天生不善言辞。

在我潜意识里，一度觉得能言善辩是天赋，是能耐，寡言讷涩是自己的短板。倒不是信奉"沉默是金"，就是因为自己生来寡言少语，初次见我甚至会给人留下木讷的印象。听说过开口早的婴儿，长大后口才好，反之像我这样。兄妹几个，我排行老大。我什么时候开始的咿咿呀呀，只有父母清楚。到我想问的时候，已经没有机会了。

直至今日，我还是觉得自己吃了不少由于性格比较"闷"的亏。往早里说，刚当兵被分配在4连指挥排，听说排里有三个班：一是侦察班，有的在图板上标记飞行器航路，有的操控指挥镜；二是报话班，前头讲到过。三是电话班，实际是架线班。分配前，自己心头虽然忐忑，但没往架线班多想，那是特耗体力的活。怎么说高中生当时在连队也算"珍稀"，况且自己的瘦弱体质搁在那。结果，三位班长对分配来的六个新兵逐个扫描面试，对话搭脉。我的不吭不哈便与木讷画了等号。没说的，去了吃苦受累更多的架线班。嘴巴不活络，又不会取悦人，只有闷头干。现在想来，还真的"吃亏是福"，那时候的吃苦实际是在为后来蹚路。

往晚里说，转业后去了银行。金融口经常有些业务交流，一度联谊活动不少。就因为我怯生，不是那种"见面熟"，所以能推就推。有时即使去了，一身不自在。会间茶叙和庆典酒会什么的，人家初次见面就跟见了熟人似的，谈笑风生，瞬间就能热络起来,秒熟。我呢？不怎么有出息,如果扫描不见自己认识的,又不善与老外"英格里希",便会端杯可乐退避一侧。人家一回生二回熟(也见过一回熟二回生的),自己三回四回也热乎不起来。生来不谙见面熟,无他,先天使然。我一直觉得跟陌生人没话找话的搭讪,很别扭。

这倒也好,自己本就不嗜烟酒,尤其不适应没话找话的尴尬语境。管理层分工时,就让我联系会计、财务、科技和日常运营等部门,而且一联系七八年不变。期间也联系过授信、风险控制、私人金融和一些非业务部门,时长不一。有句话叫"扬长避短",自己扬的未必是"长",那只有尽量避"短"了。

说个真实的笑话。婚后我妻子的同事、闺蜜问过她:"他平时和你有话吗?"这真是天大的误会。我这块短板也就短在陌生环境以及与陌生人相处。至于熟悉的人、投缘的人,聊起来并没有障碍。熟悉自己的人还说,我嘴里常有些诙谐的话,时不时还会幽上一默,有些话能点穴,引起别人共振。可外人不清楚啊。就因为自己性格有点孤僻,有人说我清高。自己这点浅薄,清什么高啊!况且自己也一直在调整这块短板。

语言是社交的重要载体,但也有寡言少语的好。比如我军基层有个传统,星期天晚上都有个例行班务会。一个班能有几个人？大家挨着个唠叨完一周的七零八碎,末了到我这个班长点评小结,也就三言两语打发了事。全连十来个班务会,总是我们班头一个散了的。按说,班务会是部队里最袖珍的会了,都是低头不见抬头见、熟得不能再熟的战友，我照样没几句话。班里战士知道我的脾性，个个长话短说，早点散会还能忙点各自的事。都讲真正会说话的人言简意赅，我倒是不啰嗦，那纯粹是性情使然。后来当处长，处里不定期有处务会，情况也差不多。在开会的事上，我这个弱项和缺陷倒是不招人厌烦，有几个愿意陪话痨的？有谁愿意参加冗长拖沓的会？

不过，出言拙讷终究不是长处。很长一段时间，但凡面对人多的场合说点什么，我都觉得是个负担，担心冷场、笑场。要是不照稿子念，往往有事前准备好想讲的内容慌里慌张给漏了的。结果，越是怯场，越是笨嘴拙舌。

印象尤其深的，当属刚从塬上下来，在团政治处任书记时遇到的一件事：

记得塬上吧？当时我们守卫的目标很神秘，几乎与外界隔绝。山上荒得不能再荒，几十里外的山下却是学校、商场、医院等生活配套样样有，无非简陋点。但是，里面的人出不去，外面的人进不来。当地子弟学校听说战士们在缺水、严寒的高原荒漠上餐风露宿，日夜戍守，几次三番来联系，想让部队去讲讲高原上最可爱的人。

政治处曲兰亭主任考虑我刚从塬上下来，不但情况门清，还有亲身体验，便把这件在我看来是天大的难事交给了自己。此前我只召集过班务会，就七八挂人。自己怯生的，就是大庭广众正儿八经作报告什么的，这下真是哪壶不开提哪壶，把我难住了。

真到了那天，整个会场乌泱泱一片，走道上还挤了好些人。就那个阵仗，先把我给镇住了。尽管自己事先有过多次一个人的彩排，方方面面准备了再准备，到时候还是两回事，一直没敢抬头往前看。最后总算对付了过去。我也不清楚这个把小时发挥得怎么样，只是听同去的战友说，有好几次掌声很热烈，就是讲得快了点。挺冷的天，我是捏一把汗上的讲台，出一身汗出的会场。回到政治处，曲主任就一句："小杨挺会说嘛！"他已经接到学校来的电话了。其实，那是人家客套。

会说话，说得体的话，分寸掐到位，与许多技能一样，需要实践历练。经历多了，"出汗"多了，领教了各种语境，一般会慢慢适应，逐渐操控自如。不过，很多时候的体验还是靠逼的。拿我来说，当班长，当处长，尽管不善言辞，总归还能马虎对付，至多也就"十几个人，七八条枪"。后来带兵了，经常面对"乌泱泱一片"。因为管点大事小情，当领导的要心到，嘴到，手脚到。这就成了问题：什么叫嘴到？还不是该点到的话必须点到，一、二、三、四……不能省略。同样这点内容，有的会吹会侃、宏文滔滔，有的提纲挈领，简短扼要，效果云泥之别。换位思考，既然自己不愿听云山雾罩的长篇大论，那么自己说点什么也要尽量避免让人讨厌。所以，会说话也难也不难。怎么让人入耳入脑，拿捏得当，里头名堂多了，学问万千。

就在这"咿咿呀呀"中，我牙牙习语，自我修补。从开始的不知所云，到逐步自然从容，以至后来只需在纸上写几行提示语或者打个腹稿,便可对付。至于作业完成得如何,及格吧。高分难哪,性格兼性使然。

这中间,自己还碰到过一些带个性的语境。举几个例子吧,都发生在转业前夕的 1993 年:

一次是给"南京路上好八连"过 30 岁"生日"。1963 年 4 月 25 日,国防部授予上海警备区某连"南京路上好八连"称号,毛主席题诗《八连颂》,朱德、邓小平、陈云、陈毅等中央领导人纷纷题词。这年正逢命名 30 周年,上海市委宣传部和精神文明建设委员会办公室以及我所在的上海警备区政治部一拍即合:好好给"好八连"过个"生日"。

怎么过? 上海方面不用说。能不能让全国、全军的新闻媒体一起造个声势? 为此,市委宣传部尹继佐副部长和市文明办郭开荣主任,军方由我和宣传部门负责人一同赴京。赴京的系列工作里有一项,举行一个记者见面会,由尹副部长、郭主任和我会见各路媒体。

各式各样的会我参加过一些,这样的会头一次,心里有点打鼓。新闻人的脑子好使,到时候自己能适应吗? 请教别人,被告知再而三:一是讲话越简短越好。其实,用最简短的语言把事情说清楚恰恰是最难的。二是因为提问者和答问者有互动,需要做好功课,多准备点应答。三是把控有度,说得不到位或说过头都不妥。谁知,见面会意外地顺利。大概因为见面会内容本身就很正面,媒体人出题也很正面,事先做的功课完全够用。要说收获,有生第一次,也是唯有一次,领教了一下氛围。

这次记者见面会真就立竿见影。那一阵中央和地方媒体都拿出了不少版面。4月25日当天,南京路的居民还给"好八连"送了一只超级大蛋糕,生日过得红红火火。

再一次,还是给"好八连"过30岁生日。上海人民广播电台《市民与社会》栏目安排了一档学习"好八连"的内容,让我通过电波与听众对话,即时接听市民来电,当场互动。说起来,"南京路上好八连"纪念馆新落成,每句解说词都从我手里过的,熟悉内容不是问题。难就难在实时直播,每一句都进电波,所有的口误、结巴、打格楞,都即时随电波送进听众耳朵,真材实料的"一言既出,驷马难追"。所以对心理素质、语言组织、应对得体等都有要求,少不了又得做一番功课。

这档节目每天中午12点开播。那天,我提早半小时到了北京东路2号广播大楼。大楼很有名,进去大跌眼镜。其过道之狭窄,播音室之局促,完全没有想到上海人民广播电台和东方广播电台兄弟俩竟挤在这么一个螺蛳壳里。来不及多参观,直上播音室。主持人三言两语介绍了这档节目,说了句"您行的",便忙旁的事去了。很快,倒计时,进播音室坐定。开播,破题,介绍我这个嘉宾,没自己什么事。直至接进第一个电话,我的话匣子才打开。由于事先做了点功课,在两片纸上写了点自己看得明白的提示。前后五六个电话,有问有答,有长有短,半小时很快过去了。还好,没出汗。

还有一次，接受中央电视台采访。那一阵提倡把战士培养成军地两用人才：在军营当个好兵，复员时有一技之长。当时我们在松江县佘山旁一处闲置营房办了个两用人才学校，有课堂，有实习场所，有校长和管理人员，并商请市劳动局派教员。劳动局非常支持，学校办得有声有色。不清楚中央电视台从哪里嗅到的信息，专程前来采访，上面指派我出镜。

我呀，除了不善言辞，也不愿意抛头露面，一直躲避聚光灯、麦克风。说好听点是低调，其实还有性格使然。这次出镜，也难也不难。说难，过去没对记者话筒发过声。这次来头有点大，一发声便是中央电视台每晚七点档的《新闻联播》，这档节目的分量大家都知道的。说不难，也就不足一分钟的时长，不用长篇大论，而且有时间字斟句酌地做功课。一遍不理想，可以再来。实际是挺顺利，一遍过关。

一次记者见面会，一次空中电波，一次电视出境，内容不可谓不重要，然而时间都不长，话也不多。这几件事告诉自己，不善言辞固然是缺陷，能说会道未见得就是长项。"牙牙学语"，该学的不是婆婆嘴、碎碎念，满嘴跑火车，而是能用在脑子里浓缩过的几句话把事情讲清，用大白话把核心意涵挑明，那里头学问大了去。

这门功夫对我来说有点难度，像过去一样，逼一逼也走过来了。谁知老了老了，一点点钝化了，反倒落笔竹筒倒豆子，莫不是真像人家说的，"树老根多，人老话多"？

好口才既可能是长项，也可能是缺陷。用得好，要言不烦。用不好，可能人见人烦。

那些套话、废话、场面话、可有可无的话，凡有语言功能的谁都会。高大上的话，好学。高大上的事，不易。

七、美味

53，"三饱"百味

不怕笑话，"三饱一倒"曾经是自己的念想。

所谓"三饱一倒"，乃指一日三餐和入夜好梦。"一倒"就不啰嗦了，在前面"夜哨野哨""夜半惊魂""地平线下"等章节里没少絮叨。

至于"三饱"，今天讲来实在平常不过。近年我又进过军营食堂，那般诱人的丰盛，完全不是有没有鱼肉禽蛋的事，而是荤素如何搭配，营养是否合理，卡路里多了少了的问题。想起我们当年那个寒碜，只要每周食谱贴出来，大家便围着一行行地往下扫，好不容易找到一两餐带荤腥的，不过是雪菜肉丝、白菜肉片老一套，谁都明白那里头肉丝、肉片是点缀，说起来也算有荤有素。那都不是最要紧。"三饱""三饱"，饱第一重要。为了万里长城不倒，即便在"三年困难时期"，饿谁也没饿子弟兵，军人属于特殊中的特殊。当兵每月主粮定量45斤（粗粮则予换算，例如六斤地瓜折一斤主粮），各行各业没法比。殊不知，肚里没膘还是扛不住没日

234

没夜的耗。仅指望 45 斤碳水化合物,卡路里跟不上,还是一个个像饿狼。

为这"三饱",炊事班挖空心思。一是多吃米饭少吃面。天地玄黄,南米北面。我所在的部队北方兵多,肠胃特别适应面食,十天半月"粒米不进"没有问题。吃米饭时,食欲多少会打点折扣。二是只吃糙米(那时也见不到粳米),就是饭粒偏硬但特别能出饭的那种,现在市场上遍寻不着。糙米饭是用笼屉蒸的,每人一个瓦碗,当兵当官一样。三是花样翻新,例如在饭里掺入胡萝卜缨、地瓜叶之类,一碗变成两碗,感觉有着增量。四是粗粮对付,像高粱米饭、地瓜面馍就很容易吃撑。不过,粗粮里头也有上品,尤其难忘用大铁锅炕的带焦屑的小米面饼,那个脆香令我至今还有念想。五是星期天"三饱"改"两饱",晚开早饭,早开晚饭,时间上扯得过来……总之名堂多的是。当兵的,当官的,有干吃干,有稀喝稀,一样。

有时还会有意外的口福。哪天班里有谁去营里、团里出公差,开饭时会富余一碗出来。这时候班副(我们习惯称副班长为班副)就有事了,班里有几个人,他便拿筷子把那碗饭划成多少块,加在各人的瓦碗里。基本等量,老手了。那个年月,多吃一口是一口,粒米不剩。

上面这些,没经过那个年代的可能听着稀奇。其实,从 1955 年粮食定量供应到 1993 年一直用粮票,且有全国粮票和地方粮票之别。地方粮票只限当地用,全国粮票才能走遍天下有饭吃。

今天,"三饱"已经不是事了,不少人还在节食、去脂、减肥。当初用来填饱肚子的地瓜叶、胡萝卜缨,如今成了餐桌上的时鲜,特受待见。当然,原料还是那些原料,只是经过大厨精制细作,添香加鲜,硬生生把当年喂猪的东西变成了上品。不过,再怎么食不厌精,脍不厌细,千万不要以为吃喝不愁,理所应当。我国的人均耕地面积世界排名在百位之后,为美国的七分之一。掐指头算算,我们放开粮油定量供应的时间不长。民以食为天!要不然我的老部队搞什么"三湖一山"?

让"吃"独立成章是不是俗了点?这个问号,那些年不会有,过来人不会有。我在连队的时候,大伙还说炊事班顶半个指导员。这话不夸张。饭菜穿肠过,滋味舌尖留。整好伙食,搞定"三饱",让大家吃吗吗香,自然就会情绪饱满。只要"舌尖上的连队"一级棒,指导员做思想工作自然省心不少。所谓炊事班顶半个指导员,就是这么来的。

吃吗吗香,可不那么容易。伙食标准摆着,每人每天四角一分还不能满打满算,必须得留几分钱"伙食尾子"。过年过节、老兵退伍、庆功表彰什么的,总要加几个菜吧。所以,去掉主粮和油盐酱醋等调料,还要让大家吃饱吃好,没点真功夫还不行。当然,连队自己养点猪,种些菜,多少有点补充。可我所在团偏偏担负战备值班任务,菜园、猪圈常常撂给几个留守人员侍弄,比常驻营房的兄弟部队短一口气。

说起吃,其实很有故事。炊事员来自东西南北,厨艺实在不敢恭维。哪天哪旮旯儿的炊事员掌勺,出锅的便是他的家乡菜味道。硬要扯什么菜系,那么川菜、徽菜、鲁菜、淮扬菜全有,就是滋味不地道。什么都有,什么都缺,七七八八一锅烀。但无论什么菜,有一点是共同的,那就是硬货不够调料凑,投料特别重。酱醋麻辣,葱蒜酱香,还有胡椒、八角、桂皮什么的,绝对足量,酱汁浓稠,让你放下筷子还会咂巴嘴,甘之如饴,余味悠长。以至到今天,自己依然改不了重口。

塬上的日子,与舌尖接触特别亲密的,当属土豆。当地的土豆比拳头大,炒土豆丝是三五天少不了一回的。油很金贵,那就放点辣椒加点醋,很受待见。要是剁成块,加点七分肥三分瘦的肉一块烀,软软的,面面的,香香的,那是我们至爱。有时候索性把土豆充主粮,用蒸笼一屉屉蒸,各班都是使脸盆一盆盆往回端。熟了的土豆皮很好撕,我们都是蘸着盐末几口一个,吃得有滋有味。那种伴着黄土味的大快朵颐,反倒比今天蘸着番茄酱的麦当劳炸薯条更耐回味。倒不是香喷喷、甜丝丝、酸溜溜的炸薯条真不如前者美味,毕竟岁月的情怀不一样。

除了在缺水的塬上,有饭有菜的日子通常还会整个汤,经典的蛋花汤,硕大的保温桶盛得满满。你信不?三四个鸡蛋就能漂满一大桶蛋花。但凡有汤,老兵们惦记的是汤里的实料,都懂得"海底捞":"勺子捅到底,慢慢往上提,手上不能慌,慌了全是汤。"这招对别的汤也许管用,碰上这样的蛋花汤,门都没有。直到有次我去伙房帮厨,总算探得究竟。那年月鸡蛋计划供应,哪来这许多蛋？可炊事班有一套雕虫小技：先磕三四个蛋打成蛋液，再用数倍的水兑成足够稀薄又不失为蛋液的蛋液。待汤煮沸，绕着圈将极稀薄的蛋液徐徐地线状注入，边注边搅，于是满满一桶全漂的蛋丝。由于充分稀释过的蛋液主要成分是水，与汤的比重相近，因而无限均匀地散在汤里，看得见，捞不着。"海底捞"的功夫再好也不顶用。

谁要是病了，或班长或排长，常常还是指导员，会把病号饭端到床头，准是一碗热乎乎的葱花手擀面，上面再卧两个荷包蛋，大家觉得那就是美味之最。以至有一回我和几个战友献血，上午抽的血，中午也享受这个特殊待遇。往外给的是 300cc 新鲜血液，往回补的是一海碗鸡蛋葱花热汤面。下午该训练照常训练，该咋样咋样，晚上就恢复大锅饭了。

一句话，嘴大吃四方，吃了三十几年军粮，把自己的口味吃宽了。最差的、最好的样样尝尽，都留在了舌尖。味蕾变得最敏感滋味，又最不讲滋味。就因为军营是一方水土养八方人的风水地，最土的锅灶也能一网打尽五湖四海，包括我起步的地方——上海。

人的一生，烙印无数。既然一个"吃"字天大地大，当然不会少了舌尖的印记。

行万里路，尝百样味，甘苦自知。有了比较，自会知足。

54，菜园荷锄

当兵的，平日习武，战时打仗。

要说与众不同，我军还多了一门技能：自己种点菜，聊补少米之炊。当然，前提一是无战事，二是有条件。像在西北荒塬、越南战场，就不可能。不知此一特色是否与我国农垦文化根深叶茂有关。

我们连队那片菜园子挺大，每个班都分到十畦八畦"责任田"。连队开晚饭早，留下那点天没擦黑的功夫，自然全使在拾掇菜园子上了。先是翻地耙土，起垄筑畦。那时候没有塑料暖棚，都是依着季节劳作、耕耘、收获。一开春便是油菜、菠菜、韭菜、辣椒、洋葱，接着又是冬瓜、南瓜、丝瓜、黄瓜和卷心菜、茄子、西红柿等，一样样上。总之，啥时令种啥，想吃啥种啥，炊事班让种啥种啥。该撒籽的撒籽，该栽秧的栽秧，该竖枝搭架的竖枝搭架。蔬菜都是当季种，按时令食用。那年月连队不兴化肥、农药，不用除草剂，土地也不板结。真正是吃在当地，吃在当季，顺应天时。虽说菜叶上常有虫眼，但是绝对绿色有机。

大伙对这片自留地那叫一个上心。听说韭菜喜马粪，而我们营区没马。有战友不知打哪弄来情报，特地骑自行车大老远驮了两麻袋马粪回来。每次去的成本，也就是给老乡散几支烟，唠一阵嗑，全靠乡邻的情分。上过马粪的韭菜还真长得神气，始终叶宽油绿，容光焕发。你一茬茬地割，它一茬茬地长，吃口没得说。

再有像"头伏萝卜二伏菜",种子全是战友从老家捎来的上品,就像"红灯记"里那句唱词,"撒什么种子,开什么花",长势和普通的就是两样。至于肥料,我们是在地头挖个坑,把烂菜叶、枯杂草什么的放里面沤,所以蔬菜的养分摄入也很有机。

说是日落下菜园,带月荷锄归,并不尽然。菜园挺让人牵肠挂肚的,中午、假日,但凡有点闲,大伙常常去那。培培土,整整畦,拔拔草,理理藤,哪怕干站着瞅两眼也乐呵呵的。眼看着种子冒芽,秧苗拔高,绿色的菠菜、芹菜日长夜大,黄瓜、丝瓜、豇豆挂在架上,彩色的西红柿、茄子、辣椒结满枝头,冬瓜、南瓜窝在地里,可谓色谱齐全。长起来一天一个样,绿意盈盈,怎么看怎么招人喜欢。我也常有这样的情况,在地头傻站、傻看、傻乐,到底是自己一手土一脚泥侍弄的,无感是不可能的。

你追我赶,不甘人后,军营无时不在,菜园也有争先竞赛。既为竞赛,当有规则。就拿我所在的连队来说,起先的规则粗线条:秤分量,100斤在前,99斤靠后。这就来了问题,都去种压秤的了。收上来的冬瓜、南瓜、大萝卜吃不完,辣椒、小葱之类的少有人种。于是,有了竞赛规则第二版:算价格,收上来的蔬菜参考市场价格折算,高低排序。这不,那会儿就有了市场和计划。市场方面,什么值钱种什么,想种什么种什么。计划方面,司务长根据伙食需求,拿出指导意见,让种什么种什么,至于吃不吃亏,自会适当调整。至于这碗水端得平不平,也就一个大概吧,各班并不怎么较真。反正都是享用自己的劳动成果,都在一口大锅里搅匀。

即便后来进了总统府，还是没有脱离与菜园的缘分，或许农耕文化生生息久远，到哪都生生不息？不过，严格意义上只能说这片菜园在我们营区，并不在府内。当时的营区除了总统府的西轴线，包括工作区域和红楼（现今的"1912"）、灰楼、文化村等。在总统府北面还有条长江后街（曾叫国府后街），长江后街5号便是营区的后院。后街很窄，了不起十米宽，我们也就笼而统之称其北院。不过，与人说起后院或者写信，落款从来都是长江路288号。

后院不大不小，除了有个食堂、有片球场和一些宿舍，闲地不少。要是搁今天，一准盖房子，至少会铺草坪、植花卉，市中心的黄金地段会种瓜种菜？当年可没那么奢侈，口腹之欲当在花花草草之上。故而，菜园成为当然的存在。

菜园同样实行责任制，每个处室都分几畦。那个年代的参谋、干事，没几个不是在连队打磨过的，这丁点田间地头的活，也就是办公室坐久了，顺带松松筋骨的事。于是每天的下班后晚饭前，那半小时左右，便是侍弄蔬菜瓜果的时刻。

还经常会有这样的情况：正忙着手上的事，突然通知茄子秧（辣椒秧、西红柿秧等）到了。除了实在走不开的，大家都会从前院去后院，三下五除二把秧给栽了。秧苗入了土，浇上水，才有生机。不及时栽下，成活率会有问题。

由于地少，谁都精耕细作。这片嵌在闹市里的菜园，绿叶盈盈，瓜豆累累，那是水泥森林里的"一蔬一世界，一叶一天地"，平添了一抹乡间的视觉元素,名副其实"都市里的村庄"。

就凭近 40 年没见,让我不时念想:菜园还在吗?带着问号,前年我又踏入了长江后街。这条街不见 1 号、3 号,靠着太平北路第一个门牌便是 5 号。一进后院,大跌眼镜。如果说前院的大模样还在,后院则几乎没有了往日的踪影。菜园不见了,食堂不见了,篮球场不见了,宿舍楼推倒重建了,容积率大增。起了个大名:长江后街 5 号小区。除了通道,全是住宅。我开头是诧异,怎么变这样了?再一想,今天在寸土寸金的黄金地段保留"都市里的村庄",的确是奢侈了。也只有像我这样把后院的旧时模样印在脑海里的人,才会私下感慨。

我们一直把侍弄菜园叫做搞"小生产",这个叫法倒没什么不妥,比起水田插秧、麦地挥镰可不就是小菜。于我而言,"小生产"倒是让自己接了点地气。过去,对各色蔬菜哪些该撒籽,哪些该栽秧,哪些瓜和豆爬藤坐果,哪些瓜果藏身地下。还有,哪些喜湿,哪些耐旱,哪些苦热,哪些抗冻,什么时令该种啥,什么土质宜种啥……点点滴滴的讲究,以往全是自己的缺项。自己不是菜农,固然不需要什么都懂。然而,多了解些农事总归有益,这与"书到用时方恨少"是一样的道理。

一个菜园,让我感念至今。

发生在自己身上的事,久经时日冲刷,有的慢慢淡出,有的会在脑沟里长成植株,一直不会枯萎,哪怕事情再小。

55，贴膘有招

哪支军队都不吃素斋，动物蛋白和植物蛋白从来不可或缺，否则营养不均衡，热量跟不上，影响战斗力。

有人也许说，我军曾经"红米饭南瓜汤"，曾经"小米加步枪"，曾经"一把炒面一把雪"，不是一路打胜仗吗？那是没有条件，不得已。于是，食物不足，意志力补，被毛主席形象地称之我军"钢少气多"。要是粮秣充足，钢多气多，还不是如虎添翼。

人是铁，饭是钢。钢有精钢、粗钢，搁这里讲当然不只是填饱肚子。除了一蔬一菜，多少得贴点膘吧。都在长身体的年岁，常常未闻开饭哨响，肚子已经咕咕叫提抗议了。缺油水怎么办？饲养鸡、鸭、鱼、虾要地面，要水面，不那么容易，对壮小伙来说吃起来也不过瘾。论美味肥厚，首选吃肉。论饲养容易，当选养猪。于是，我们在菜地旁砌了一溜八九个猪圈，每栏两三头猪，常年存栏二十来头。

自打弄回猪苗，副连长、司务长和炊事班一伙人，每天不知要去多少回，就连我们也有事没事常去瞅两眼。也难怪，那会儿的我们填进肚子里的东西不算少，每月45斤主粮在各行各业里占得鳌头。缺的，正是后来许多人避之不及的油腻脂肪。难得摄入的那点胆固醇，没怎么折腾，就嗖嗖地代谢掉了。全连集合，一眼扫过，胖子绝对珍稀，有几个也是遗传，喝水都胖。

平日，我们打猪草，捞水葫芦，收拾残羹剩汤，全都起劲得很。

大伙的营养,就指望这群"二师兄"了。那年月猪长得慢,从猪仔到出栏差不多一年,不像现在催肥的法子多,四五个月就上餐桌了。快是快了,多也多了,只是滋味不是一码事了。当年猪肉的那个香,垂涎欲滴,今天再难尝到,莫非自己的舌尖变得难侍候了?

每逢肥猪出圈,大伙儿围在一旁嬉闹,简直就是过节。连队从来不缺会杀猪的把式,拽腿的拽腿,操刀的操刀,放猪血,取内脏(今天人们认为不宜多食的猪肝、猪肠、猪肚等,当年全是宝贝),大卸八块,那叫一个利索。

那年月连队没有冰箱,特别是夏天,鲜肉存不住,也不能全腌了。于是,包饺子成了不二之选。所以,杀猪的日子要么挑春节、国庆节、建军节等,要么找个星期天。"会战"包饺子:招牌的白菜猪肉馅,标配是每人一斤面粉(没错,就是一斤,记得有次是我端着脸盆从炊事班秤了七斤面粉回来,当时班里正是七人),几两猪肉,白菜、大葱管够。各班自己剁馅、和面、擀皮、管包。打北方农村来的包起来一捏一个,地道的神仙饺子。那是一溜绝对麻利的流水作业。别瞧这活儿没多少技术含量,我这样的虽说也学会了包,码在匾里还是立马分得出高下。一切停当,端着匾一溜小跑去伙房下。两口大锅,谁赶得早,便用头锅水,那也是争分夺秒。

一连串忙下来,没谁不是胃口大开。齿颊百味,最馋饺子,"好吃不过饺子",在军营是真理。一手夹的饺子,一手就着蒜瓣,而且是那种最辣嘴的紫皮蒜,每人不来个一头两头还带什么劲?北方人说,饺子就酒,越吃越有。平时连队不让喝酒,那便是饺子就蒜,也是一副幸福感满满的样子。我入乡随俗,蒜瓣那个冲鼻子的辣,咬上一口,赶紧塞个饺子中和一下。几十年下来,我一次也就能消受三四瓣(绝非腌制过的糖醋蒜),还是水土难服。别看自己精瘦,那样个大馅足的饺子,一次四五十个风卷残云。我很陶醉自己那年头的"战斗力"。不过,比我更有"战斗力"的多了去,没谁不是吃顶了的。那时候身上没膘,消耗又大,收支不平衡。平日里没什么硬菜,过阵子敞开肚子来这么一回,醋畅淋漓,挺过瘾的。"能吃能干,英雄好汉!"

那年月美味的极致,便是消受自己喂养的那群肥猪。包饺子那样的大快朵颐,一年里难得几回。除夕夜的会餐,365天盼来一回。此外,炊事班还常腌些咸肉,但总是齁咸齁咸,一是盐不贵,二是咸一点也为的细水长流。隔三差五弄一点搁冬瓜、莴笋、蒜苔、豆腐里头,味道十足鲜香。反正不问鲜的咸的,无肉不欢。在我们舌尖,天下美味不过如此,夫复何求?

哪怕我们战备值班,四野奔波,留守营区的战友也一直用心打理那一溜猪圈。连队在外面时,鲜肉、咸肉还有菜园的收成,一直让便车往前方捎带。优质蛋白、丰富的维生素和微量元素,以及入不敷出的胆固醇,对提高战斗力功不可没。

没条件养猪的日子,我们照样没有断过肉。在"战事"篇里讲到,参战时的伙食费标准翻倍,主、副食全由云南的文山、马关、麻栗坡等后勤基地特供。那是猪肉需要凭票证限量供应的年代,然而一切为了前线,肉食从来没有短缺过,只是战地的条件没法讲究烹、炒、煎、炸等太多名堂。相对方便是蒸大肉包,个大馅足,鲜美不可方物。跟前要是有"狗不理",真的没谁理。哪怕响了空袭警报,就手抓上几个,边啃边跑,不耽误奔炮位。只是起灶的地方必须方便散烟雾蒸汽,不能让敌机发现。因为山高林密,山色空濛,倒是没出过事。

当年美味首选,今日不受待见。事物总归有两面,要么本身有正反面,要么时间刻度变了,物是状非。

56,珍馐五时

人生三万天,好赖一日三餐。再来个乘数,"进口货"该有多少? 难怪那句"民以食为天",流传数千年。

既然饮食无数,什么没有尝过?

不入流的:掺和地瓜叶、萝卜缨的糙米饭,以及粳硬的高粱米饭、小米饭等,还有塬上的土豆蘸盐末,以及搭伙"五保户"的稀粥配咸菜疙瘩……

上档次的,总归有几回食不厌精:中餐有多少碟多少盘,各地的风味美食。结果呢,那些海鲜珍肴也就留给了自己一时的快意。至于西餐,在 20 世纪 90 年代随"上海银行家代表团"出访欧洲的伦敦金融城、布鲁塞尔的比利时国家银行等,受用的西餐够档次。结果呢? 也不过记住盘盏换了不少,刀叉换了不少,周遭的侍者不少……

按说,无论"瓜菜代"的旧时,还是食物富足的当今,中餐、西餐留在自己味蕾上的滋味万千。要说长忆心间的,思来想去真不多,也就那么几餐:

实难忘,走入军营第一餐:1961 年 8 月 9 日,南京灵山营房新兵连,早餐。稀饭 + 南瓜馅的包子。前面说过,新兵连是放开肚子的。这年还在"三年困难时期",去哪找吃饭不限量的地方? 真的是过了这个村,没有那个店。当年周恩来总理在西花厅自掏腰包请一些艺术家吃饭,照样挨着个收粮票,因为他同样是每月粮食定量。我们呢,进了饭堂直扑那一摞包子,就跟饿了多久似的。馅是次了点,个头却很实在,大家三口两口一个,狼吞虎咽,这场合没谁斯文。我一气干了八个大包,外加两海碗稀饭。52 公斤体重的"麻杆",居然如此食量。8 + 2 还不算超常发挥,怕吃相太难看。现在想来,有点不相信那时候的自己。然而这是真实的存在。兵营第一餐,饿虎扑食,印象绝对深刻。

实难忘,戍边西陲第一餐。1964 年 10 月 15 日,黄土高原某地的核工业基地,晚餐。管够的红烧肉,大个的白面馍,还有热乎的胡辣汤。我们窝在西行军列的闷罐车厢里好几天,一直啃那种邦邦硬、味儿特怪的压缩饼干,真没有像模像样吃过一顿饭。一路过来哪见过这,个个都是一副垂涎三尺的样。无论当兵的,带兵的，都忘了斯文，大口嚼馍，大块吃肉，大碗喝汤，中间补了几回馍啊肉啊汤的，都顷刻风卷残云，直至一个个塞到胃里没了空间，才打着嗝一脸满足地抹嘴起身。此一餐，是基地为我们壮行。放下碗筷，便是彻夜推炮上山。谁知才推上去两门，肚子就惦记起几小时前那一餐了。红烧肉、胡辣汤当不奢望，来几个馍就行。这会儿哪有这？再扛不住耗也得扛。终于在天亮时分一切就位，随即投入一级战备。当日下午，罗布泊升腾起了一朵蘑菇云。

实难忘，1968年异国山坳的数十次宵夜：红汤挂面。说起挂面，现在已经不怎么招人待见，人们更愿意接受新鲜制作。可在那会儿，挂面却是特供，也方便储存。为了赶印那张战地小报，熬夜是常有的事，挂面成了宵夜的不二之选。每到干活干到肚子提意见了，便会歇把手，小陈和我每人来碗红汤挂面。面条也是有灵气的。战地之夜，一只煤油炉，一口不大的锅，舀来几瓢山泉，下去一把挂面，配上酱油、麻油、辣子、味精，末了撒上葱末。那个鲜香扑鼻，世上无双，难忘的人间美味，绝对是面条家族中的尤物。也许有人会说，不就一碗加辣的普通汤面吗？是，也不是。说它是，因为这就是南方人习以为常的阳春面，无非加了点辣。说不是，因为这碗汤面里的变量元素太丰富：异域，战场，山坳，丛林，油墨，时不时头顶还有敌机掠过……如此一碗挂面，后来再不能复制。说句俏皮的，那会儿什么四川担担面、山西刀削面、兰州拉面、北京炸酱面、武汉热干面……那都不是面。异域山坳那一碗，谁敢遗忘？

实难忘,到新岗位不久,大年三十打秋风。1970 年 2 月 5 日,除夕。今日南京地标"1912"两栋红楼中,南面那栋最靠西头那套,今日"红公馆门厅",曾经是白平处长的家。那时我是处里年纪最轻的单身,初来乍到,人地两生。眼看要过年了,有点小愁绪,头一回一个人过年。没料白处长早替我想到了,除夕前好几天就打了招呼:除夕别去食堂了,到他家过年。自当兵起,我从来大锅饭大锅菜对付,过年不外乎加几个硬菜。这下怎么办? 我这个人不大有出息,怯生。这下让我去生分的地方做客,心里不免打鼓,就连到时候的坐姿和吃相也做了功课。

除夕夜,我早早就被叫去了。那年月食品匮乏,桌上那堆糖果糕饼什么的,全得凭票买,估计早就把票证攒着了。很快,他爱人把一桌菜张罗齐了,两口子不停地给我布菜。虽是食物匮乏的年代,菜肴依然丰盛,那碗肉卤蛋尤其诱人。买肉凭票,买蛋凭票,这道菜绝对高大上。白处长的爱人姓邓,把肉啊蛋啊净往我碗里夹。对三个眼巴巴看着的孩子说:"你们还小,今后有得吃。"这句话让我记到今天。那时的我够实在,没敢浪费,来多少消受多少,吃得不亦乐乎。你说,这份情让我怎么还? 三年前,我去南京北固山干休所探望两位老人,都还健在,说说笑笑好开心。去年听说白处长走了,再不能和他一起开心了,那份失落!

情感这号事,一旦系了结,往往难解、无解。就为 51 年前的那餐年夜饭,今年 4 月 10 日我约当年处里的五位战友特意去了"红公馆"。屋子还是那排屋子,何其精细的菜肴,色香味上乘,却再难吃出彼时的味道。这才知道，滋味是含着情感的，情感是不能随便复制的。

实难忘，新婚安家第一餐：1972年8月8日，南京长江后街5号。我结婚了，第一次与爱人共进晚餐。说起来今天也许会有很多年轻人不信，两人相识相恋于1970年7月，两年多，没在一起吃过饭？没有，一次没有。按说这天是大日子，喜宴，却是家常便饭中的家常便饭。

到了食堂开晚饭，我提个饭盒去了。因为从没在一起吃过，真不知道她爱吃什么，再说食堂向来重午餐轻晚餐，也没啥可挑拣的。于是有啥吃啥，打了两份菜回来：茄子肉片，锅塌豆腐，也算有荤有素。应该说，心情比多少碗多少碟珍贵，两人面对面照样吃得有滋有味。大婚之日，两个人，两份菜，这般喜宴想来不会多。对此，我俩都很看得开，觉得有没有仪式无所谓。若是两情长久，吃什么都甘之如饴。这不，明年就金婚了。

人生三万天，每天常三餐。或丰盛，或寒碜，舌尖尝过万千滋味。我不是美食家，对色、香、味的深奥不明就里，只觉得到了尝遍酸甜苦辣咸的晚年，最终忘不掉、伫留心间不去的，并非那些海味山珍，反倒是那几个特别地方、特别时刻的粗茶淡饭：灵山新兵连的南瓜馅大包，西陲核工业基地的红烧肉、胡辣汤，战地之夜的葱花挂面，迎娶"另一半"那晚的一荤一素，还有去人家蹭了一顿年夜饭……念想起来，全很家常。回味起来，太不平常。这五时珍馐的意境，留在舌尖，留在心间，留在岁月，有宽慰，有感伤，令我长相忆。那是让自己咀嚼一辈子的"非物质文化遗产"。

　　吃饱吃好，从来是人们的寻求，与生俱来。所以老祖宗说，饮食男女。何谓美味，定个标准很难。

　　人生三万天，用餐十万八万。这个大数里，真正难以忘怀的不会多。那几餐，也许是成长的陪伴，也许在人生的重要驿站，也许是生活的馈赠，甚至可能藏有禅机。

八、秦晋

57，尴尬"绣球"

21 岁的我，尴尬地遭遇过一次"绣球"。

前面说到，由于一次无心插柳，我从塬上下来，到了团政治处。尽管住的矮平屋，但是比起塬上的这难那难却是一天一地。凡在艰苦地方过了苦日子，一般容易知足，我就是。到了新岗位，忙并快乐着，苦点累点真的不算啥，再难还能难过前几年？再苦还能苦过塬上？殊不知，还真的来了件对我来说千难万难的事。

那阵子，政治处曲兰亭主任正为一件事烦神：部队戍守塬上的艰难困苦，在基地里一点点传开了。人们议论着，感动着，想象着，希望部队派人讲讲荒塬上的子弟兵如何餐风露宿，在不适合人类居住的环境日夜戍守。曲主任巴掌一拍：这事不难，此人远在天边，近在身旁。要说环境最差、困难最多就数小杨待过的四连，他在山上一年多，没谁比他更清楚山上的春夏秋冬和酸甜苦辣，就他了！

还是怕啥来啥，自己怵的恰恰是面对大庭广众作什么报告。

当兵四年多,啥时候摊上过这事?这回是哪壶不开提哪壶,难哪!怎奈曲主任决定了,再怎么心不甘情不愿,硬着头皮也得上,没商量。

那些日子我使劲地做功课,逢人便请教到时候怎么才能不慌,乃至如何起头,如何退场,可能会遇到什么情况……问得那个琐碎。至于报告内容,不像人家会说的,弄个提纲就行。我呢,几乎逐字逐句地写。年轻时候记性好,练过几遍对内容便烂熟于心。毕竟都是自己亲身经历,全是自己所见所闻所感,让我忘掉也难。

此外,自己还悄悄来过多次一个人的彩排。找个僻静地方,从敬军礼开始,"同志们"开头,一直到最后"讲得不对的地方,请大家批评",敬军礼打住。练了好几遍,心里还是打鼓。

上考场那天的有些情况,在前面篇章里讲了。需要补充的是,开场时候主持人那句"下面,欢迎部队政治处的杨书记作报告",立马一阵掌声,同时一阵叽喳。后来自己才明白,那是把我这个书记高看了。因为但凡一个单位,除去有个什么"长",通常还有个书记,例如党委书记、党支部书记什么的。在一些人眼里,书记分量更重。自己时年 21 岁,竟然成了团政治处的书记,地方上好多人不知道这只是个秘书角色。加上那年(1965 年)5 月 1日,我军取消了军衔,从将军到士兵都像红军时期那样,佩戴一色的帽徽、领章,"一颗红星头上戴,革命红旗挂两边",就更难分辨职级高低了。一句话,天大的误会。

尽管"彩排"时我把语速和抑扬顿挫都练了,到时候自己还是没把控好,原先安排一个小时,到头来四十几分钟便讲完了。挺冷的天气,我是一身汗上去,又一身汗下来。

　　谁知报告过后,余波微澜。没过几天,接连收到了两封信,都是"杨书记"收,从名字和笔迹看,都是女青年写来的,有一位还附了照片。字里行间,有看得懂的隐晦表白。我想,他们之所以写信,纯粹是出于英雄情结,把对高原卫士的崇敬安在了我身上。再就是高看了一个乳臭未干的年轻军官,人家觉得这个书记好年轻。年轻倒是年轻,才过"弱冠",可我这个书记可是资历最浅的秘书角色,何况年轻不一定有为啊。

　　那时的我少不更事,要说没有一点青春期的悸动,那倒也不真实。但是,的确还没有过多这方面的心思。再说那个年代,要是士兵刚提干便忙着谈恋爱,少不了会帮助你端正思想。所以,就是有这份心,也不敢有那个胆呀。况且自己这方面开窍也晚。

　　后来又接连收到几封这样的信。"少年维特之烦恼"倒没有,但还是弄得自己很纠结。不搭理吧,人家一团火,自己一块冰。建立联系吧,万般不该敷衍人家。这件事也只能冷处理。不过,来信不断,半字不回,想想挺对不住人家,真的是道难题。正当自己剪不断理还乱,茫然无措的时候,还是老天帮着纾了困。一纸调令,我奉调师政治部任新闻干事。于是,从黄土高原回了江淮平原,没料到自己只在团政治处点了个卯,板凳没坐热,让师里点了将。就因为自己笨鸟勤飞,隔三差五有文字见诸报端,引起了上面注意。

到了安徽蚌埠,头一件事便是整理她们的来信,附上自己的意思,挂号寄了过去,希望对方理解。事实上,也没有说断全断,寄照片的那位不知怎么知道了我的行踪,还是时常有信来。最后,还是时间解决问题,一头热一头冷,温度终于慢慢降了下来。毕竟她也只在会场见过我一面,我更不知道她是乌泱泱一片中的那一朵。过些时日,这事自然而然地黄了,尴尬的红丝线断了。

人在天地间,大事小情离不开天时地利人和,情分亦然。

时辰不到,火候不到,感觉不到,自然灯火阑珊。

58,医患相悦

两情相悦,真的有天意吗?说有,好像有。说没有,劳燕分飞的不少。我的感觉,有。

多少成双成对,如意或不如意,往往是三分寻觅,七分天意。当然,也有四六开、对半开的,没个定数,要看缘分。经常少不了一些机缘巧合。于是,有了天作之合,也有天错之合,还有不少凑合。

生活很多时候是不讲道理的。我的"八年抗战",环境恶劣,条件艰苦,无休折腾,身体透支,很多时候还很不讲卫生,自己都熬过来了,也就在塬上打过一回摆子。此外,吃冷的,喝生水,开

255

饭没个点，作息不规律，反而没病没灾。进了城，入了"府"，环境改善了，生活规律了，工作强度下来了，身体反倒矫情起来，没多久就闹了一回病。

病不重，就是胸口不时隐痛，"血沉"高企不下，胸片显示有疑点。机关医务室对付不了，建议住院医治。处长也说我年轻，往后日子长着，早治早好。自己开始觉得履新才半年，什么名堂没有，这就忙着住院，挺不是事的。经周围的领导、战友一再劝说，自己再想想也是，早好早回，来日方长。

1970 年 7 月，我住进了南京军区总医院。这里有点来头，早先是中国人自己创办的第一家国立西医院，后来是国民政府中央医院。当时就一幢四层主楼，院里草坪、树木、长廊，环境幽静，挺适合养病的。由于当时仅收治军人，床位不多也够了。后来医院对社会开放，拆旧房起高楼，水泥多了，绿色少了，好歹保住了这幢位于中山东路、黄埔路口的历史遗存，留下些许沧桑。我的病房位于四层西南角，六人间，床位又在病房的最西南，床号 26。这么说吧，那年那月那幢楼，最高层最西南的一隅，曾经住过我。

查房了，科主任带着一众男女医护来到我床前。除了例行的询问病史，一位年轻的女医生拿了听诊器仔细叩听我的前胸后背，听出肺部有啰音。结合其他检查，诊断为结核性胸膜炎。整个疗程不复杂，经过异烟肼、链霉素之类（当年就那点药）的服药打针，渐趋好转，不久病愈出院。

谁知，人离开了，心留下了。把歌曲《传奇》歌词改三个字吧：

"只是因为在人群中(病房里)多看了你一眼,再也没能忘掉你容颜。"要说那位听诊的女大夫哪里打动了自己? 实话实说,第一是眼前一亮。像自己这般凡人,一上来什么都不了解,多少是有几分以貌取人的:明眸善睐的大眼睛,白皙泛红的肤色,身高胖瘦合适,特别是笑靥可人,情人眼里出西施吧。第一眼搅动心湖的,一般都会印在心里,所以有一见钟情、一见倾心、一眼难忘等美好的形容词。再就是一目了然的性格。开朗大方,干练灵动,走路快步流星也成了优点。我这个人有点"闷",娘肚里带来的,一时半会也改不了。不知是不是缺啥就会追啥,自己就喜欢这样一脸阳光、一览无余的。直觉告诉我,这样性格的人,品行不会差。性格是甚于五官的,颜值会随着岁月流逝做减法,性格却是始终跟定一个人的。再说,性格有别也没什么不好,有时互补,有时对冲,往往达成心灵的融合。

再者,我从来觉得穿白褂的女大夫养眼,特别是女军医,说不出缘由。我从有记忆起,没住过医院,家人中也没谁从医,哪里来的这种审美情结,还真说不清楚。世上有些事情就是随身带的,说不出缘由来。

后来我问她看上了我什么,当时自己就是个小干事。回答居然同样是颜值、性格两点。前者有点牵强,我有自知之明,当时的我就是麻秆一根。至于后者,她说就喜欢找个安静的,不喜欢那种成天叽喳不停的。好吧,说得土点:王八对绿豆,看对眼了,互相喜欢,没有更多理由。说得雅点,性格互补,两情相悦。

就这样，一眼便是一生。我俩都不是冲动，都相信自己的眼力，都觉得一眼通透了对方，从而做出了人生最重要的决定。至于算不算好的不如对的，从来没有统一的标尺。反正在一起快50年了，没红过脸，没冷战过，有点小别扭不过夜。

两情相悦，本是你情我愿的事。然而当时医院有个不可理喻的奇葩规定：医护和病患之间不能相悦。战争年代也没有如此。可在某个独门独院，哪位领导脑门一拍，便是一言九鼎。胳膊拧不过大腿，我们的交往进入了"半地下"。

规定是死的，人是活的。谈恋爱不能少了谈。开头，我们多为笔谈，同城传书。明明公交车一站地：大行宫站至逸仙桥站，步行不过十几分钟，偏得写信，通过邮局兜个一两天。"首日封"出自我手，男方总得主动点不是？不过，一两个星期打个照面，站桩似的聊上几句还是有。附近也没个花前月下，一般就在"714"厂西墙外那条少有人走的马路（现在拓宽成了主干道，龙蟠中路）。这样的"半地下"有几个月吧，虽然举步可及，却难得相见。好在"两情若在久长时，又岂在朝朝暮暮。"我们珍惜每一封"情书"，每一次见面，尽管都不会甜言蜜语。

即使这样的"半地下"，还是被领导察觉了。领导那个气啊！领导做媒介绍的对象，你不搭理，追你的官二代，你又看不上，偏偏喜欢上一个家境平平，什么都不是的小干事。虽说医患不得相恋是个站不住脚的土政策，毕竟是领导定的，现在碰上个平日很乖，这会儿偏就不听话，而且心意决绝的。怎么办？领导那口气总得顺过来吧。正好,赶上老兵退伍,伙房一时缺人手,需要科室去人临时帮个厨。"你去吧!"就这样,她啼笑皆非地去当了"伙头军"。这事她很久没跟我说,婚后也只轻描淡写说起过。我一直以为新老兵交替不过三两天的事。直到去年,才知道那次放逐居然长达两个多月,乃至1971年的春节也是和炊事班一道过的,明摆着为的领导出气。奇闻吧?

到了伙房,还是穿的白褂,只是款式有别。拿听诊器的手改行了:择菜洗锅,水溅火烤,侍弄灶头,起早赶晚。这倒也好,不用再藏着掖着了,领导也就坡下了驴。本来就是明堂正道的事,更认定了非子不嫁,非汝不娶。

就凭她莫名其妙受的这份委屈,就凭她为了不让我的情感多份沉重,当初就轻巧的一句"没几天"。其实这"没几天"居然是两个多月(直至我这次落笔,才把实情套出来)。我不能亏欠她,也算患难之交吧。要知道,那年头下放可是种处罚。

我一直觉得,这中间有点宿命的味道:正值适婚的年岁,我得了一场并无大碍的病,床位医生恰好是她,我俩都属意对方的性情和模样,彼此的爱慕是双向释放的,很难说谁追谁……这么说吧,似乎就是发生了本该发生的事,遇上了本该遇见的人。

也是老天安排。没有早一步,没有晚一步,有点像电影里的桥段,又像是冥冥中刻意安排。哪能料到,自己得个病,人生会这样改写。

引一段梁思成和林徽因的对话吧:"我只问这一次,为什么是我?""答案很长,我得用一生去回答你。"我俩走一起快50年了,生活一直在回答。

　　漫漫人生路,就是不停的寻寻觅觅。在漫漫寻觅里,有或多或少的可遇而不可求,白首之约当拔头筹。

　　也许尘缘就是这样,有的事就是命里注定。等不来找不来,不等不找自然而然会相遇在秦晋的风陵渡口,人生的另一半在那里等候。

59,又是八月八

　　从两情相悦,走到托付终身,距离有多长? 有人闪婚,三五天;有人长跑,几十年。我们属于顺其自然、瓜熟蒂落那种,历时两年一个月。

　　一路上,没有缠绵,少了点浪漫,双方都没说过让人心动过速的话。我更羞涩笨拙些,连一句"我爱你"也没从嘴里吐露过,但是知道自己和对方心里都有这三个字。真情纯纯净净,都搁在心间,表现在日常。常言说君子之交淡如水,其实两情相悦淡如水的也不少,用不着整天像嘴上抹了蜜似的。有人一上来就干柴烈火,其实里头不少是虚火,一点就着,熄得也快。

　　转眼近两年,开始谈婚论嫁了,正赶上她参加军医进修班。教学计划一直变,不知道哪天结业。于是我俩商定,不选日子,哪天结业,哪天情定终身。

结果,说结业就结业,那天是 1972 年 8 月 8 日。真是巧了,11 年前我参军是 8 月 8 日,这回又赶上 8 月 8 日。两次的时间都没有刻意选择。头一次不用说,哪天上军列,部队说了算。这次进修班结业,事前也不清楚。没料想我的当兵、结婚两件大事,不早不晚,居然同月同日,只是中间隔了十一圈年轮。天下大事常有无巧不成书,我辈小事也有如此巧合。那年月还没有哪个数字吉利、哪个数字不吉利之说,两个"8"纯属碰巧。

按照现在有人所见,8 是吉利数字,8 月 8 日当是吉利日子。说起来,那天发生的事还真有点不吉利。那年那天是星期二,我仍然照常上班。她呢,结业后回宿舍简单拾掇拾掇,匆匆过来赶晚饭。

所有嫁妆,一辆"黄鱼车"不超载。她与一位同事,一人蹬,一人推,也就一站地,想来不一会儿便到。再说,"黄鱼车"三个轮子,骑着也稳当。谁料骑至车水马龙的汉府街,来了个人仰车翻。幸好人没伤着,只是两个女军人在街上那个狼狈。七手八脚把东西重新弄到车上,好不容易蹬到了长江后街。

大喜之日,人仰车翻,似乎不怎么顺。再琢磨"黄鱼(车)翻身",寓意倒并不负面。嗨!就那点东西,不就沾了点马路上的灰嘛。几下子归置停当,就到吃晚饭的时候了。

我俩用了安家落户第一餐,也是相识两年多来一起用的第一餐。前面说过了,茄子肉片、锅塌豆腐,有荤有素,挺家常、挺难忘的。

晚餐缺了点仪式感。晚餐后还是搞了小仪式，不过特别简单。现场：单位分的两室户，大概有四五十平方米。来宾：双方单位十来个人，有落座板凳、床沿的，由倚墙站着的，房间不大，济济一堂。吃喝："大前门"的烟（那时属中上等），"旗枪"泡的茶，瓜子、糖果足量。没有策划，没有程序，没有司仪，没有仪式，没人证婚，没人致词，没有互赠礼物，没有任何套路，还有很多没有……我俩还是那身军装，那年头没谁着西装、婚纱。一句话，没有程序，更无仪式。嘻嘻哈哈，大事毕成。

人来得差不多了，没人宣布开始，婚礼已在进行中。跟平时大家在一起嬉闹一样，想一出是一出，喜庆气氛足够。记得起哄之下，我唱了首歌，大失水准。闹闹哄哄两个来小时，嘻嘻哈哈完成了婚礼。若问如此热闹的婚礼花费，说了也许不信：事前我给了帮忙操办婚事的战友50元，说好到时候再补。结果，事后退我6元，花费44元，这个数字似乎又不那么吉利。那时候人们不在意这个，我每月津贴52元，办了那么大的事尚有富裕。要是搁今天……

那年头虚头巴脑的事少，什么都简单。房源也不紧。谁结婚了，不但房子不用费神，家具还有基础配置。我回忆了一下，有张四尺半（1米35）的双人床，有个五斗橱，有张两抽桌，有个脸盆架，两把木椅，两张方凳。虽说全是旧的，你用过，他用过，公家给调配。床上也是我俩一直在用的草绿色军被。

有没有新玩意？有，锅碗瓢盆之类。此外，我俩各有一只箱子。她的强些，樟木箱，因为她家在江西新余待过，那儿产这。我有个柳条编的箱子，乡土气息，现在很难见着了。不过我们也有样硬核——自行车，"永久"13 型 28 吋大杠，全身锰钢。要说那年头有些什么物件令人羡慕，此乃其一，响当当的"高大上"。这车名气响，价钱也响，得三个月不吃不喝才买得下来，那还是按每月 52 元算的。即便当时收入最高的"八类地区"（分一至八类）上海，尚且流行一句"36 元万岁"，那得四五个月工资才够。另外，还得有专门的自行车券，普通车型的券不行。这辆"名车"虽已退休，但留下了一张她在南京鸡鸣寺扶着车把的黑白照，很阳光的。那年头办婚事必备"三转一响"（手表、自行车、缝纫机、收音机），我们短缺一转一响，蜜蜂牌缝纫机和红灯牌收音机是后来添置的。不久又多了一转，钻石牌电扇。再后来有了电视机，9 吋黑白的，熊猫牌，400 元，当时算是前沿了。一句话，有新有旧，有啥使啥。有条件了，来点讲究。没那实力，也就将就。

再说，我的住房及室内配置与多数人比，即使不算上乘，也属于中不溜。上海人凭结婚证也不过限购"36 条腿"：一张床四条腿，一张桌子四条腿，两把椅子八条腿……那是物品匮乏的年代。我俩都不物质，很知足。日子过得很平常，很滋润，从此有了安稳的港湾。

虽说"8·8"这天过得平淡了点，少了仪式感。中国人向来讲究仪式感，比如过年过节，比如入学、毕业，比如过生日……婚姻嫁娶乃是人生托付,当然不用说。但那时我们都不在乎这些,更不攀比排场。那天,似乎缺了点什么,又觉得什么也没缺。反而觉得如此带有时代印记的婚礼很难忘。我们之间没有说过海枯石烂,却已地老天荒。情感基础不移,挚爱何须整天挂嘴上。

特别的日子,特别的事情,搞个仪式让人长久铭记,挺有意义。

但是,外在总归无法替代内存。有些内在,是再多、再好的外在形式替代不了的。"仪式感"是为自己感怀于心的,不是为显摆,不是为长脸,更不是让别人"感"的,大可不必刻意营造,多费周章。多少鸳侣佳偶,多少贫贱夫妻,平平淡淡却是真。

60,补拜高堂

中国人成婚,历来一拜天地,二拜高堂,三是夫妻对拜。我俩"没规没矩":苍天在上、黄土作证那是自然,问题是良辰吉时难定,还由于双方父母忙,我俩成婚时家里都没来人,少了"拜高堂"。结果婚已经结了,公婆未见儿媳面,"泰山"未见女婿样。我在兄妹四人里,她在姐弟四人中,都排行老大,因而都是头一个谈婚论嫁,双方父母想见新人的急切心情可想而知。因此,婚后没多久我们便匆匆踏上了蜜月探亲之途。因为工作实在难以走开,蜜月很短,一星期。蜜月是个笼统概念,一星期也叫蜜月。

第一站,上海。她对上海不陌生,早年曾就读大柏树那里一所军医学校。20世纪60年代的大柏树像上海近郊,她在那里度过学员生涯。这次算是重返旧地,在"下只角"的普陀区。两天转瞬即逝,我们却办了不少事:

一是她见了公婆。看得出,老人对知礼达理的儿媳是中意的,尤其喜欢她那质朴实诚,一眼就能通透的性格。的确,性格比容颜更经得住打磨,前者是恒值甚至会增值的,后者则会随着岁月流逝而衰减。当晚,母亲整了一桌好菜,很丰盛,谁也没请,纯粹的家筵,一家人有说有笑好开心。这桌丰富的晚餐多少补了补那晚一荤一素的亏欠。

二是补拍了结婚照。我俩的结合,好多事情都是后来补的,拜见高堂如此,结婚照也是婚后补拍。我俩相识两年多,拍过几次照,居然没有一张合影。因为在上海就待两天,我们便在附近的"大自鸣钟"逛了逛。那里曾经远近闻名,是普陀区的闹市:第四百货商店,"悦来芳"食品店,"四如春"点心店(中华老字号,现在搬去石泉路了),"聚兴园"酒菜馆,以及服装、五金、糕团、文具店等应有尽有。那里还有一家"天真"照相馆,名气一般,人气不错。我们在那里拍了两张黑白的结婚照,一张着军装,一张短袖衫,都是正襟危坐很庄重的那种。今天翻出来看,觉得挺有意思,什么叫历史留痕? 这就是,有年代感,不比西装婚纱逊色。

三是看望了在上海的唯一长辈亲戚——我的叔叔。他是抗美援朝时参加的志愿军空军,1962年转业。他从市区入伍,转业安排在郊区奉贤县。那个年代是哪里需要去哪里,事前不征求意见,二话没有。要是谁挑挑拣拣要求到这到那,反倒成了不正常。我叔叔也是走北闯南的,从他来信落款得知,他先后在辽宁丹东、浙江黄岩、海南陵水的机场待过。这会儿我是新兵看老兵,聊了些部队上的事。叔叔话不多,我也不善言辞,时间不长就告辞了。留下点水果糖果,喜糖总归要送上门的。

临离别,父母补送了"聘礼":一条浅蓝色的床单,颇有名气的"帆船牌"。大妹妹送了一对有熊猫图案的暖水瓶,人见人夸。这是两样"大件",还有点小东小西,都是亲人的情意。那年月本就没什么稀罕物件,人们也不物质,却很满足,很开心。

第二站,延庆。延庆县归北京,却在塞外。那会儿不通高速公路,下火车后搭车经德胜门,过十三陵,出长城,八九十公里的路,够走一阵。由于回家心切,一路未歇。

我见过岳丈岳母,接着也是一餐美味。由于她三个弟弟都不在父母身边,四人餐。岳母下厨是把好手,两三天豆角饺子、韭菜盒子,不停翻花样,北方的食物风格。我在部队久了,东西南北的饮食都对胃口。

那儿远离北京市区,去县城也不近,真正的开门见山。这山不是荒山,果树不少。我们去的时候,苹果已经可以摘了,红蕉、黄蕉,酥而不脆的那种,比现在的香。核桃也下来了,放在房门和门框间,一夹便见果仁,再新鲜不过。盆柿已经挂果,还没熟。南方的九月仍有暑热余威,这儿却是绝佳的避暑胜地,早晚得穿外套了,究竟是长城外。天高云淡,鸟语花香,山间走走,神清气爽。去哪儿找如此绝色秋意?惬意的两天一眨眼过去了。

临离别,岳丈岳母补送了"嫁妆":一顶大号蚊帐,花了18尺布票。当时每人每年配发布票各地多少不等,少的几尺,多的丈余。这18尺布票怎么说也超过了一个人一年的量。所以,"新三年,旧三年,缝缝补补又三年"是那时候的真实写照。见微知著,没谁比父母想得更细更体贴。南方蚊虫多,当时没有什么电蚊香片、电蚊拍、灭蚊灯等招数,只有点燃那种味儿很大的盘状蚊香。这顶蚊帐,曾伴我们度过了许多夏夜。

回程时搭辆便车,提早了点出发,为了路过八达岭时上去一下,"不到长城非好汉"嘛!来的时候行色匆匆没上,临回去怎么也得充回好汉,总不能两次都打长城根下擦身而过吧。那时候八达岭没人值看,当然也不用购门票。我们径直登上城墙。目力所及,前无游客,后无来人,居然就我俩和司机,三个人的长城。那天我俩立此存照,唯见身后蜿蜒的城墙和烽火台,没见另外有任何人,前后空空荡荡,今日不可思议。可能因为交通实在不便,我们到得又早。那张照片作证,"三个人的长城"曾是真真切切的存在。

时过境迁。那时绝对不会想到如今每天都是摩肩接踵,直至游人过多,频发限流预警,且是多档预警:游人达3.9万黄色,5.2万橙色,6.5万红色。时间改变了所有,三色限流预警击穿了我的想象。幸亏早年自己上长城充了一回好汉,也算没了遗憾。

267

甜蜜的一星期,瞬间过去了。南下北上,行色匆匆,欢欢喜喜拜见了高堂,带上"聘礼",带上"嫁妆",回到了二人世界。

办同样的事,可简可繁。繁文缛礼是办,简捷从略也是办。

大道至简,大象无形,都是说有些事无须拘泥形式。价值连城终有价,唯真情实意的陪伴最无价。

61,"牺牲"一半

双军人连理,优势是性相近,习也相近,共同点多。至于短板,普通家庭的难处,我们全有,普通夫妻少有的困扰,双军人自知。往往在事业与家庭、孩子之间顾此失彼,遇到不少原先没有意想到的次生问题。这与军人的使命特殊有关系,例如我曾经的颠沛转陟。当然,在军营内、社会上,事业红火、琴瑟和鸣,工作、家事都不误的家庭多的是。这是一门有点难度的功课。

各家有各自难念的经。我和爱人开始觉得生活有点难以拿捏,是在有了孩子以后。那会儿我经常去外地,蹲基层调查研究,短的十天八天,长的个把月。有次去军校学习整一年,春节也没回家。她呢?工作特别投入,几天值个夜班是正常不过的事,有时还主动替别人顶班。我不在,她夜班,双方的长辈在外地鞭长不及,有心无力。还在蹒跚学步的孩子怎么办?家住楼上,已会跌跌撞撞、爬上爬下的孩子趴上窗口怎么办？问题太现实了。

家事是琐碎的，生活是现实的。怎么打理好家事，很实际地摆在了眼前。既然已经不是咬咬牙过得去的事，只能换条路走。于是，一个念头萌生了：鱼和熊掌不可兼得，"牺牲"一个，卸甲转业。这个时候就看出女性在家庭中的牺牲精神了。她让我留在军营，自己申请脱军装。不挑单位，不问岗位，不值夜班就行。结果，真去了个八竿子够不着的地方：南京市邮政局。好在真的不值夜班，每天骑自行车上班时把孩子捎去幼儿园，下班再接回家。家里这头总算摆平了，她干了十多年的神经内科专业算是荒废了，否则不成专家也是资深的专科医生了。许多行业拼的是年轻气盛，医生不然，医生干长了经验丰富，格外吃香。车到山前没了路，只能有舍有得。

不知道算不算未雨绸缪，她一转业，我真的更少沾家了。后来去师、旅任职，虽然驻地就在上海郊区，也只能过段时间回一趟家。三口之家的大事小情，自然一样样由她打理。

开头，孩子还上着幼儿园，每天接送就是道难题。她除了自己上班，还要骑自行车穿越徐汇、卢湾、静安、黄浦四个区。平日还好说，无非夏日骄阳毒辣，冬天寒风彻骨，照样靠辆自行车一脚脚地蹬。那些年还没有轨道交通，虽然公交车四通八达，却偏偏没有合适的线路。于是，只能先把孩子送幼儿园，才赶着去单位上班，靠得住的只有自行车的车轮滚滚。大冷大热，风雪大风，这是没有办法的办法。路上，还得大路不走绕小道，发现远处有交警,赶紧下车推。偶尔被逮个现行,还得边赔不是边表示下不为例。其实交警也请楚,那是"虚心接受,屡教不改"。交警也有孩子也有家,倒也得通融处且通融,每次送上一句"注意安全"。就这样,一天天车轮滚滚捱过来了。

或许年代不一样,或许孩子自理能力还行。孩子"幼升小"后,上学放学都不用接送。当年学校布置的作业也少。孩子又很安分,这就让当妈的少操了点心。

我的军旅生涯,住校进修学习有三年半。这三年半全在有了孩子后,自己在千里之外,鞭长不及。因为那年月没手机,商量家事唯有书信。信件一去一回,黄花菜都凉了。不用说,那些日子她是里里外外一把手。这个时候愈加觉得,牺牲一半实在是无奈,却又是值当的。要不然,许多事情难以摆平。想起一句歌词:"军功章上有我的一半,也有你的一半。"我没有多大军功,弱弱地借用一下这句歌词的意思吧。

即使后来我也转业了,她依然撑着半边天。为了家,为了我,她在事业上是做了让渡的。半个世纪了,本就没有轰轰烈烈,也无风雨也无晴。曾经的青春情愫早已留给了回忆,留给了细水长流的相互扶持。心有清欢,岁月安暖。

人的一生,过不完的坎。不是所有的坎都是咬咬牙就过得去的,有的坎就得绕着过。既是绕道走,常常有舍有得。舍得舍得,很辩证,很在理。

九、耕读

62，"马背"碎读

先破题吧。

耕读，意指边农作边读书。我一行伍，人在兵营，哪来的耕读？不过，自己那些年戎马倥偬，并非全武行，忙里偷闲读点东西也是军旅生涯的一部分，意涵与耕读有几分相通。故而牵强地借用"耕读"作为篇名。

再是，古时打仗策马疆场，常把军人生活的一些承载，喻为马背上如何如何。这里借用此喻，故有"马背"碎读。

"马背"之上，有闲的时光有限，而且零敲碎打。我还是小兵腊子的时候，"两眼一睁，忙到熄灯"。要是自己不挤牙膏，真的没有什么闲暇时间。我这个人开头不怎么合群。稍有空闲，人家扎堆侃大山，孤僻寡言的我搭不上话，反倒让自己养成了独处一旁翻翻书的习惯。

当时连队有些通俗读物，这是考虑到了兵员的整体文化基础。在营区时，自己蹭阅览室多些，尽管就《解放军文艺》《中国青

271

年《故事会》等几本杂志。读物少，也有少的好处，使得自己细嚼慢咽，既有功夫留意文稿内容，又有工夫琢磨作者文笔。班里有份《解放军报》，传看到我手上，通常会多停留一会儿。至于难以释卷的，是那本老少皆宜、各年龄段学生都用得上的《新华词典》。当时有一套丛书《十万个为什么》，似乎里头什么答案都有，平时有空就坐马扎上、床沿上翻翻，反正书是自己的。我就在此时与工具书结上了缘。

自从入了"府"，作息的节奏变得规律起来，可以自主安排的时间多了起来，顿然觉得多了自由读书的机会。那几年我单身，心无挂碍，单位分给我一间单人宿舍，为我心无旁骛地读点东西提供了太好的条件。那时候没电视，也没网，不加班的时候，就是两个去处：

一是回宿舍。房门一关，窗帘一拉，台灯拧开，或接着上次阅读，或东翻西翻。

二是去图书室。得天独厚的是我这个新闻干事与图书室归口同一部门，绝对是近水楼台。"文化大革命"中，图书室一度挂锁。这对于能够拿到钥匙的我来说，简直就像自己有个书库。那种有点自私的愉悦是别人无法拥有和体会的。常常把门一个反锁，拖把椅子在里头一坐便把时间忘记了。晚上光线暗，我还特地换上大灯泡。至于星期天，多半就泡在那里了。我很享受这样一个人枯坐捧读的时光。

书架上的书真是多啊，汗牛充栋。中外名著、各类读物，乃至当时的禁书、"毒草"，全有。开头自己并没有明晰的读书取向。选书纯粹随兴所至，经常会被一本书的书名，或者被题记、内容简介吊起胃口，或者在随手翻的时候被一些语句、一些情节给带进去。文学类的，传记类的，自然科学类的，乃至文史资料，学无所专，良莠莫辨。有些没什么品位的书，也看得津津有味。凡自己觉得有趣味的，什么都会翻翻，这里头有求知，也有猎奇。读出兴致来的，会看得很投入。读着乏味的，则随便翻过，再换一本。

要说自己这辈子读过一点点书，不少是在那几年。用今天的眼光看，那阵子读东西但求兴味，不得要领：

一是杂。浏览了不少闲书，谈不上哪方面学得专深。宽度似乎有一点，却没少了雾里看花，谈不上哪方面学得深切。

二是碎。往往这本书读几个章节，那本书翻过几页，时而琢磨着读，时而一目十行，浮光掠影，浅尝辄止。即便如此"短、平、快"，总归多多益善。无论吸收的是"鸡汤"还是干货，对延伸自己的视域，多少是有帮助的。泛读中也不时会有一二参悟，经常读着读着，会有些许发现。有时候，心头还会被撞一下。现在想，那个撞一下也许是同频共振，读进去一点了。人们常说开卷有益，读得杂也罢，碎也罢，对于提升自己的学养，总是不无裨益。

不知别人有没有这样感觉，像我这般"马背"碎读，读过或厚或薄一本，能让自己一直记住的，往往只是其中某一段、某一句或某些意境。就因为它触动了内心最敏感的一角，往心海里添上一瓢。

有句话叫"弱水三千，但取一瓢"。日久天长，这一瓢一瓢的累积，会自然而然地沉淀在自己的印象里。其中很多东西，自以为读过后不复记忆，其实不然，它已经烙在自己心版上了。学识是靠储备的，有些东西蕴蓄在那里，会慢慢发酵，不知不觉流露在生活里，在胸襟中，在认知和修为上。当然也会流淌于笔端，一旦有触发点，文字会自己蹦出来。阅读范围宽泛，其实也会触类旁通，厚积薄发。我搞新闻工作的那几年，是体会到的。

再说，尽管当时读得粗疏，总归聊胜于无。虽然有的只是扫视，谈不上纵深，但是读得横截面宽一点，还是在一点一点拓展自己的知识维度。至于读得七零八碎，谁能说零零星星累积和沉淀的东西，不会有用上的时候呢？再说，读书和思考是相随的，多读多思，肯定会丰富自己的认知力、想象力、创造力。毕竟读与不读，多读少读，善读拙读，眼界会差一线。比如让自己从黄土地拱出来的那次无心插柳，能说与此前的阅读无关吗？

实际上，我在后来运笔时，从文章如何立意，到如何构思，再到如何逻辑梳理和拿捏分寸，乃至怎样行文遣字，都出现过似乎看不清却又感觉得到的影响。

尤其是久而久之，自然而然地养成了读书习惯。使自己在阅读中增长知识，更新知识，形成正循环。哪怕到了现在这个年岁，早就从"马背"上下来了，大部头也啃不动了，但还一直走在"两片林"中：一是《意林》，二是《译林》，多年订阅。尽管如今的杂志更多着眼年轻人的阅读取向，尤其是《意林》。但是，并没影响我的兴趣：短，杂，有趣，有味。我呀，少年时迷电影，后来追电视，都是日久生厌，唯有阅读恒久远。

自己读书有限，只是谨记：不问骑在马背牛背什么背，不问时间零敲散打如何碎，读多读少，都是增量。

也许有人以为此乃悖论，读书当求连贯性、系统性、完整性。我又何尝不想如此？

　　读书有各样读法：专注于一科，术业有专攻；信马由缰，随兴涉猎。总归是开卷有益，都是强身健体。

　　长此以往零散阅读，碎片有了足量沉淀，往往会由此及彼，融会贯通，以至慢慢集成。星星点点汇成河，七十二溪成一瀑！

　　读书与思考是相随的。多读多思，肯定会丰富自己的认知力、想象力、创造力。毕竟读与不读，多读少读，善读拙读，眼界会差一线。

63，山外青山

除了"马背"碎读，我也有走进课堂，相对系统地学习与思考的时光。自己从戎 33 年，入过 3 年军校。进修的日子不算长，也不能说短。我把军校比之驿站，一方面休整，补充"给养"，同时复盘自己的过往。

我在军校指挥系进修过两年。自打踏进兵营，十来年、二十来年过去，重又回到教员在台上授课，自己在下面听讲的氛围，有一种青春重来的感觉。场境曾识，课桌久违。离岗学习，心无旁骛。我很珍惜这样的学习进修机会。要是说自己年少读书时不怎么用心，待后来开始逆袭又赶上了入伍，此时有这样的空中加油，我是用心的，毕竟不是迷小说、迷电影的懵懂少年了。那阵子听了许多课，读了一点书，做了不少作业。我平日不大注意留存历史资料，但是那些年的学习笔记却一直珍藏着，有意识无意识的托物寓怀。

多少年的实践也好，境界的升华也好，都脱不开时空。过往劳过筋骨，苦过心智，所有的经历没有哪样是无用功。但是毋庸置疑，每个年代，每个岗位，每个经历，乃至每个年龄段，都有一定的局限。时间有限，空间有限，经历有限。一般来说，多少年无问西东的过沟过坎，往往忙着赶路，关心的是脚下，至多有点直觉，没有功夫慢慢咀嚼和细细品味，偏感性的东西会多一些。当初的见解常常是线性的，受限于当时的经历、环境和先验知识、思辨能力，对有的意象和内涵模模糊糊，格局不一定到位。

见解见解，有见应该有解。其实不尽然。为什么同样一见，后来的解或许会比早年的解靠谱一点？就因为斗转星移，积累了足够多的历练，视野、境界、像素不一样了。站位有了提高，视野多了维度，思维有了纵深。无论从纵向的时间轴，还是横向的空间坐标看，特别是从那时的有限所见里跳出来，近看远看，左看右看,仰看俯看,广角和变焦优化了,换了角度,多了维度,新视角会带来新视觉,思索和感悟当然会更上层楼。正如苏轼那首哲理诗所言:远看成岭侧成峰,远近高低各不同,不识庐山真面目,只缘身在此山中。很多认知需要时间沉淀,当自己移步观山,放慢脚步重新审视自己的走过,离真知卓识通常会近一点。有的是对过去认知的深化,有时甚至是对过往判辨的颠覆,很多时候会有茅塞顿开的豁然。

我曾经这样想:17岁开始那阵误打误撞,自己像跋涉者、探索者。现在呢,依然在跋涉,似乎多了点像思想者、觉悟者。实际上,前后怎么能如此掰开呢?根本就是彼中有此,此中有彼。无非是不同时段完成各自的作业,一路坎坷,一路成长,一路开悟。

进修系的学员多是师团级主官,都有各自的历练,谁不是披荆斩棘过来的?每每探究一些带有共性的事物,经常会出现你有你的高见,我有我的妙招。这个时候的互掐、抬杠,谁都不同寻常。什么都经不住比较。一比较自己的局限和缺陷就冒出来了。正是在这样学员之间的互动,教与学的互动中,实现教学相长,以及从感性到理性的跳跃,从散乱到逻辑的领略。不由感叹:此生多少事,都是当时朦胧,乃至偏差,后来得到匡正。火候不到,不行。

我军的各级指挥员从来分工不分家,作战时我倒下你顶上,工作上互相帮衬,生活中性格互补。不过,总归有各自职责,因此会各有所长。既有所长,当有所短。因此,我们在研习军事指挥方面也用了一定学时,花了不少精力。最终检验学习成果是沙盘推演,给了我不少兵力、坦克、火炮等,在偌大一份军用地图上排兵布阵,自己也算"优秀"了一次纸上谈兵。

没有想到,除了进修研习上面讲的这些,还用一段时间复习数理等文化课程。大家学历都是高中打底,那是五六十年代的。虽说丢了好些年,终究老底子还在,重拾不是太难。反而觉得疏离了多年,拾来颇有兴味,有点"归来仍是少年"的意气。

学员都有了些年岁,依然认认真真做作业,战题海,与冲刺高考无异。自炫一下吧:有次学校搞数学竞赛,各队出一名选手,我代表所在学员 6 队误打误撞闯进了决赛。对手是数学教员队。论实力,对方占优,我输给教员没人会意外。论胜负,机会均等,因为赛的是高三数学,终点线一样。对方学识固然高我一筹,但是更深的学问未必用得上,反倒可能带点心理负担。正赛开始,一对一单挑,摁灯抢答,九战五胜。也许那天自己有点亢奋,脑回路旋转稍稍快了一霎,抢到了五。其实赛题都会解,就看谁先完成演算,我有幸拔得头筹。奖品小小不言,笔、书之类。一点心得:既在可能范围,一切皆有可能。

说点题外话吧。直到今天,我依然把当初未能上全日制大学视为一憾,无时或忘。以至后来只要有机会进大学校园,自己都会去走马观花,神游一番。北大,清华,复旦,交大,同济,华师大,南大,武大……我都蹓跶过,似乎想寻觅点什么,寄托点什么。要是人生有轮回,自己的向往之一便是坐得几年板凳冷。甚至莫名遐想,我这样的性格,要是有什么兴致,还算坐得定,是否适合默默地搞点研究?然而,我的智商、创意够吗?直到今天,我对自己究竟适合从事什么,还是少一个清晰的定位。

按说到这把年纪了,一切应该淡定了,谁知还有这样无厘头的想入非非。有时会笑话自己。

　　一个人智慧与否,不外乎有人吃一堑长一智,有人在原地一再跌倒,不长记性。

　　下围棋,复盘是回看自己走了几步妙着,下了几步臭棋。人生亦然,复思走过路过,为的是追昔拾味。有些难得的体验,不悟通透,于己于人都是很可惜的。

　　阅历也是别样的阅读。先知先觉是智慧,后知后觉也是智慧。事前诸葛亮有几人?事后诸葛亮也不易。

64,人外高人

1992 年,注定不平常。

这年春天,邓公南巡,讲了一路振聋发聩的话。话音甫落,市场经济的潮头便涌动起来。不过,那会儿是摸着石头过河。各种尝试,各种争议,啥都有,煞是热闹。

这年秋天,中央党校办了个班:第 19 期地厅级干部进修乙班,专题研究社会主义市场经济理论和实践问题,起了一番"头脑风暴"。

按照荟萃了这个班研究成果的《中国人的选择——社会主义市场经济若干重要问题研究》(中国财政经济出版社)前言所述:学员是"全国各地、各条战线的 48 名地厅级干部","主要来自三个方面:曾受过哲学社会科学研究生教育的同志,长期从事理论研究和教学工作的同志,近些年来曾在中央党校学习过再次来校学习的同志。其中,有十多位国家及省、市体改委的同志"。这是一次风云际会。

48 名学员中,各路管辖、专家学者、企业掌门谁都个顶个,有学识、有思考、有历练、有底蕴的多了去。要说成色欠足的,那就是我,经济战线的门外汉。这个班为什么会有一名军人? 为什么"独苗"是我? 也许是需要掺和一抹军绿色吧。

进修班得天时之缘。一是这年初邓公南巡,武昌、深圳、珠海、上海讲了一路。字字如定海神针。二是这年 9 月 1 日开班,10 月中旬便召开了党的十四大,改革开放掀新篇。一百多天,听课、读书、研讨,各式各样的思考不断交汇、碰撞,就是授课的教员也各有独到的见解,撞车的不少。如此"满汉全席",谁不开悟才怪。

前后近半年,我先后听了国务院一些部委领导如钱其琛、龙永图等,以及知名专家学者如吴敬琏、厉以宁等的倾囊相授。今天再翻阅纸页泛黄的听课笔记,发现切入点异彩纷呈:有解剖改革开放十余年利弊的,有详析产业结构调整的,有力推股份制的,有力主搞承包的,内容涉及重返关贸总协定(WTO)、深化改革、扩大开放、振兴科技、金融证券、社会保障、商业发展、党风党纪等,可谓包罗万有,气象万千。

我修了个不平常的班,班里全是不平常的人。学员支部的书记是河北的省长助理,我所在的九人学习小组来自鲁、豫、苏、黔、桂等五省和京、沪两市,除去我,另 8 位在各自领域皆有造诣,就是各有道法的过海八仙:

组长徐惠德来自苏州大学,博学睿智,桃李天下。

身为中国汽车工业总公司副总的吴自强,当时就超前预判:到 2000 年,轿车将会走入家庭,且撰文见诸《人民日报》。须知那时满街跑的几乎一色公务车、公交车,私家车百里挑一都难。尽管八十年代冒了一批"万元户"出来,私家车依然寥寥无几。当时一辆"桑塔纳"17 万,哪个工薪阶层存此梦想?然而吴总一语成谶,惜乎天不予寿,英年早逝,令人扼腕。

时任中国银行贵州省分行掌门的及淑文是员女将,侃起金融业来轻车熟路,门清。正经八百的传道授业。

民政部的李苏珊司长,把他们如何上为国家分忧,下为群众解愁娓娓道来,很多方面洞穿了自己的认知。

更有两位响当当的笔杆子。一位是《人民日报》评论部的李德民,那是出社论、评论的地方。如此担当,不难想见有什么样的大脑和笔力。另一位是山东省委办公厅副主任矫学柏,文笔也是了得。那本《中国人的选择》,我所在小组撰写第六章,由他执笔。

文章说真话,有创意,依据翔实,立论稳当。而且走笔如飞,文理清晰流畅,两三天一挥而就。肚子里少了真材实料,脑子里少了宏观微观,是憋不出来的。

还有两位省委宣传部副部长,尤擅理论思考,剖析领悟事物非同一般,常有独到的见解。

整个进修班同学的理论水平和实践担当就是卧虎藏龙。"谈笑有鸿儒,往来无白丁。"比喻基本恰当。他们的视野、理念、格局、领导艺术都让我印象深刻。别看人家轻轻松松,学识一套一套,其实都是一步步艰辛地走过来。唯我与他们不在一个频道,却领教了许多新鲜的东西。

进修可不只是坐而论道。各组还走出校门,带着不同课题,带着思路和问号,分赴各地和国务院有关部委搞社会调查,实证、检验课堂上的思维跳跃与实地考察是否搭得上脉。

我所在小组是南下,考察深圳特区,去了当时熙熙攘攘的中英街,逛了繁花迷眼的广州服装市场、河北省高碑店的白沟小商品批发市场等(那时浙江义乌、重庆朝天门、武汉汉正街等十大小商品市场都还未成气候)。半个来月,浮光掠影,过去未见未闻的新鲜东西着实让自己眼花缭乱了一番。所见所闻在今天看来平常不过,有的还落伍、淘汰了。但在那时,不少东西可是冲破了几十年的羁绊和藩篱,开了风气之先。

一百多天的听课,研读,争论,思索,考察,遐想……思维致远,实践引领。新奇的东西一波波涌来,一切是那么撩人。对我来说,这种新奇感比其他47位学员来得更浓烈,因为其他人早就在"大观园"里了,唯我"刘姥姥"初进一个完全陌生的地方,只有贪婪地吮吸跟军营完全不一样的空气。尽管自己不谙经济,与其他学员生疏军界一样道理,但我明显感受到了自己空白无数。

我站在了一个全新的窗口。

因为认知有限,因而求知无限。

"学然后知不足。"因为不学、少学,以为什么都知道。因为有学、博学,觉得太多不知道。于是有了循环:厌学者常常自以为是,勤学者每每自叹寡闻浅识。

65,气象清朗

我的入学进修,要么进我军高级学府,有么去中央党校。听来有点"高大上",其实那个时候那些地方真的特别普通。

踏入军校,同学全是来自全军的师、团职领导,且多为主官。不管原先你是什么"长",多有能耐,到了这儿都得"收骨头",无一例外还原为普通一兵。互相直呼其名,没谁摆谱。

学员队的领导或教员,哪怕资历再浅,职级再低,照样发号布令。这倒不是事,没谁有抵触。谁都明白此处不是摆谱的地方。作为学员,非兵亦兵,身后没兵,自己就是普通一兵。

军校的生活起居大体克隆兵营,还原了曾经小兵腊子的生活。起床听号，10 分钟后集合跑操，接着是洗漱和整理内务，里里外外打扫。早餐后挎着书包，踏着"一、二、一"的节拍去教室。全天活动踩着点，大抵也是"两眼一睁，忙到熄灯"的节律。每天都很充实，每天又很普通。

我就读的 1992 年中央党校秋季班，从省部班到地厅班再到青年班，各领域人才荟萃。这儿高智慧高能量自带光芒的人多的是。但是，谁都清楚山外有山，人外有人，谁都知道自己的斤两。同样没谁摆谱，都夹着尾巴老老实实做普通学员。

党校学员的生活节奏异于军校。例如一早叫醒不是军号，而是喇叭里的音乐。晨起没有队列操练，学员大多聚在礼堂门前广场，跟着教练做"练功十八法"。一部分人则按照自己习惯的健身套路来，有坚持晨跑的，有打太极的，有做广播体操的，还有练剑术的，反正各有各的招式。我向来随大流，跟着人群比划"练功十八法"。

至于上课，虽然也是列队去课堂，但并不要求军人般"一、二、一"地踩节拍。晚饭后的时光通常由自己支配，有专注读点东西的，有潜心写点什么的，有扎堆聊事儿的，有聚在会议室看电视的，各忙各的。我则常常去校阅览室，那里能看到家乡的新民晚报、文汇报等，还能浏览几本心仪的杂志。那会儿没网络，没手机，宿舍也没电视机，早早晚晚倒也并不枯燥。

至于日常生活，同样平常不过。军校的日子不再赘述，前面说得够详尽了。说到党校，千万别被前面有中央二字唬住了。没错,当年颁发毕业证书,内页盖的校长签名章是乔石,名头够响。实际上,学校里头的日子再平常不过。

就说我所在的进修班吧,住在陈旧的两层筒子楼。每人有个单间,虽然配置简单,一桌一椅一床一柜,倒也方便静下心来读点书,思考点问题,乃至写点什么。要说其他,简简单单,真的没啥:

房间里扫帚、簸箕、拖把、抹布全有,屋内干不干净自己搞定。净手自有公厕,并未觉得不便。整个楼面二十来人一部电话,正课时间只接听不外拨。铃声勤时,靠近电话的几位学员义务传呼有点忙。课余时间打电话限校内、市内。想打长途也没问题。邮局在校内设了个点,内有三四个长话间,排队、通话、计时、付费,没人特殊。

再就是这个年岁的人,大多有个不知算优点还是缺点的习惯,就是不少人有了喝茶的嗜好。茶叶自备,开水自灌。锅炉房不远不近,一二百米吧。早锻炼后,数这儿人流不绝。风雨天,冰雪地,照样拎着热水瓶你来我往。常常听着"您先灌""我不急",常常见到省部班的学员也是自己过来灌水,其中有两位后来还是副国级。哦,还得回过头说一下1983年那回上军校,更是每个班配个烧蜂窝煤的小煤炉,解决用水之需。那些年月那些官,就那么寒酸,却安然若素。

那时的一日三餐,不问三六九等,一律进大饭堂,菜式一模一样。我所在的进修班就与省部班同在第二食堂用餐,我们在一层,他们往上走一层,内容并无二致。也许学校把精力都搁在教学上了,没功夫关心食堂,伙食实在无法恭维。于是,我们班的三位北京学员,每每回家过了周末,都会用瓶瓶罐罐带点调口味的小菜让大家分享,例如豆豉、辣椒、肉丁、花生之类的小炒,虽然没啥高档的,却也有滋有味。

校园里还有个营业性的餐厅,星期天常有结伴去打牙祭的,菜虽家常,丰俭随意,小酒咪咪,也是一乐。买单的时候,这次你,下次我,再下次是他。没人簿记,各自有数,其实是一种异化的AA制。旁边还有个小卖部,除了日常生活用品,面包、蛋糕、辣酱、方便面之类都不缺。后来我常对别人说,别以为这里中高级干部一抓一把,生活条件普通得很。这些院校现在是啥样我不清楚。至少在30年前,就是两字:普通。

有没有不普通的? 有——

很多人见过世界冠军邓亚萍打球,那是在球场或荧屏上。又有谁见过在礼堂讲台支起乒乓球桌,她与一众世界冠军挥拍,而且由徐寅生这样曾出任国际乒乓球联合会主席、国家体委副主任的重量级人物亲自当裁判的? 那纯粹是表演赛,观赏性没说的,裁判除了报比分,还不时插科打诨。看得我们掌声不绝,笑声四起,大呼过瘾。这样的表演赛,除了我们这茬学员,或许绝无仅有。若不是徐寅生正巧是这一届学员,谁有路道作此安排? 即便对邓亚萍等国字号球员来说,如此场地,如此观众,如此裁判,恐怕也是有独无偶。

《人民日报》的读者无数,又有多少人逛过《人民日报》社的院子,随意兜兜转转? 我所在的学习小组就去了,因为同组学员里有个李德民。在报社大院,我们里里外外看了个稀奇。打扰过几位笔杆子,最后在邵华泽社长的办公室落坐。堂堂人民日报社长,办公室空间局促,沙发也没两张,我是小心翼翼坐在沙发扶手上的。邵社长也当过几十年兵,笃实好学,终有造诣,此时已是《人民日报》掌门,不容易。

在军校学习时,我还听作家李存葆来上过一课,专讲小说《高山下的花环》是如何一气呵成的。两小时的课听下来,不经意间撩动了自己年少时就有的那点文艺心。正好这会儿有了些自由支配的时间,很想把那段异域战事写下来。

从前有本《电影文学》杂志,每期都刊登几个电影文学剧本,我每期必读,多少感染了一点形象思维。还真是无知者无畏,不知天高地厚。我在这个领域从无耕耘,却自以为窥得门径,居然一口吃天,写出个电影剧本来,而且是分镜头剧本,把一知半解的长镜头、闪回、蒙太奇等技法用上了。剧本脱手,寄给了八一厂。结果应该想见,石沉大海,连个响声也没有。那几年还宽慰自己:你看,1962 年的中印边境自卫反击战,1969 年的珍宝岛之战,以及后来的西沙海战等,都没在电影银幕上出现过,我这仗都打到国外去了,三个交战国都秘而不宣,能拍电影吗? 有点阿 Q 精神。时间长了,这事也就释然了。

电影剧本打了水漂,那段时间电影倒是没少看。党校礼堂每周排片两场,预告一出,奔走互告,纷纷去礼堂小窗口排队购票,每张一毛。学员大多来自各地,平日里肩膀上有担子,下了班有家事,哪有这许多闲功夫看电影? 这下好,电影"会餐"。

在军校、党校进修的三年半,印象深刻:那个年代的人很淳朴,哪怕当了不大不小的官,也不圆通。此处既是思想高地,却又一泓清流,清气拂面。学员勤恳,活力四射,自勉自强;生活普通,自力自律,平平常常。少了嘈杂、喧嚣、欲望、诱惑,多了清澈的至情至性。特别自己周围是许多高智商、高能量的同学,一方面自愧弗如,一方面每天都在蹭光,一千来天该是怎样的充溢? 正因为学习专心致志,生活安于平淡,静下心来研读,不去在意其他,才使自己弥补了一些短缺,找回了一些本原的东西。经年修学不寻常,那时候的学风、校风真的好,没有官场生态,至今我还时常怀想那样的清朗气象。

　　一个集体,一种环境,就是一片气场、磁场。

　　环境之淘洗,环境之熏染,是无形的,又是直接的。恰似"随风潜入夜,润物细无声"。

十、变轨

66，心起旁骛

中央党校的半年进修，有意无意，引我来到了人生的一个转捩点。

我这个人守正有余，缺少鸿鹄之志，有缘惜缘，无缘随缘。不像一些人有广阔的人生规划，有个愿景，有更多追求。所以，我是让当兵当兵，让架线架线，让留部队就留下，掉个馅饼就接着，让当个什么长尽力为之。没有非分之想。于是，一身军装穿了33年。要说什么时候有了点不安分，对自己的未来怦然心动，心起旁骛，恰恰是那次去中央党校进修。

直到今天还糊涂着：那年的进修班，研讨内容是市场经济，各路头脑、专家学者以及多地体改委、大企业的掌门理念相近，在一起来个"头脑风暴"可以理解。我和他们不在一个纬度，是怎么回事？

于是自己臆测：兴许党校也想听听这时候当兵的怎么想，便来了个对应的军人。不知谁从花名册里翻到了自己，我便成了进

289

修班的四十八分之一。我的想象力也就到此为止。

没想到,这次进修竟然会改变我的人生轨迹,算不算又一次阴差阳错?真还说不清楚。不过,人生的走向有时的确在一念之间,也许这也是生命的神奇吧。再说,这年又是我的本命年,好像本命年总该发生点什么。

前面说到过,我这一路都赶得挺早:当兵,17;团职,29;师职,39。眼看自己已经从"不惑"往"知天命"赶,常常有一种岁不我与的紧迫。有个念头不时萦绕心间:铁打的营盘流水的兵,军人的特性决定了军队总归是年轻人撑天下。除了士兵个个20岁上下,各级指挥员也有最长任职的年限杠杠。撞了线,要么转业,要么退休。特别是退休,要比地方早好几年。我不时思忖,自己身上的零部件还行,不乏精力,不少磨砺,不缺经验,这就"船到码头车靠站"了?如此早早马放南山,心有不甘,也太奢侈。

再说,虽然组织上一直把自己摆在"后备梯队",我则自知能耐有限,从来随缘顺变,也不奢求什么。与其这样惑下去,耗下去,还不如当断则断,另辟天地做点什么。同时,自己常有一种朦朦胧胧的下意识,觉得前方还有一程。至于路在何方,没有头绪。反正有种第六感,后来的事情证明,第六感往往很灵验。

正纠结着,一个捻子把我的闪念给点着了。结束了半年的专题进修,我带着课堂笔记,带着考察见闻,带着自己参与其中一个章节的《中国人的选择》,回到了军营。自此,不由对地方的改革开放格外关注起来。渐渐的,心思活了,突然想去尝尝未知,有一种图新求变的涌动。纠结再三,权衡再三,尝新打败了留恋,我还是递交了申请转业的报告。这是我 33 年军旅生涯极少有的对未来作自己的选择。

这时候我对自己的 33 年军旅作了一番回扫,发觉重要的节点也就三处:头一个节点是辍学从戎,当时实属无奈,被动的;再一个节点是"无心插柳",那是歪打正着,小属意;眼前的节点是心起旁骛,算是触动了心旌,有点神往。就这样,从懵懂起步,早先不知道自己适合做什么,后来知道了自己可以做点什么,再后来有了自己的着意,就如此一路走来。想想有点意思:有人先知先觉,我不属于。我是后知后觉,抑或木知木觉。念头一闪,蹦出此生第三个节点,而且是跨界向新的领域伸展。这一步跨的!那些年,苦的时候真的苦,开心的时候那是真开心,那样的年代,那样的经历,太难释怀。

到了真要告别军营,浓浓的军旅情愫,真的不舍。谁在一方天地呆了 33 年,方方面面几近驾轻就熟,挥挥手就能掉头走开的?一头是对军旅的眷恋,一头是对图新求变的向往。一头算是心愿,一头却是无奈。还有,退休年龄渐行渐近在催促。几多心绪交织、矛盾纠结,重新定位自己,下此转业决心,谈何容易!

即便下了决心,依然有战友劝我把申请要回来,道理也很实在:经济工作哪那么容易?你年近半百,老大不小学吹打,别再折腾了。再说,你又不通地方上的人情世故。军官退休早是早了点,待遇并不差。再说,几十年来警备区干部转业一茬茬,哪有正师职转业的？你头一个"吃螃蟹"？然而，这个时候说这些，都已经晚了。在我递交转业申请前，所有这些都掰扯过了。自己认准一条：过早退休，与心不甘。我相信自己还能在没有涉足过的新路上再走上一程。

现在想来，这次变轨既有外界原因，更因为自身因素。人生轨迹本该是条曲线，中途绕个弯、变个线、过个坡很正常，无非弯大弯小、变多变少、坡陡坡缓。当舍则舍，当断则断。我没有过多踟蹰。

改写人生，未必要有大开大阖之事，有时只需点着一个捻子。

有的十字路口，没有路牌指向，靠的是第六感。此刻的直觉，常常会是大跨度的转折。主干道的十字路口不会多，却往往是人生的重要节点。

67，隔行隔山

我对"隔行如隔山"有心理准备，但没想到此山之高，翻山之难，远超自己的想象。真的跨了界，方知天阔无涯。

33 年，我换过不少跑道，有过许多次重新出发。然而，跑道变来换去，都没有离开军旅。之前的东一程西一程，不过是在军旅征程上几次中转。这回脱下军服换便装，告别军旅到地方，才真正来了个跨界变线,大角度转弯。一些熟悉的东西搁置起来了,过去未曾触碰的东西横亘在面前,太多的事情大相径庭。

这次变轨,机缘使然,我去了银行。第一天的印象特别深刻:那天我到得比谁都早,早到保洁工的活还没有忙停当。自己忐忑不安地推开办公室,桌上每日晨阅的那张资产负债表跃然眼前。那是一张8开纸。一个个生疏的专业名词,一组组冷僻的业务科目,一行行眼花缭乱的天文数字,有的听说过,更多的看不懂,分不清楚谁是谁,有点像看"天书",自己当时就懵圈了。

那天上班就是会,是个专业性挺强的会,人家七嘴八舌煞是热闹,我却像看过"天书"听"天书"。半天功夫,一张表、一个会,两部"天书",不啻又给了自己一通当头棒喝。不同于17岁那年的伤筋动骨,现如今是晕头晕脑。什么叫一头雾水、云里雾里?那天可算领教了。

"头寸表"还是天天送,业务会依然经常开,自己正襟端坐,却常常是十句只听懂三两句,绝对违和感,绝对边缘人。那个难堪、别扭,甚至让我觉得历史上那个南郭先生,倒也不是很容易混的。不懂装懂,脸还不红,日复一日,那得具备何等功力?我是个要脸面的人,天生没这个本事,有人教也装不出来。自己意识到,过去听的课,与实际若即若离,别说半瓶子晃荡了,皮毛也算不上。正应了那句"纸上得来终觉浅,绝知此事要躬行"。这回算是碰到了真正意义上的重新出发。

好在同事们都知情知理,明白安排军转干部是政策、任务,没

293

谁轻慢自己。有人还宽慰说：你初来乍到不熟悉业务，就跟我们不懂军事一样，慢慢就会熟悉的。领导则让我先兜外围，联系一摊专业性不怎么强的部门，躲开了一时的难堪。

真正不肯放过我的，是自己。33 年，上天给予自己许多眷顾，其中什么最无价？自信。至于这个自信是什么时候孕育的，不在哪时哪刻，又在时时刻刻。不在哪一步，又在每一步。以往所有的汲汲走过，其实都在给自信增添底气。

每个人的底气不一样。我也不是一点底气没有，少说有两股吧：

一是多少有了点历练。33 年军旅历程，让自己学了很多。学了吃苦受累，学了自力自律，学了勤恳上进，学了积极执着，学了执行力意志力……自己一遍遍地回闪：最初那通锻打苦不苦？真的苦。后来去塬上去战场难不难？真的难。还有码字办报带团队累不累？真的累。这些苦啊累啊难啊的，还不是过来了？无一不是咬紧牙，努把力，坚持住。以至后来逢到难处遇到坎，我会想：再难熬总熬不过那些日子。现如今，隔行隔山不假，但这山能高过喜马拉雅？只要功夫下到"铁杵磨针"，加上有一点点悟性，有什么山过不去？至于半路出家起点低，无非自己把发条上紧点。就怕自己宠自己，自己放过自己，那样谁帮忙也不管用。这么一想，什么都豁然了。

再是多少有了点累积和沉淀。我的经历不算丰富，忙东忙西有点杂。不过，自己从列兵起步，毕竟行走了几级台阶，涉足了几个平台,经历了一些事情,也破解过一些难题。冷静下来想想,就整个人生而言,不能说自己是一张白纸了。尽管掌兵领军与企业管理是两码事,很多情况完全不同,但也有重叠的部分,中间那条鸿沟并非不可逾越。转轨既是重新开始,又何尝不是过往的延续。谁能一到陌生岗位就干得风生水起? 作为曾经的军人,而且是老兵,攻坚克难的心气该有吧? 靠着一个个平台的历练,触类旁通的蕴积该有吧? 不少东西带有普适性,搞过管理,再学专业,相互渗透,会有一加一大于二的效应。不同元素之间,还有化学反应呢。

如此一诘问,把自己给问醒了:过去哪次变轨都是沟沟坎坎过来的,这次跨界变线幅度是大了点,不外乎挑战多了点难度。自己闯关夺隘又不是头一回,脑回路也不比别人短半截,只要加倍付出,什么时候出发都不晚,没有什么山川湖海过不去。这么一掰扯,多了几分自信:既入行,须懂行。自己必须成为内行人,也有信心做个内行人。

隔行隔山,山高水长。甩掉自卑,有了自信。有心自强,"菜鸟"照飞,没有什么遥不可及。

人生像长征,会遇到各自的"金沙水拍""大渡桥横",要翻过各自的"六盘山""腊子口"。

路难行,须自信。唯有自信,才会朝前走出第一步,再走下一步。唯有前行,方能增添自信。

68，五官探路

横亘在跟前的，是一条陡峭的学习曲径。我没上过财经、金融方面的高等学府，属于"无证驾驶"。没说的，无证谋证。

多少事情，开头总归特别难。再想想，又自我释然，从名校出来的博、硕，用非所学、跨界起步的不也多的是？那些年的磨砺告诉我，遇到沟沟坎坎，没谁背你过去，靠天靠地终究还须靠自己。回望过往，有几件事是容易的？眼前无非再过道坎。当然，半是天赋，半是用功。真要想做点事，做成点事，恶补一番是必须的。

至于怎么过坎，各有各的蹊径，所谓"虾有虾路，蟹有蟹路"。我没什么高着，自有五官探路三步走：

第一步，突破"会计"。由于银行是社会的"公共簿记"，银行会计既涉及经济活动的方方面面，又与行内各业务部门有交集。不先拿下这手，其他业务很难入手，甚至看一些报表、资料都不知所云。所以，我把突破口选在这里。由此启航，一程程驶向蓝海。

其实，当初我未就位，人家早把有关门类的书籍给弄齐了，三个书柜码得满满当当。开头自己瞪着那一溜书柜，真有点晕，不清楚先摸那本。有了突破方向，再请来内行点拨，明白了先从哪里下手，哪些内容必读，哪些机理必须厘清，哪些法规、制度必须恪守。我开始按着实用在前、循序渐进的路子，有的精读，有的快读，有的选读，有的跳读。先是填鸭式，能塞多少塞多少。再像老牛吃草,慢慢反刍,消化吸收。一句话,那段时间的恶补,让自己啃了不少"面包"。

即便选了个突破口,还是有太多的书来不及啃,只好先粗略掠过,暂作分类码放,标记备查,有需要时再按图索骥。为此,我比别人早到办公室,下班也多亮一段灯。看得模糊了,擦把脸接着来。现在看,那时自己有点急就章,不少东西囫囵吞咽。不过,那会儿就得按快进键,先有选择地研习那些最必需、最要紧的东西,了解"ABC",掌握核心要义。以后有时间,再一步步捕捉精髓往深处走。如此快餐式学习,至少填了饥。就这样,一层层剥去神秘,马马虎虎算是初窥门径。至少,那些"天书"不再让我云山雾罩了。

第二步,不耻下问。寻学求知,无问职序。面子不重要,重要的是里子。从前的过五关是旧黄历。至于人家给自己安个什么"长",那是个"壳",是对过去没有功劳有苦劳的认可,也是对军人的尊重,对于自己究竟能吃几碗干饭,心里不能没数,不能把过往当累赘。再说,没有谁生来百科通晓,何况我是跨界,盲点无数。对于不辨路径的自己来说,捷径在鼻子底下:问!

我把各种报表、资料和书本上不明就里的问号、盲点拉个清单,揣着它找人释疑解惑。有了归零重启的空杯姿态,不愧下学,别人也就放开了。我有惑必问,人家诲之不烦。一遍没问明白,就多多求教,反正不收学费,硬是打破砂锅。

他们总是用最浅显易解的表述,让我便捷地掌握最重要的东西。几份清单一拉,几个部门兜过,经过一道道指点迷津,加上自己再一点点反刍、琢磨、消化,终于从最初的不甚了了,到一点点的领悟,再到自己觉得咂出了味道。这个时候特别懂得,为什么那句"三人行必有我师"千古流传。同时还有点"佩服"自己:有些东西学起来的确不容易,但也并不深奥神秘,只要功夫到了,由浅入深并不难。

第三步,听者有心。作为管理者,总有一些会必须到。开会有讲究,要精简,要讲质量,要有新意……听会同样有讲究,要用心,要带耳朵,要听精髓……我是把听会当成听课的。

确实,听会挺能长学问。由于身处管理岗位,有了四处听会的方便。凡要紧的会,我嗅觉特灵,不请自到。只要自己有空有兴趣,都会拉张板凳洗耳恭听。由于会议内容各异,与会者专擅各异,你一言我一语的切口各异,既有老法师侃侃道来,也有新生代独到见解,还经常会发生理念碰撞,迸出点火星。其间往往不乏真知灼见。

参加一个会就像听一堂课。那段日子,会上听得最虔诚、做笔记最认真的大概要数我了。过去与会像听"天书",多半是揣着糊涂,怎么坐都不自在。后来与会就有点像听课了。再后来,慢慢能够听出点意思,继而听出些门道,进而听出了味道,有时还会有斟有酌地发点声响了。自己曾经怕开会,后来反而盼开会。言者随意,听者有心,悄然"偷师",博采众长。"神仙会"参加多了,耳朵里这次灌进去少许,下次再刮进去几句,怎么也会沾上点"仙气"。加上前面的那两步，五官所取的点点滴滴一一入脑，大家再掰扯业务上的事情，我不但能明白子丑寅卯，兴趣和参与度也一点点上来了，我这张原先的白纸可以开始勾勒点东西了。

实际上，管理层通常一人要面对多个口子，样样像专家那般精通难以做到，但必须熟识必须熟识的门道。道理简单不过：以己昏昏不可能使人昭昭，明白人才能干明白活，管明白事。

现在可以说了，那阵子我是暗下里和自己较劲的。自己没有智力障碍，总不能动不动就打扰人家吧，我也不愿让别人觉得自己有太多不懂。于是，一边刻苦攻读对我来说晦涩难懂的内容，一边对照查阅《辞海》和财经金融方面的专业词典，跨过一个个门槛。埋头案牍间，终于一点点通关，一点点突破，一点点拼图，从外行走入内行，有了存在感。后来有人说我悟性好，又有几人知道自己在背后付出了多少？那点困苦，唯自己有数。悟性吧，或许有点，所谓的悟性，其实是厚积侧发。更多是"苦心人，天不负"，一步步拿下百二秦关。

倒也不是自炫，学问学问，潜心学，不耻问，大概率没有学不会的。努力耕耘自己，总会或迟或早，或多或少，或直接或间接给你收获。当然也有不愿学、不会学的。自己不成长，谁也帮不成。

一个人再有天分，不可能百科知晓，样样内行。

299

外行本身就是软肋。说几句外行话,人家也就笑笑。要是办外行事,有时哭都来不及。你以为外行领导内行没啥?那是很累很难堪的。隔靴能抓痒吗?

69,姑苏理案

我的些许进取,都有人在看不见的地方给自己打分。

兴许觉得我不缺那一丁点悟性,或许正遇上管理层短缺人手,很快就往我的身上压业务担子了。由于自己在会计业务方面初得皮毛,还有个科技部门是新兴板块,管理层中这方面的基础差得不多。于是,联系会计、财务和科技部门的担子落到了我肩膀上,没想这一安排延续了七八年。

如果说五官探路还是浅尝辄止,有点像"三脚猫",那么很快让我扛事见真章了,接了件是骡子是马拉出来遛遛的实务:时任苏州分行蔡涵刚行长涉嫌经济犯罪,让我带个小组实地查账理案。

我不是在上海分行吗?怎么摊上苏州分行的事?这就扯到了一段历史体制:交通银行成立于 1908 年,1958 年并入他行。1987 年重组后,曾有十多年类似我军的大军区架构。上海分行除了打理本地业务,还先后管辖了江、浙"七州五府",即苏州、常州、扬州、泰州、杭州、温州、湖州、无锡、南通、宁波、嘉兴、绍兴等十二个分行。苏州分行出事,管辖行难辞其咎。

我与监察室石永德主任以及多方抽调的精干人员，立即开进了苏州市政府招待所。蔡涵刚属于"大器晚成"。80年代末，56岁的蔡涵刚被委任为交通银行苏州分行副总经理，受命重组苏州分行。不到两年，便在存款增长、利润增长等六项重要指标上排名全系统前列。蔡涵刚本人也获得了"优秀共产党员"等荣誉，很快坐上了总经理、党组书记的交椅。殊不知，他明修栈道，暗渡陈仓，私底下搞了许多见不得阳光的事，致使银行资产面临巨大风险。我的任务就是排查风险点，尽可能减少损失。

　　查账是件很耗时、耗力又特别细密的事。1995年，银行业务主要还靠手工。报表、单据等各种资料摞成几堆，一页页、一行行翻过，谁都不敢眨眼睛。因为暗下里使坏的人，就是靠在不起眼的地方做手脚。然而，世上没人做事来无痕去无迹，只要发生过，总有蛛丝马迹可循。我们硬是用绣花功夫，从海量资料中理头绪，排重点，逐渐把目光落定在16个客户的账上。对可疑的资金往来一笔笔查证，对涉案的16个客户账目反复过筛子，前后数月。

　　最终案件告破，蔡涵刚非法放贷41亿，好大一个风险敞口。那可是20世纪90年代的41亿，胆儿够肥！

　　正因为是大案，市里、省里也极其重视。苏州市纪委和审计局投入了许多人员一起细致核查。省纪委曹克明书记多次到苏州分行，直接听取各方面的情况。我呢，接受双线领导，除了向曹书记汇报，更得向同在上海的分行、总行请示报告。按说，自己参与调查件事,处理点事,过去并不少。但在经济条线、金融领域,还是头一回。

蠹虫挖出来了,窟窿还得堵上。此案后期,我又同总、分行领导一道,处置风险敞口。有的债务要一路穷追,有的需要资产重组,有的坏账损失需报请财政部专员办公室审批核销。从开始接手到最终打结,前前后后化了不少时间。

于我而言,姑苏理案受益匪浅。此前"五官探路"所得的一点皮毛,通过理案试水,从抽象知识到了具体应用,还接触了不少带有特殊性、个性化的东西。自己直接参与了一线工作,直接调阅了很多报表资料和单据凭证,使原先的学习成果具体化了。这就是人们常说的书本到实践的演进吧。

"上有天堂,下有苏杭。"我在"天堂"待的时间不短,既没到过"姑苏城外寒山寺",也没去过苏州闹市观前街。忙归忙,到此一游的念头是有的,这点时间也不是抽不出来,只是想上海抬脚便到苏州,日后有的是机会。天知道,什么虎丘山、寒山寺、观前街愣是至今未涉足。留个念想吧。早晚有机会。

学懂和弄通,学历和能力,中间须有链接,这个链接是尝试和运用。好多事情熟视无睹,耳朵听得生茧,还是烙不下印,就因为没有试过。

有人高知低能,有人有知有能,区别在于有没有实践作链接。

70，七夕七捷

年年过年，不同的人过不同的年。

且不说西方人过圣诞节。我们自老祖宗传下来，一直过的农历年，除夕放鞭炮，初一拜大年，初五迎财神，十五观花灯……名堂多多。

银行人不大一样，农历年照过，然而特别重视跨公历年。因为所有的年度业务指标完成得怎样，有一个分界的时间点：12月31日24时，年终决算。由于此夜跨两年，五更度两岁，分秒不得有误。

一年劳碌下来，这会儿该清点收成了。其实此前几天，上上下下就已经开启了收获的节奏：存贷款是否达标，不良资产是不是双降（绝对数和占比），利润增长几何，国内、国际业务有没有提升，几十项业务数据都得一一对标。到了最后一刻，无数双眼睛聚焦在年终决算上。待到跨年的钟声响过，各类数据经由信息渠道汇总上来。我联系的几个部门，正好都是"收官"的主力。每逢此刻，我便和他们一道接受"年检"。这时候别人可以收拾收拾回家了，管理层也就留下自己，轮到我和一众同事忙活了。

业内人知道，上世纪银行年终决算，还没有运用大数据的身手。于是，算盘珠子的加减乘除就少不了。人算到底不及电算来得快捷精准，一旦错个数，错个运算符号，结果是灾难性的。别以为银行过手的存、贷、汇全是天文数字,其实必须精准到几角几分的小数。如今哪怕菜场,也难找到分币了,唯有银行分币啥时候都有。你去柜面连本带息兑现,一分也不会少你。银行的账从来就讲分毫不差,真正的锱铢必较。要是年终决算差一分钱,那就得地毯式排查,海底捞针也得把那一分钱抠出来。你先垫上? 不行! 丁是丁,卯是卯。

记得有一年结算,起先挺顺利,总表、分账很快齐了。还没来得及歇口气,就发现有几元的账没轧平。别以为几元对几百亿几千亿的资产来说,连九牛一毛也不算。规章制度搁在那,从头来过。又经过近20个小时的复核,最终发现在一笔小账上出了个小小的运算差错。要是带"病"营业,那就是千里长堤上一个细小的蚁穴,很难说会出什么祸事,有的细小过错是会引发"蝴蝶效应"的。要不是那年元旦和休息日连休,再来一次"重走长征路",真的会步步惊心。

正因为如此,那些年我特别留意每年元旦假期的安排。谁都不会像我,刚过今年元旦就查明年第一天星期几,就怕元旦在不尴不尬的星期三,两头与休息日脱钩,年终决算时间不够用。所以,每当知道元旦假期能与休息日连休,我和同事们都当成天上掉馅饼。因为时间有备份,哪怕出现意外,来次返工也来得及。

我和同事们是把那些年的年终决算,作为一场场会战来打的。要把各项业务的一缕缕线,丝丝入扣地串起来,捋得明明白白,需要缜密细致地制定预案,战战兢兢、如履薄冰般地过细操作,容不得百密一疏。那几天,白天黑夜连轴转,不到所有步骤走完,心里始终惴惴不安。弦绷着,心悬着,几十个小时不睡觉倒也没觉着累,要不是别人招呼也想不到又到了吃饭时间。办公室支了张小床,没功夫睡。这会儿我的废寝忘食,倒谈不上什么境界,就是任务压的。每当决算告捷,总像又打胜一仗,有一种成就感。

屈指一算,从1997年到2004年,前后有七次我是这样一夕跨两年,熬更守夜过来的,其中有一回还在这样的节奏中跨了世纪。虽然自2000年起,年终决算告别了手算,跳到了电算,实现了数据集中处理。但由于电算1.0版还是"数据大集中"的初始,每年岁末的收官一役,自己还是不敢有丝毫懈怠。

我很幸运,参与了七回年终决算,也算"七战七捷"吧。毕竟在这一刻,银行所有业务条线的千条线穿到了决算总表一根针上。虽然穿针引线实务操作的"运动员"不是我,"教练员"也不一定够得上,算个"领队"应该合格。人们说"内行看门道,外行看热闹"。我看的是什么? 不敢说自己已经通透了所有门道,至少不会是凑热闹了。无非有的门类熟稔一些,有的业务又多学得一点皮毛。"技多不压身",这样的实践和学习机会难得、难忘。

我很幸运,我的办公室邻靠外滩的海关大楼,几乎零距离。那七次跨年,我都是在岗位上听的新年第一声钟响。记得有许多年,响的是世界海关通行乐曲《威斯敏斯特》报刻曲,最后那次换了《东方红》。七载子夜,江海关深沉、舒缓、悠远的钟声,不紧不慢十二下,那个穿透力好难忘。

我这个人时常会有好奇心。就因为耳畔听过无尽江海关的钟声，自己始终想真正零距离看看那口钟。退休后，听说邵雍表战友在海关大楼上班，便遂了此愿。117阶极狭窄的铁梯盘旋十余弯，我却上得艰难，身材魁梧者绝应断此念想。到了跟前就是两个字，震撼：成百上千个齿轮咬合，钟面直径5米，紫铜的时针、分针重120斤……这才知道，这口大钟与伦敦大本钟、莫斯科红场大本钟同宗同源，由英国同一家公司定制，是目前世界上仅存的三座大本钟之一。那天很热，上去下来累得不亦乐乎。

一生有无数小的瞬间。有的瞬间小小不然，却一直念兹在兹，哪怕轻如鸿毛的事。要说什么因由，或时不再来，或事不再来……就因为自己倾情投入过，这片鸿毛就是飘不走。

71，举重若重

从变轨到退休，整十年。一开始就有人提醒我，金融行业专业性强，多半会把自己安排在行政保卫、纪检监察等条线。这话不是没道理，外行管内行总归不在行，我也有这方面的思想准备。

问题是自己不安分，除了打理本职工作，没停过"偷师"。会计、财务、授信、风控、同业往来、个人金融等等，什么都感觉新奇，什么都愿意探个究竟。越是原先的空白格，越是想补上色彩。

其实，这也不算不安分。就说监察工作，要是不谙业务，怎么查账？再说，"中小学水平"也查不了本科、硕、博。做手脚的谁会让你一眼看穿？此时别无他途，只有潜心钻研，修炼出一副不为迷雾遮望眼的好眼力。

我的学习动力，还带点个人色彩。自己儿时贪玩，待到逆袭醒悟，又赶上应征入伍。是不是有这样一类人，并非"少壮不努力，老大徒伤悲"，而是"少壮"错过，"老大"尤其珍惜学习机会。如果有这样一类，我算一个。

也许我原先分管的几摊事有了更合适的人选，也许因为其他，变轨后我更多时间落在几个专业模块上。除了较长时间联系会计、财务、科技板块外，还接手过不少别的门类。有的是 A 角，有的当 B 角。先后与授信、公司、个人金融业务和运营（账务）中心，以及办公室、纪检、保卫、行政部门等，有或长或短的交集。

篇幅原因，不能一一详述。都知道银行业务林林总总，粗略归并就是"存、贷、汇"。就说"存"，存款方是客户，存不存、存多少、在哪存，客户自己说了算。再说"汇"，无论信汇、电汇还是票汇，汇款人、汇出行、汇入行、收款人四方谁也不能缺席。唯有"贷"，流程再简化，从接受客户申请，仔细审阅一沓沓报表资料，一阶阶走过来，到最后放款，哪个环节都少不了银行操作。只因为授信业务既是银行主要利润来源，又直接关系银行资产的风险，是把双刃剑。要是爆个雷，谁都够喝一壶。要是爆了类似"姑苏理案"那样的雷，更是惊天动地！

我与授信业务打过将近两年交道：

第一次是 1997 年秋冬。因为管理层有两位同事去外省赴任,自己受命临时顶一阵。原以为补三两个月的空档,谁知这一"临时"便是十个月。我手头的事本就够多,再接下两位去外省履新的同事留下的担子,有点吃重。最吃重的,是接了授信那摊事。

分行下辖百余支行,授信业务按照分级权限,每天总有若干笔大额的需要呈分行审批,授信部从来没个悠闲的时候。待他们紧赶慢赶一笔笔审毕,捧到我的案头(资料多起来,常用拖轮箱),通常已在下午 4 点左右了。我一直习惯当日事当日毕,于是铁定晚上加班。

你想想,资料多到一双手抱不过来,那该是多少?好高一摞,一页页翻要翻到猴年马月?当然,谁也不会眉毛胡子一把抓。谁都有自己一套章法,你有你的金钢钻,我有我的瓷器活。我没有什么高招,无非是以前偷过师,加上自己研学琢磨。把这个板块扛下来。

一是重视"前人"的智慧。因为自立项起,从支行一线信贷员、团队长到所在支行领导,再从分行审查员、团队长到部门老总,已经"过五关斩六将"。所有的数据、资料、真实性、安全性、诚信度以及还贷能力等,都在"前人"那里过了几遍筛子。最终形成的意见、建议,每个字都是反复推敲过的。我当然不用重新来过,只需对难以拿捏的问题再予斟酌。

这倒不是说我这道防线如何固若金汤,而是到了我这儿该一锤定音了,名字落到纸上,责任尤其重。也不是说自己多有水平,更能明察秋毫。那些"前人"谁没点道道,人家多少年的萝卜干饭难道是白吃的? 就因为自己是最后一道防线,责任重如泰山,岗位使然,全局观也许多一点。至于那沓资料,哪页都被翻过几遍了。到了我这,"葵花宝典"没有,"工具箱"还是有的。无非从大堆资料里抓几个关键节点、关键数据、关键比率等。这些关卡能过,应该事势可定。最要紧的,是"举重若重"的责任心。所以,凡在报批内容中或存疑或须再酌的,该查资料的我会不厌其烦再查,该作剖析的自己则尽量考量周全,当断则断。遇到利润和风险相撞,两可之间,我多取规避风险。此时头脑发热,"唯利是图",很可能竹篮打水。我这个人胆小,取第37计,谨慎为上。这就既要靠眼力,又要看担当了。

第二次接触授信业务在 2001 年。工作量虽小于上次,责任却愈加吃重。这年,一把手去中央党校进修,组织信任,交我主事,一、二把手的差事一肩挑。工作量大倒不算啥,问题在大额贷款的审批。因为各级有各自的权限,一些超过分管副行长权限的大额放贷,我成了最后一支笔。从来说"字字千金",此时落笔"同意",便意味着终生担责。这时候很少有人"举重若轻",我则称之为"举重若重"。实际上,这时候"同意"和责任成了特定的"同义词"。

"举重若重"的事很多。由于自己长期联系财务、会计部门,因而需要定期检查金库,至少半年一次,算起来十几、二十来次是有的。金库的门如何坚如磐石,人员进出如何铁面无情,持械警卫如何荷枪实弹,想必人们在影视里见过。我呢,也直接领教过。有一回,自己带了财会人员查库,事前忘了知会保卫部门,硬是被警卫拦下。按说,我和警卫特熟,几乎天天照面,一个食堂用餐,而且他清楚我既分管财务会计又分管保卫。为什么阻拦?就因为未接保卫处长通知,不得违反制度规定。直到保卫处长到场,我才得以进入厚重的金属门,千般仔细地检查。

现在想啊,原先三个人管的摊子,从早忙到晚。是不是这些担子必得三个人来挑?倒也未必。实际上,工作量没变,人是变量:除了精力投入,更逼你用心筹划,舍繁用简,改变做事方式,优化工作流程……这些说多了,有人以为是在自炫(真不是自炫,真因为有感,况且自己践行得如何也是见仁见智)。不过,的确有一种能力来自逼。如今一些单位、部门,头头脑脑越配越多,工作效率是不是越来越高?真是说不清楚。唉!扯远了。往下扯容易得罪一片。

举重若轻与举轻若重,或与各人的境界格局以及行事风格相关。不过,孰轻孰重总归还得因时因事,当重则重,当轻则轻。

十一、触"电"

72，垂直起飞

前尘回首，我们这代人见证过不少历史时刻。

"变轨"后，我兜兜转转，在新的岗位学了一点东西，做了一点事情。要问是否遇到过带挑战性的事件？有几件。例如，见证且亲历了难忘的历史一瞬：告别沿用百余年的手工半手工的银行运营模式，实现数据集中处理，习称"大集中"。从手算跨入电算。

我国银行的雏形始于山西平遥。我去过平遥。平遥的古城墙与陕西西安、湖北荆州、辽宁兴城并列为我国现存最完好的四座古城墙，被列入世界遗产名录。既然到了平遥，我当然颇有兴致地游了古城墙。然而许多人不知，城里还藏有一处宝贝：兴于清朝道光三年(1823年)的中国第一家专营存放款业务和银两汇兑的票号，大名"日升昌"。其在全国40余个大中城市还设立了分号，"存、贷、汇"搞得红红火火。

后来，票号演变成了钱庄。再后来1897年，大清建立了第一家真正的银行：中国通商银行。后至民国时期，又有了"中、中、交、农"(中央银行、中国银行、交通银行、中国农民银行)。到了新中国,银行拆拆并并没消停。

说这许多,实际就想说开一件事:自"日升昌"一路走来,走过19、20世纪,银行算账一直没有完全脱离算盘,即便20世纪后期逐渐普及了计算机,也还是半手工。

我入行时,员工不论年长年轻,个个都是算盘好手,拨拉算盘珠子那叫一个风流水转。至于季末、年末做账,一般由中心支行汇总,再由省级分行并表,最后实现全系统并表。滞后性、误差率可想而知。上世纪后期,区域性、全国性乃至包括海外行的银行数据集中处理,已经是技术趋势。业界争相研发,几乎同时上线。虽然不能说"同行是冤家",各自的商业机密还是有的。各大银行的电算呼之欲出。

有点岁数的都记得,旧时去银行办事,先要从各式空白单据中找到自己所需,然后手写填单,再交由银行员工垫上几层复写纸抄单,整个流程手工作业。麻烦不说,还容易出现差错纰漏。

随着客户类型、业务种别日趋复杂,业务量几何式增长,各大银行实现全区域乃至全系统全国一本账势在必行。这样的大集中、全系统一本账,完全颠覆了商业银行的传统经营模式,理论上最高层能够即时掌握最底层的每一笔交易。这样的即时监管、海量功能,靠算盘靠手工作业根本是天方夜谭,即便靠PC机或是仅靠一般的小、中、大型计算机也难以应对。金融业发展到这步,必须有一套极速、准确、安全的电算系统。讲得通俗点，就是甩掉手算，启用电算。

于是，总行汇聚了一众既通业务、又谙 ICT（信息和通信技术）门道的复合型人才，撰写业务需求，编程序，写代码，殚精竭虑弄出了个数据集中处理体系。这个当时还是以省、市作板块的体系取名"综合业务系统"，可谓大集中的 1.0 版。后来，从 1.0 到 2.0、3.0、4.0……不断升级，技术迭代，从一个高地攀登另一个制高点。

然而，从 0 到 1 毕竟不一样。尽管干的是夯地基的活，托底当"肩膀"，却完全是另起炉灶，从无到有，拔地而起，垂直起飞，直接由线下飞往线上。如此革故鼎新，重构银行日常运行形态，属于历史级别。

新系统上线，当然要测试，而且是方方面面、反反复复的测试。就像新飞机面世，要反复试飞。测试当有平台，而且这个平台还要对全局具指导意义。

上峰对测试平台酌量再三，无非二选一：一是先易后难，渐次推进，如此肯定费时；再是一鼓作气拿下最难，后面一马平川。最终拍板，先啃硬骨头。上海分行在全系统内体量最大，业务门类最全，名目之繁、协调之难无出其右。何况总、分行同处上海，遇事磋议、筹商也方便。于是拍板：就在上海分行起步。

当时尽管只是 1.0 版，但在这个系统上运行的业务还是名目繁杂。时间大跨度，数据大容量，特别是流程除旧布新，很多游戏规则都改了,变化是颠覆性的。以会计为主体的参与测试者近千,各业务条线间的协调融合面临数不胜数的难题。接手测试,起初就是一团麻。

面对一团麻,还得双线作战:一头抽出许多骨干,面对完全陌生的新系统,一点一点摸索,一项一项测试,一步一步理顺。另一头继续沿用手工半手工,天天照常营业,来不得半点差池。如此双线并行,对于通盘筹划、纵横协调以及各环节的衔接等,是个考验。人多事多头绪多,各方只顾敲自己的锣鼓显然不是事,必须有个中军帐,运筹帷幄。

沙场点兵,找谁挂印?上头一番掂量,嘱我在一线捏总。我接手也有过揣摩,不是自己有多大能耐,多少天赋,不外乎三方面考量:一是上线的几个主力部门正好归我联系,多年交融,熟门熟路,有利于资源整合和协作融合;二是尽管专业性强,但非不可企及,但凡自己接手的事,我会倾心专注,追求完美,无非多下点功夫;三是这时候的自己专业能力、决断能力、应变能力都多少有了点,再加上管理经验,到时候也派得上用场。想到自己的未来一年,肯定一路坎坷,肯定够累够难,压力山大。搞成搞砸,理当第一个拿我是问。然而,越是硬仗,越是锤炼自己的机缘,我还是愿意做点事的。

累倒无所谓,以前不是没累过,现在还能累过当初?难也不至于难到哪去,难道还能难过塬上的日子?再说,接手难度大的事,提高的空间也大。至于压力,从来就有,凡走上坡路都是费劲

314

的,至少要对付地心引力。面前横着一段昔人没有走过的路,自己倒也想试试。没错,年轻人更容易接受新事物。我年轻过,有体会。然而,尝新并不只属于年轻人,在我看来五十开外起承转合正当年。激情或许会随着年岁衰减,时年55岁的我倒是心中仍有火苗,此时被重新点燃了起来。自己不正是不愿意早早退休赋闲,脱的军装变的轨吗?

想想也是,把自己归类守成吧,没错。我从来不刻意规划自己的"诗和远方",让到哪去哪,让干啥干啥,踏实愿干,尽力为之。或许自己创新不足,跟着走还是不掉队的。你说完全与世无争吧,倒也未必。有时候遇有新鲜事物,又想尝试尝试,突破一下自己。眼前是一块创造力的土壤,白纸任画。眼前是一片"蓝海",水有点深。水深能行远,就不信了,自己过不去。

就这样,很吃分量的一线总指挥的名头搁我身上了。心系"蓝海",面朝蓝天,驾驭的是一架大飞机,没人给我跑道,我和战友们开始了垂直起飞。

尝试新奇,或为天性,无关星座、血型、年龄。

年轻人的创意细胞更活跃,不等于尝新就是谁的专利。人的大脑、体能、段位从来是用进废退。"天生我才必有用",不是到了哪个岁数就不作数的,要不哪来的大器晚成。

73，设阵布局

新系统垂直起飞虽然是场大仗硬仗,我却很有信心。年轻时候的我,有时做事凭个好胜心,三分钟热度,现在不是了。此时的自信是掂量过的。

一是彼时的我有点"本钱"了。当初的草根,五六年下来算不上卧薪尝胆,也在孜孜矻矻,已经不再是菜鸟,不会盲人摸象了。应当熟稔的东西已大体了然,需要粗略通晓的知识至少掌握了"ABC"。这次起飞完全颠覆了百余年银行传统运作的架构,一下子从手算跳到电算,不少名堂对"老银行"来说也是陌生的,大家都是素人。在这个意义上,他们与我这个半道插队的几乎同步,起跑线相差不多。于我而言,由于不少人同我一样短缺原生技能,因而不用太费劲地赶队。可以说,同步就是自己的优势。如今,人家把精心设计的偌大一个工程交到我们手上,说什么也不能搞砸了。

再是我有军旅历练的蕴蓄。从行伍中人到陌生的跑道,按说一切都得从头来。实际不然,专业性很强的东西当然少不了一番恶补,另外有不少事情,两条看似不相干的跑道,并不那么泾渭分明。世间万事万物本来就是相通的,触类旁通的东西不少。此时,过往的历练足兹借鉴,那是当年留给自己的"红利"。

自己所以有时能较快适应新情况,并非无师自通,而是那些无影无形、长期累积的实践经验和处事方法,这个时候折射到了新的平台。就管理思维来说,对不同事物的拿捏有时是融会贯通的。这种内在关联,有时相对直接,更多的隐约依稀,只需因地因事因人制宜作合理调整,便可以移植和切换过来。

所以我常常觉得,过往的每一程砥砺,没有哪样是无用功,前程都是对后程的支撑,没有哪段生活是白体验的。所有的以往,以往的所有,可作借鉴的东西很多。将这些储备资源稍作整合,宏观上都是有意义的。这个时候尤其体会,跨界不是障碍,年龄不是羁绊。这不是自负,是自信。

凡事谋定而后动,先得把攻略做细致。新系统格局之大,经络之密,尤其需要先有个统揽全局的路线图。

制图不是件轻松的事。作业无处可抄,连可资借鉴的也难寻觅。扫尽自己所有的知识和经验储备,肯定还会有盲区、死角。

谁来帮我补这些缺口?遍访群贤,借用外脑。有的事情自己闭门冥思一整天,不抵老法师一句点拨。后来,我索性把几位高手请来办么室,海阔天空开"神仙会",把上线的路线图一层层掰扯,跨学科跨部门跨单位集成若干模块。从总体架构到每个应用端口,从主干到枝蔓再到每片树叶,几乎触及了日常运行的每一下脉动。侃得那叫一个酣畅淋漓,哪次都是意犹未尽。

会上听"智囊团"放言高论,会后自己在脑子里继续盘旋。"诸葛亮"多了,高论妙着固然多,但是你一言我一语,也需要有人合纵连横,把那些侃侃而谈、经经纬纬捋顺,在我的脑回路里不能拧麻花。比如哪里直行,何处拐弯,在哪分叉,到哪并轨,四梁八柱如何架构，从外延到内置的逻辑如何打通。再如哪些地方可能是风险敞口，如何装上安全阀。下这样的大棋，一环错便会环环错，任何一个环节开天窗，都可能"火烧连营"。

链条够长，环节够多。正因为面对未知世界，对于自己的组织筹划、逻辑梳理等都是考验。这时候特别需要有大局观、整体感、统筹度，寻找点与点之间的最优路径，各接口之间做到无缝隙。通过对整个流程反复俯瞰，出大的思路，在大的方面布局。

几次"神仙会"，加上自己的梳理把控，终于把头绪繁杂、盘根错节的一团麻理顺了。原来白纸一张，经过你一笔我一笔，一幅可操作、可协调的"飞行图"，终于建成回路展现在面前。

制图不易，走图谈何容易？前头有多少深水区，藏了多少风暴眼，一切都还未知。这个时候运气靠不住，需要的是周密筹划、统揽协调、有序管理、稳妥推进，以及走一步、看两步、想三步这类驾辕拉套的本事。

说起来当兵和算账风马牛不相及。其实，待业务方面入了门，自己过往的一些实践经验正是"他山之石"。我在部队从连队到团、旅、师、军级机关都耕耘过，挂"长"的萝卜干饭也吃了21年。自己再怎么愚拙，大的本事没有，小能耐总归留下点滴。军队特别注重计划性、协调性，特别强调执行力、操控力、应变力，特别在意细致缜密、时间管理、排兵布阵，如此等等的军营历练和军人作派，在这个时候都是派得上用场的。有些办法看似随手拈来，其实均拜当年所赐。只是需要注意因时施宜，不搞生搬硬套。

这样想来，自信又增添了几分。

人生每一步，其实全是为自己走的。每迈出一步，都是为下一步增强脚力，增添自信。这种增量也许一时感觉不到，但一直存在于生活和工作中，早晚会有用。

74，步步为赢

此节所涉的一步步，也许有点乏味，实际有骨头有肉，尤其耗时劳神。业外人读来或许能长点边缘知识。

可以说，沿线全是绕不过去的"雪山草地"。这些硬骨头、烫山芋，局外人嚼来或许枯燥没趣，过来人却是一步一个脚印。个中艰辛，出乎我开头的想像。那就舍繁取简，随便挑几个节点说说吧。每个节点都如履薄冰。

节点之一：繁缛复杂的检测。

捉漏，是测试中第一优先级的事。系统越是复杂，测试越是吃重，反复来反复去，容不得半点闪失。"千里之堤，溃于蚁穴"，就怕漏过一个针尖般的窟窿，到时候放大无数倍，造成塌方，毁了整个系统。联调测试就是仿真模拟，不断试错，显微镜下找"蚁穴"。就这样测来测去，便是一年。

当时的系统尽管是 1.0 版，在里头跑的数据却难以计数，说它海量、天量绝不为过，而且在纵横相连里又有一层层的犬牙交错。即使在 20 年前,自己所在这个中等规模商业银行的上海分行,国内国际、对公对私、资产负债等各种业务名目也已有 688 项,业务凭证 1500 余种,日均处理业务约 7 万件,会计流水 20 余万笔。名目之繁、体量之巨、协调之难、要求之高可以想见。

面对巨量的业务数据,各项联调测试一应俱全。除了反复进行程序测试、效率测试、压力测试、安全测试、备份测试和故障恢复测试等十多项模块的检测,还要对数不胜数的业务接口进行联调,完善即时备份和即时切换,内容之庞杂难以言状。对关键的节点,如季度结息、年终决算等,那是检测了再检测,留足安全冗余,唯恐哪里有个"地雷"。各项测试过来,没有哪项是一蹴而就的,而是细致再细致,反复再反复,无不追求极致。

路障三天两头地冒,我则随时随处参与清障。往常就在现场开"诸葛亮会",再不行就招呼方方面面的专家"会诊"。这件事很具体,很细琐,很烧脑,很累人。因为一道道关口都是"真枪实弹",虚头巴脑过不去。也因为特别劳心费力,对自己的统筹力、操控力也是磨砺。别看我有时候独坐办公室发呆,其实脑回路一直在运转。

节点之二:穿插于各项检测的数据移植。移植的数据有多少? 恒河沙数。而且,其中既有静态数据又有动态数据,而且天天变,时时变。想想吧,688 类交易项下的数据信息,除去一部分由新系统自动生成,其余海量的、多维的、变化的数据归集,全靠手工一条不落、半点不错地从原来簿册上一一对应键入新系统,差错的容忍度为零。这样的数据大搬家,无异于"愚公移海"。工作量、专注性、精密度是决定性的。

这一袭"键盘侠"是几百名会计人员,大家都很拼。有相当一段时间,他们每天上两个班:白天照常营业,处理日常事务;打烊过后再上第二个班,移植数据。大家心细如发地转录和核对数据,一招一式小心翼翼,生怕错一个字节、一个数字、一个字母、一个符号。因为一步错步步错,再小的差错一旦嵌入电算系统,再想把它抠出来,根本就是大海捞针。所以,务必零误差,不能容忍0.1、0.01……的差错。银行是靠数据说话的,这时候就是细节决定成败。由于认认真真、仔仔细细、彻彻底底地完成了账务清理和数据整理,确保了录入新系统的基础数据绝对完整无误。

节点之三:与各项测试和数据移植齐头并进的线上线下双轨并行,即新老系统跟账。所谓双轨运作,其实也是模拟演练。再通俗点说吧,每天除了在原先的运行体系做一遍账,下班后再在新系统上重做一遍。两本账吻合,OK! 对不拢,海底捞针没商量。不难想象,翻倍的工作量,还不允许丝毫有误,那会是怎样的节奏? 先是老体系带新系统,线上跟线下;再是老体系跟新系统,线下跟线上。那些日子,数百上千员工都是双倍的工作量,高强度、高精度的运作,始终元气满满。三军用命!

由于并行跟账走的是两条路径,我们把每个构件捋了好多遍,仔细摸索彼此的运行规律和逻辑联系,从而把所有不匹配都一一抠出来,硬是挖出了隐藏很深的几十处细小病灶,真的是魔鬼藏在细节里。要是百密一疏,带病起飞,什么样的可怕后果都难以想象，甚至可能像航天飞机空中解体那样。不曾想到，自己接手 1.0 版的测试上线，如此步步惊心。联想当初有人一再谦让，把总指挥让贤于我，不由吸上一口凉气……

节点之四：接下来特别棘手的"捉漏"。一方面，蚁穴找着了。另一方面，却是没有工夫补穴。须知，清除这些隐患、淤塞，需要整块的非营业时间，没日没夜赶也得七八天。光靠打烊后通宵赶工，周末之夜搭上双休日，这些骨头还是啃不过来。要是干得半半拉拉，又重新开门营业，只能一切重回原点。然而，上线的时辰定了：那年 7 月 3 日，后墙不能倒。

好在上天有眼，赐了一个"五一"黄金周（2000 年的"五一"连休 7 天）。在 7 月 3 日这道后墙跟前，说起来时间窗口有 63 天，实际可用的囫囵时间唯有这个不营业的 7 天，再无回旋余地。可以说，能否破局就看这 7 天窗口期。成功了，全线告捷。砸锅了，一地鸡毛。攻关小组用足了这个黄金周，没日没夜地克难攻坚，用全方位思维应对小概率疏漏，硬是把一个个雷给排了，拿下了"上甘岭"。真的是天道酬勤，一度搁在我心头的忐忑和焦虑终于卸了下来。

后来我们几个当事者常在一起聊那个黄金周，戏称自己当了七天清道夫，都无限感慨：经历过那么多次黄金周，唯有这年的五一黄金周这辈子忘不了，那是背水一周，"不成功，便成仁"，那每一天的早早晚晚都值千金。如果等下一个七天连休，得五个月后。国庆节离年关又靠近，还未及熟稔新系统，就撞上年终结算，风险概率无疑放大了。要想有把握,只有等来年岁末。延宕一年,代价太大。

节点之五:培训"小教员"。上面讲的"吃螃蟹",对所有员工来说都是全新体验。怎么让大家都训练有素、熟门熟路?一竿子插到底,聚集数千人上大课肯定不现实,营业网点不开门了?解决的途径只有先手把手调教出一批行家里手。然后把"种子"撒下去,回到各自单位当小教员,由点及线,由线及面,延伸枝蔓,继而实现全覆盖。那段时间,也有外省分行赶过来尝"螃蟹"的,主要来自武汉、郑州、石家庄等几个准备后续上线的省分行。前前后后,受训的小教员有 500 余人。

节点之六:制定相关规则。由于从手算到电算、线下到线上是百年未遇的除旧布新,从账务核算到具体操作等,几乎没有可借鉴的文本资料。为了有章法可依,类似各级职责、操作规范、办事规矩、业务约定、管理办法、应急措施等,都需要我们用文字定型。但凡经过了实务体验,整理起来倒是有条有理,而且都是干货。到线上线下切换那一刻,经总行审定的 17 个操作和管理文本也应运而生了。

节点之 N……

一路夺隘拔寨,大家情绪那个高啊,都是满格电量,激情直线上飚。《劳动法》规定,职工每月加班不得超过 36 小时,那段时间我们始终超负荷运作,除了"知法犯法",别无他法。下半夜收工的,连最后一班公交也赶不上,要么家人开车来接,要么约出租车,第二天一早,还没谁迟到的。承担业务运行的账务中心,昼夜不休不眠地连轴转,灯火通明到天亮,不是稀罕的事。有个叫潘康的技术骨干,由于每晚都忙到子夜,有天晚上十点半回到家,父母竟诧异地问出了什么事。

步步为营,步步为赢,每一步都压力山大。这难那难,遇招拆招,一路上不断发现盲点,疏通堵点,突破难点,拆解缠绕,接通端口,走顺路径,层层递进。如此一步接一步,终究还是"风风火火闯了九州"。21年过去了,我依旧忘不了那火热的氛围,我还是要致敬这支能征善战、特别有执行力的队伍。上上下下此等殚精竭虑,干不成新系统没有天理!

一路走来,一路感慨:自己1999年领命,2000年收官,那时已经五十五六岁了。自己携手一批60后、70后、80后(当时都是年轻人),历经反复试错,数据移植,实时跟账,捉漏排雷,培训骨干,制定规章,等等,到底还是踏过了雄关漫道。

人生难得遇上几件有挑战性的事情。这类事情轻松不了,也没什么捷径,甚至有些东西从前没谁试过,是"无人区"。自己到底究竟有几多潜能?肯定有限。到了几乎走不下去的卡点,别人可以动摇,我不行,只有自己发掘自己。将师无能,累死三军。

关关走来关关难,关关难过关关过。

就因为回头无岸,硬是被发掘,被激活,被赋能,一路开挂。

75，问计群英

最可遇而不可求的，是人才。

群英会，是说三国时候周瑜宴请诸将。这里借用，则说荟萃各路掌门和专家，问计问策，集思广益。此处的"古为今用"稍有牵强，取其大概意思吧。

再好的设计，要人操控。但凡集体项目，就得有领头的。运筹帷幄，决胜千里。

由于新系统盘根错节，牵扯纷繁的条线，覆盖方方面面，各敲各的锣，各吹各的号，锣齐鼓不齐，无疑会乱套。这会儿我等你，过会儿你等他，时而通畅，时而塞车，各走各的节奏，猴年马月也达成不了目标。至于你向东，他往西，互为掣肘，相互推诿，更是内耗不起。这个时候，特别需要有一个能够打通全门类、全体系、全链条的"中军帐"。这个"中军帐"既不能靠哪位神仙，也不能是随便凑合的草台班子。这个"前指"必须是能够号令各方的指挥中枢。

于是，我牵头甄选良将，筹组自己的"群英会"。相关部门的掌门自然不能缺位。一般讲，在那一亩三分地里，他（她）是更有话语权的内行。此外，业务、技术上一些"大牛"也不可或缺。这些"大牛"有的无官无衔，却在某一专项有别人比不了的拿手绝活。一句话，全是充满智性的高手。

我干什么呢？充当召集人，专司博采众议，统筹协调，做决定，派任务，担责任。说实在的，在专业技能方面，他们无一等闲，超我一个身位；在策划统筹方面，我可能超出半个身位。一句话，人家有人家的强项，我有自己的一点历练，很难说谁比谁更重要，也就是各有所长，互补相辅。当然，推进顺不顺，方寸乱不乱，与我的关联度更大些，因为最终由我担当。

从1999年12月2日进入检测调试的冲刺阶段，到2001年的7月26日新系统运行稳定，这样的"群英会"先后开了25次。其间有一段紧锣密鼓，例会频繁，每周一次。

那段时间的每周一早上，群贤毕至。会议完全是战时节奏，开门见山，单刀直入，绝对"短、平、快"。先是各路管辖通报上周进展和本周设想，再是与会者各抒己见。然后，由我对多元乃至相左的意见筛理权衡，掂量孰轻孰重，区分孰前孰后，做好契合衔接的事。从会议的第一分钟到最后一分钟，我一边在本子上划拉，一边在分析判辨，疏理脉络。同时，还得琢磨怎样消减"磨擦力"，聚集群体性合力、推力。脑子一分钟不停地旋转、组装、排序，在议论纷纷中全速起动搜索引擎，最终按照"四象限法则"，1、2、3、4……对标对表，理出一条清晰缜密的运行链条。

干成一件事，生态很重要。我的责任就是让大家的能量尽可能释放。这个时候，来自"三教九流"的七嘴八舌没什么不好。但凡用心捕捉，指不定能淘到一些真知灼见，甚至有的只言片语，会让人顿悟。

当过兵的尤其重时效,有事说事,完了赶紧办事,尽量压缩决策链条。别看这样的例会坐一屋人,因为没有套话、空话、磨叽的话,前后也就一两个小时。板凳没坐热,会议搞掂了。旋即由快手根据我归纳的要点写成会议纪要,由我修正审定,立马抄送一线,作为各路兵马一周的遵循。上午开会,上午把会议纪要送至各条线,不允许任何拖泥带水。

今天,自己重新浏览存在电脑文档里的这 25 份纪要,从 1999 年 12 月 2 日的第一期翻到 2001 年 7 月 26 日的第 25 期。每期也就三五页吧,却帮我重新厘了一路跋涉的时间线和核心节点,复原了我每一步的足迹,更有话不尽的感叹。

这 25 期纪要的抬头几乎一字不差:"某年某月某日,我主持召开综合业务系统专题会议,听取了前一段工作推进情况,确定了近期事项",然后就是 1、2、3、4……一时兴之所至,我从第 1 期数到第 25 期,发现自己竟然在纪要上拉拉杂杂留下了 331 道"指令"(工作事项及要求)。再扫阅这些"指令"的内容,觉得倒也梳理有序,把做什么、怎么做、做成什么样梳理、定夺得还算有板有眼。对于这些,今天的我倒是多少有点自得。那时的全身心投入,到底是一步一个脚印。面对一众行家里手,面对一路陌生险阻,"以其昏昏,使人昭昭"是镇不住的。

回想这 25 次会,全是自己主导及亲力亲为,没让谁代劳过。这 331 条"指令"需要脑回路高速率运转,尤其烧脑累心,真不清楚自己那时是怎样的亢奋。一句话,还是"年轻"好使啊!说来可笑吧？有人三四十岁已经喊老了,我却在回味自己五十来岁时候的"年轻态"。其实,最好使的年龄段早就过去了。"年轻"真是个既容易理解又不易界定的复杂状态!

实话实说,我这个人悟性有一点,扯不上智慧。统筹力有一点,但是有限。可我既没有"葵花宝典",又欠缺收抒自如的本事,要是没人辅佐,凭一己之力还是办不成什么事。幸好,应付不暇之时,身边有三位骁将,让我会里套会,多了个"三头六臂"的袖珍群英会:

一位是女中翘楚唐毅。起了个男性名字的她,性情爽朗,快人快语,办事利落。由她牵头组建运作账务中心,几乎搭进了前后年把左右所有的节假日和业余时间。中间有一段,她带着几员骁将,天天熬到凌晨两三点钟,然后拖着疲惫身躯去隔壁的良良饭店(其实是个简单的招待所)放倒几个钟头。第二天一早,又风风火火出现在第一线,毫无疲态。这样玩命,三天两头还行,一星期或许能撑,然而她连续个把月像陀螺似地转,小伙子也不一定能抗住。那段日子,"5＋2""白加黑"绝对是常态。但凡遇到繁难,总见她抢着把活揽下,搬开一道道障碍,硬是在没路的地方辟出条路来,属于既条理清晰又大刀阔斧、认人绝对放心的那种。有她在前头蹚,我省心许多。"千军易得,一将难求",她实至名归。

另一位是技术和业务兼修的谢卫国。他少年老成,很早执掌科技部,独当一面,属于年轻的老干部。这次上新系统,生疏的流程、海量的数据、繁琐的调试、纵横交错接口的连贯、业务与技术之间的磨合，以及对各种突发情况的响应等，对技术口的要求是严苛的，工作量之巨可以想见。由于其拔群的互联网技术，又稔熟银行业务，所以许多撞车、碰擦到他那儿，不徐不急都能疏通堵塞，属于指挥若定、"大象无形"那种。此外，百来个营业网点里几千个终端设备的安装调试，乃至双机热备份及远程灾难备份等，数不过来的头绪，全打理得妥妥帖帖。一句话，这位技术、业务都拿得出手的复合型将才帮我稳住了一方。"千军易得，一将难求"，他当之无愧。

还有一位是会计行家江宗兰。当年她在江西农村插队，淳朴的老表见她勤恳厚道，字也娟秀，就推荐她上了银行职校，接着在信用社拨拉算盘。后来银行招贤纳士，她考回了上海。自打从江西的红土地一路走来，没从会计岗位挪过窝，不管理论还是实务，都是行家里手。我联系会计部门七年，在她那里学了七年。特别是这场硬仗，会计部门尤其吃重。面对一个个难题，她心思缜密，处事周全，条分缕析，仔细再三，一遍遍地梳理，一点一点地细抠。别看她平日轻声细语，中规中矩，排解问题却是干净利落的定海神针，属于"大音希声"的那种。"千军易得，一将难求"，她名副其实。

一个人独思冥想，两个人有商有量，三个人赛过诸葛亮，何况如此三员悍将都是聪明脑袋。其过人之处，是许多人没法比的。我所倚仗的"群英会"有十来个人的，会议开了 25 次，大事小情定了 331 件，白纸黑字留下了痕迹。在实施过程中，难免出现这样那样的具体问题，我便随时随处与上面三位实干家商量。有时候是四人会商，有时候则三缺一，也有个别商议的。他们是业务和技术上一等一的大拿，是拿下电算 1.0 版的鼎立三足。对自己来说，绝对是左膀右臂。我能加入这个"梦之队"，是自己的幸运，是上天的眷顾。

我这辈子的幸运，莫过于一路尽遇到许多优秀的人，投缘的人。他们中有的是气质相合的良师挚友，有的是配合默契的黄金搭档。他们总是在我独木难支时出现，那样恰当其时，那样恰于其处，对我的影响是独特的。没有他们在自己生命中的出现，或许我本平庸的此生会愈加平庸。

一个人再足智多谋，视域、思域和认知能力总归有限。群英荟萃就不一样了，哪怕"愚者千虑，终有一得"。所以，脑子再好使，也不要拒绝外脑。博采众长有大智慧，是真正的智者。

作为领军人，敢不敢、善不善用人太关键了。人家凭什么全心全力跟你干？还不是用人不疑，出事自己多担肩胛。领导者之间的差别，通常在此。

76，三蹴而就

一路夺隘拔寨，场场都是硬仗，就是我们的辽沈战役，淮海战役,平津战役,渡江战役……躬耕一年,N 波 N 折,终于到了临门一脚的当口。

忙碌的日子过起来特别快。上面拍板:2000 年 7 月 3 日,电算系统正式上线。眼前就是倒计时。

其实我哪天都在掐时间。25 次"群英会",除了敲定工作事项,便是掐时间进度。时间管理可有名堂了,不只争分夺秒那么简单。而时点一旦延宕,是很难追回来的。所以,怎么划块,怎么运用,怎么穿插,怎么衔接,等等,对管理者的智慧都是检验。还好,天时有序,三军用命,作业节奏还算踏对了时间节拍。不仅没有火烧眉毛,还冗余了两周左右的等候期,兜底。

第一周,总行组织了 40 余人的验收小组来检测成色,费尽心思在鸡蛋里面挑骨头。40 余人,整整 7 天,纵向到底,横向到边,全方位核验个透,结论是完全具备了原定 7 月 3 日上线的条件。"绿灯"亮了。

第二周,放大招之前的静默。不过,等归等,照样忙:再开一次"群英会",再搜一遍"蚁穴",再来一通联调,再做一次演示,再进行……这么说吧,哪项工程都有优化的空间,而且可以优化过后再优化。这时候的我们仍在做优化的事。一年多的"风风火火闯九州"算是过了,是骡子是马,就等着遛了。出于稳妥,首批先选了 6 个有典型指导意义的支行上线。我这个人哪,谨慎有余,事必躬亲,对可能的意外总是感到想得越多越复杂越好,有时候可能想得过多。

2000年7月3日,星期一,终于到了放大招的这天。罗马不是一天建成的,新系统的设计和测试不是一天完成的,而从手算到电算的百年一跳,却在这一刻。这天,对为之殚精竭虑了一年多的总、分行同事来说,是个纪念日:电算1.0版起飞了!对我来说,一年多方方面面对自己的挑战,无时不在对神经的煎熬,统统成了过去式。

大日子真的来了,那份焦灼和忐忑反倒没有了,反而挺有定力,毕竟各种演练已经有N次,应该算轻车熟路了。无非今天动了真。过了今天,就要告别自票号、钱庄到银行一百多年的手工作业模式了,所有的数据处理全交给了计算机。说这个变革是历史性的,并不为过。

这天,我从早到晚待在账务中心,再不见一屋子人噼里啪啦打算盘的场面。我屏气凝神地注视员工沉稳专注的操作,轻松地盲打键盘,看着一份份报表从机器里吐出来。待华灯初上,终于精准无误地生成了第一本账。此刻,也许是亢奋的日子太久,紧绷的弦瞬间舒展了。也许是历经磨难太多,觉得这时候不过是瓜熟蒂落,反倒没有亢奋。没谁注意,我一个人返回了自己的办公室。就为闭上眼睛,长舒口气,啥都不想,独坐一会。那种如释重负的心境,很难描述。以前一直没觉得累,其实是没工夫累,没条件累,这时候才感到身心疲惫。

实际上,这会儿想歇口气还是早了。新系统上线并不像临门一脚锁定胜负。开头有段时间,这个系统并不平稳。上线没几天,就给颜色看了。有天走到"日终"步骤,莫名其妙就宕了机。做不成"日终"就结不了当天的账。谁敢在一笔糊涂账上错上加错?好在"群英会"既有"顶层设计"也有"底线思维",事前未雨绸缪,对上线后可能出现的所有异常和随机事件,做了面面俱到的应对预案,这时候遇招拆招,它就管用了。

说起来既是有预案,也是天帮忙,我们按照早先准备好的联络图,居然在一个多小时里,一通电话,一呼百应,一人不漏,几百名有关岗位人员从偌大一个上海的东西南北拍马赶来。靠着挖地三尺的人海战术,到底还是把纰漏给抠了出来。方案之周密,执行之坚决,可见一斑。

上线头两个多月,先后多次飞出过么蛾子。说来也巧,还真的是接二连三,又真的是事不过三。三次宕机,三次复活。哪次都倒吸一口凉气,有点步步惊心。真要出现第二天百十个营业网点开不了门,怎么安民告示?找理由编瞎话?一旦人们知道了真相,商誉该受多大影响?我这个上线"总指挥"还不得吃不了兜着走。

这样的险情还真的遇到过。有一次排障,眼看着熬过通宵,天蒙蒙发亮,漏洞依然没找到。我就是热锅上的蚂蚁,脑子里开始琢磨要不要编瞎话了。很像影视剧里那种悬而又悬的桥段,最后一刻峰回路转。苦心人,天不负。离开门营业还剩 20 分钟,故障排除,一切搞掂。就这样,一蹴,再一蹴,终于三蹴而就。这以后系统再没出过娄子,至此尘埃落定。

三次趴窝我都在，必须在。自己心里再打鼓，一会儿出现在这，一会儿出现在那，至少有个暖场的作用。更因为一路走来，我是伴着这个系统成长的，我了解这个系统，相信大事不会有，出点问题没什么大不了。

其实，三踬而行一直没能阻碍我们边挫边完善。事实上，每次宕机都是一次新的"捉漏"，而每清除一处残留"蚁穴"，都是对新系统安全性的加固。

大家屡战不馁，梯次推进。每周新安排一批网点切换上线，后面模拟运行第二梯队，再后面准备跟进第三梯队，紧凑而不失序。经过百日决战，所有网点全部从线下升空线上。这天是 10 月 30 日，也是个星期一。因为是最后"会当凌绝顶"，时间点记得特别清楚，18 点 30 分截账，23 点准确地完成"日终"处理。总算可以说一句了：一年忙碌没白忙。

今天来看电算 1.0 版横空出世，只能算是数据集中处理的起步，技术含量明显不及今天的 N.0 高阶版。然而，整个业务流程和技术应用的改造、创新无疑是颠覆性的。九层之台，起于垒土。它拔地而起，垂直升空，很难至臻完美，可毕竟是电算第一飞。没有功劳有苦劳，再不起眼，也是一次突破。从此，随着算法的进步，硬件的进步，大数据的进步，系统一次次升级，有了 2.0、3.0、4.0……量级、能级、层级都不一样了。谁能说这些升级版不是从 1.0 版的地基上演进过来的？没有 1.0 版"小儿科"，何来打补丁、升级路径、系统迭代，何来后来的 N.0？我们这茬人，注定只能是修路的,探涉的。当初忙活的是在这块工地上锹了第一堆土,做了个基座。在自己看来似乎是件了不起的事,放在大格局里却不值一提。在科技加速变革进程中,就像服务器轻微的嗡鸣,只有自己听得见。

我一凡人,要说成就了件实事,那是运势使然,机缘巧合,加之三军用命。当然,自己也尽了努力。我不是那种一路开挂的人。静下来想想,换成别人领衔难道做不成吗? 或许更棒。

多数人穷尽一生,真正扯得上有点成就感的事情不多。

人生短促,作为有限。要是有幸施展一下手脚,做成几件自己属意、人们认可、岁月留痕的事,足矣!

一帆风顺,枉论人生。

77,世纪虫患

20 世纪末,本来忙电算上线就够闹腾了,没料又来了场遭遇战: 剿灭"千年虫"。这个在科技发展史上从未有过,也许往后不会再有的"千年虫",说它复杂挺复杂,说它不复杂也不复杂。

说它复杂,是指但凡使用计算机的犄角旮旯谁都躲不了。不把四处出没的"千年虫"捉拿干净,到了新世纪的门槛跟前,就会跨不过去。只要一声滴答,便会引发计算机系统的紊乱,甚至崩溃。把后果想得再严重也不为过。

说它不复杂，是指当初设计年份，但求简约，仅用十进位。如1982年，就显示82年。到了跨进新世纪那一刻，计算计则显示00年。至于这个00年究竟是1900年还是2000年？无解。

　　解决的路子也就一招，只需改用四位数表示年，一通百通。问题在于计算机技术已被普遍应用，写在计算机里的内容难以计数。计算机无处不在，计算机里的内容无处不在，"千年虫"便无处不在。这场虫灾实在是大范围、高密度、无边无际。

　　当时我联系的科技部门，自主开发了多种多样的应用系统，这时候成了双刃剑。一方面科技应用搞得风生水起，另一方面除虫的作业量特别大。有一点没商量，时间窗口是锁定的：1999年12月31日24时，毫秒的误差也不允许。

　　时限锁定，也有锁定的好。时间的一维性，让谁都无路可退，我和科技部的同事只有背水一战，硬是逼出一套土办法：一是逼出了一份倒计时的灭虫计划，把"千年虫"可能出没的所有角落，几次三番进行地毯式排摸，由点及面，制成兼具层级化和网格化的图表，挂牌督战。通盘有计划，每周有安排，每天有目标，卡死哪件事哪日毕，了掉一项划去一项。绝对执行到位，落实到位，悉数拿下。务必于年前一周，再无"千年虫"的藏身之处。二是逼出了一套承包责任制。每个系统，每台机器，都一一对应落实到人头。宁可劳力费神多反复，未敢一丝懈怠留隐患。目标任务、时间节点全都上了锁扣。我则立下军令状负总责。

　　最吃紧的是横跨两个世纪那一夜的年终决算。要是在新世纪的第一秒,从哪条缝隙钻出条虫来作祟,绝对是一场劫难,实在不敢设想怎么收拾那本烂账。那一夜,由于头绪纷繁,没功夫层层沟通,我手握对讲机,坐镇指挥,现场决断,直接询问各单位、各条线的情况。上世纪那最后几分钟,极像一场战役发起总攻前的读秒。由于我们早就干净利落地将"千年虫"斩尽杀绝,那个两夜一昼的决算终于没有掉链子。付出的努力,所受的苦累,都值了。

凭心而论,这件事没多少技术含量,就是需要通盘筹划,严密组织,有序推进,心细如发。这些,我还是有自信的。

原以为这件事就这样过去了。没想半年后,让我于心有愧的受领了一份荣誉:被中共中央金融工作委员会和中国人民银行授予"中国银行业解决计算机 2000 年问题作出突出贡献的优秀工作者"。听说获此奖项的人不多。事情是大伙一道干的,我只是调兵遣将,筹划协调,做了自己应分的事。任谁搁在这岗位,都会这么干的。让我受此荣誉,一方面觉得自己从被需要到被认可,有些许宽慰。另一方面更感到,大兵团作战,军功章却挂在我身上,内心不安。

前后脚两件"触电"的事,试水电算也好,擒拿"千年虫"也罢,都有封闭的时间节点,都是没有退路的背水之役。由于分管条线的原因,均由我受命领衔,站立风口。对自己的管理才略、业务技能、把控流程的能力等都不乏挑战。对于自己这样一个曾经的老兵,同时又是金融行业的新兵来说,既是信任,更是考验。中间虽然没少了磕绊,毕竟靠着上天眷顾,众人相助,当然也有自己一点勤勉，还是有惊无险地走过来了。那段曲折的历程，那种成功的满足，没齿难忘。

我觉得变轨后的自己很充实，学了点新知识，多了点与过往两样的经历，做成了几件不大不小的事。打个分，及格吧。人们还是厚待我这个及格生的。除了中央金融工委和央行联授的"优秀工作者"奖项之类，我还挺看重 2001 年意外地被全国金融工会授予"职工之友"称号，因为这多少说明，自己还算接地气，没丢掉与一线战友的共情。在我这个凡人眼里，有幸当"职工之友"比获得别的什么荣誉实在多了。如今官多，官气来得快，烟火气丢更快。还是当个非典型的官好。至于临退休，单位专门给我制作了一个锡盘，盘上除了我名字，镌刻了八个字："才智卓越，贡献卓著"。寥寥八字，分量够重，多忙多累多少负重多少成功才够得上？自己的斤两，自己最清楚。说自己没有虚度，就很满足了，因为这已经是个很难达到的标准了。我知道，自己曾虚度过几段时日。

一个人平生能遇多大的事？每个人都自带这"商"那"商"，再能惜业敬业，加上天佑人助，真没啥过不去的。

十二、拾忆

78，命悬三线

我不迷信。但对"生死由命"，还是有点信。只因亲历的三件事，不由自己没一点狐疑。

掰扯掰扯吧：

"命悬一线"发生在越南安沛战场。在《邪弹横飞》里曾讲到美国战机在越南扔了 755 万吨炸弹，我所在的西线摊上多少万吨没听说，反正少不了。战争打响，那就是烽火烈焰洗天洗地。我方喷射的集群炮火无异洗天，敌机投掷炸弹的爆裂炎火完全是洗地。炸弹不认人，掉谁那里谁"光荣"。对我来说，最凶险的是参战第一仗。那场战斗是美机的"杀威棒"，打得如何激烈在"天雷地火"里已经说了。那天我和一位战友从机关下到炮连，正赶上这场遭遇战。因为我俩没有战位，应该进入防空洞。开头，我也进了防空洞。

战斗一打响，我倒不是突然勇敢起来，就因为挎了部相机，想抢几张打仗镜头，又沿着堑壕冲去了炮位。一阵鏖战过后，再去看防空洞,整个报销了。凡气浪弹、菠萝弹什么的砸下来,人工挖的防空洞顶不顶事就看运气。也许另位战友所处位置的原因,防空洞虽然废了,他只是背部受伤,也算不幸中有幸。我呢? 由于抢拍照片,暴露在敌机弹仓下。有的弹片散落工事,按说危险系数够高,谁都是脑袋别裤腰上。自己偏偏幸运地毫发无损。要是待在防空洞,要是正巧靠近炸口,"光荣"的可能性……怎么说呢? 算是一次绝处逢生。战场上,大大小小的险情一直有。险情多了,反而不管险不险的了。像那次把玩钢珠弹,当时根本没觉得什么,反倒是今天感觉那时候的自己"愣头青"。

"命悬又一线"发生在 1992 年 11 月 24 日,与一起空难擦肩而过。"人外高人"里讲到,那年的中央党校进修班曾经安排一次考察,其中我所在小组有段航程是从广州飞桂林,恰恰是这天去。从广州白云机场起飞的,"中国南方航空"尤其多。其中有个南航 CZ3493 航班,上午 7 点 54 分起飞,时点、机型都不错。我们一行 9 人在选择航班时,倾向乘坐这个班次。记不清由于什么原因,后来改了当天的另一航班。这一改,捡了 9 条命回来。因为那架"波音"在靠近桂林奇峰岭机场(因跑道短等原因,后择址新建了两江机场)时,于阳朔撞山,飞机粉碎性解体,机上 141 人全部不幸罹难。由于事前跟家里说过我可能乘坐 CZ3493,需要给家人报个平安。当时无手机、呼机,便赶紧挂了个长途电话,免得一场虚惊。世事就这样,有时命运就是连着偶然情况。还是同一天,一念间变个航班,居然阴阳两隔。

"命悬再一线"是自找的。那是 1975 年隆冬,我跟叶连祜主任下部队,住了几天招待所。这个招待所在毗邻营区的一条小街上,街上有幢老套的小楼,虽然显得陈旧,却能看出早先住过大户人家。果不其然,很早的早先这里住着荣家,荣毅仁的荣。于是,这条小街叫"荣巷"。"文化大革命"中,这幢楼由军队接管,这才有自己在此小住几日的事。叶主任和我各居一室。因是"三九"天,招待所给我俩各支了个炭盆,并嘱入睡前熄火置于室外。那时的我没领教过一氧化碳的厉害,想着炭火挺暖和,不至于会出事,就留着炭盆睡下了。幸亏那晚水喝多了,躺下时间不长让尿憋醒。身子那个沉重,脑袋那个昏沉,想下床下不来。这时候的我还有意识:会不会是一氧化碳中毒?尽管手脚不听使唤,还是把窗户给推开了。寒风扑面,脑子顿时清醒了。赶紧,把炭盆移到了屋外。又赶紧去叶主任那里,只见他的门外摆着熄灭的炭盆,心放下了。巧在那晚我水喝得多,才让自己又一次逃出生天。

除了这三回命悬一线,其实性命攸关的事还有一些。比如在越南战场那 13 个月,敌机临空、炸弹倾泻,生死瞬间,哪天都可能是自己的"忌日"。我还"无知者无畏",稀奇地把玩了几天未爆炸的钢珠弹。还有,母亲告诉我 2 岁时得过伤寒,家里变卖了值点钱的东西,换"盘尼西林"才把我救过来……

还有一次,是我的同班战友遇险。

那是 1964 年。我当班长的时候,带领全班练习手榴弹投掷。按说这不算什么,哪年都有的常规军训课目。只是由于来了三个泰州籍新兵，没投过实弹，我格外小心。为此，找了个便于匍匐的土坎，让新兵投掷后立马顺坡趴下。哪知道越是担心越不省心，有个新兵扔出去的手榴弹没响。这种延迟爆炸的情况过去遇到过，真要出现三五分钟不炸的哑弹，会让老兵（复杂情况请工兵）匍匐过去，视情排障。我一再要求大家不可探出身子，一切行动听命令。谁知偏偏有个姓蒋的新兵性子急，不到半分钟伸了一下脑袋，就一霎。不早不晚这一霎，手榴弹响了，一块弹片击中他右眼下方1公分处。因为不便手术，小蒋是带着弹片退伍的。虽然我一双手摁不住六七个人，总归还是没有看住，至今没有忘记自己闯的这个祸。

不清楚有没有这样的天条：自己躲过几劫，也该帮帮别人渡劫。是还债？是复返？事实是我遇到了：

一次是1994年1月26日，元宵节。我驱车去南汇周浦的海防一旅。沿沪南公路行至康桥附近，遇一突发情况。按次日《新民晚报》第三版报道："昨日上午8时40分，一辆从南汇开往东昌路的公交车，在沪南线康桥路段一岔路口，与一辆自行车相撞，造成骑车的一中年妇女倒地受伤，昏迷不醒。路过此地的杨孟华大校发现险情，立即让驾驶员停车，将受伤妇女抬上车，急驶周浦医院抢救。据悉，该妇女目前已脱险。"由于事发地靠近周浦镇，公交车则反向去市区。我未及多想，一个念头：救人要紧。于是，先让载了一车去市区乘客的公交车赶路，自己送伤者去的医院。什么察看现场啦、留个照片啦、留联系电话等，当时哪里想得了那么多。分分秒秒，人命关天。由于送救及时，较快脱了险。

再一次是转业后。有天单位领导都下班了，我走得晚些。经过秘书室，见秘书小黄晕倒在长椅上，神智模糊，无法言语，动弹不了。整个楼面空空荡荡就两人，我立即让司机上楼，背她上车，直驱附近的仁济医院，送得还算及时。这病来得快去得也快，待我当晚与爱人一道再去医院探望时，她已能倚着床背说话了。小黄说，幸亏那时还有人，要是等到有人巡楼，中间几个小时，不可知的情况……

说了自己说别人，扯的都是性命交关的事，想说什么？自己身上的这些发生，似乎都是有道理的。被动也好，自愿也罢，有的是自己幸运，有的是让我复返，像在冥冥之中。唉，不说天地阴阳是个整体，不说人有宿命，总还有人生无常吧。这句人们常挂嘴边的话，发生于自己，发生在身边，不由人不信。

人就这点生命长度，很随机，很或然，很无常。

说生死由命，有人会说迷信。说生死无常，想必能说通，越是上年岁越信。因为见的、听的多了，乃至自己还有了体验。

人各有命，命含运道（机缘），似可信一点。也许有点唯心。

79，桑榆未晚

光阴不催人自老。2004年4月1日，习惯了的忙碌节奏戛然而止。我退休了，属于自己的年代好像结束了。

人生一瞬间，不是形容词。43年前那个夏日，那趟军列，仿佛就在昨天。虽然"两眼一睁，忙到熄灯"的陀螺仪节奏只是开头几年，后来也是忙惯了，总觉得还有许多有意思的事情还在等我去做。其实那是错觉，谁做不是做？比自己强的，一抓一把。

跟有些退下来的人一样，先是陪爱人出两趟远门。往日少有闲暇，欠下的账。她没去过欧洲，那就去，尽管自己去过多次。斗兽场、梵蒂冈、威尼斯、地中海、卢浮宫、塞纳河……又复习了一遍。记得在巴黎香榭丽舍大街走累了，买了10欧元一公斤的车厘子，在一张长椅坐下，你一颗我一颗，那真叫香甜。我和她都没去过印尼巴厘岛，那就去。热带风情，山涧漂流……玩得尽兴。漂流时小筏被打翻，两人掉入溪流，傻笑着重又爬上橡皮筏，乐不可支。国内我算是走南闯北了，按过去的区划，华东、华北、西南、西北还有中南全留下了足迹，这回把东北补了。老俩口领略了大兴安岭、长白天池、呼伦贝尔草原的别样风情。才退休那几年，体力还行，是老来伴的黄金时段。十几年过去了，至今依然念想。

跟有些退下来的人一样，我也发挥了一阵余热。去过一家民营的公司，五六年吧。这是一家从小打小闹到铺展至许多省、市的有点影响的科技企业，至今还在苦斗。一家民企能生存二三十年,不容易。

更长时间是在一家酒店集团担任独立董事。这家国企虽然一直是国内同业老大,然至上市尚未跻身国际排名前十。我请辞时,就规模而言却已是仅次于美国万豪集团的巨无霸。

内地上市公司的独立董事每届三年,限任两届。这家公司挂牌香港,香港联合交易所对独立董事的任期不设限,但对任职资格设置了较高门槛,严进宽出。我连任三届,每届三年,先后任职审核委员会委员、主席。

审核委员会并不轻松。每季度召开董事会前,我与另两位审核委员会成员须先听取普华、德勤会计师事务所以及公司财务部门关于公司经营和财务状况的汇报,再作分析研究。董事会议程第一项,便是先听取审核委员会的审核报告及建议,很多次由我来说。由于自己从事了多年财务、会计工作,业务方面基本的东西大同小异,这件事不难。至于不同行业的一些异点,个别有点冷僻。不过,掰开来还是相通的。技多不压身,这句话有道理。

新意也是有的。由于公司在香港上市,许多方面需要依照香港的财务法规、会计准则和审计要求,更多环节与国际接轨。同时,还得接受香港联交所的监管,有些内容也是新的。比如海外并购、账簿管理等等。一路走着,总觉得我的未知一直多于已知,听说再智慧的人也是,无非深浅不一。香港联交所也特别重视独立董事的意见。有次董事会将已经议定的决策提交联交所,对方还专门聆询几位独立董事的看法。所以,这九年自己既是"吃老本"，也沾了点"洋"味。尽管几十次董事会全在上海开，而且几乎都在公司会议室开，一次也没去过上市的地方香港。

可以说，它既是自己从事金融工作的2.0版，也可以说走了一截新路，也算自己在夕照里续了个延伸段，又赶了个晚集。就这样，从"花甲"走到了"古稀"，一个瞬间。

这个时候的我与小兵腊子时候的我，虽然仍是功不成名不就少有作为的芸芸众生，还是在寻觅适合自己的位置，一直在走以前没有走过的路。对于既缺先天悟性，也缺后天资源的我来说，既有生不逢时，也有生逢其时。既有偶然，又有必然。待千帆过后，方得顿悟：人生就是一路跋涉，所有的耕耘跌宕都是值当的，所有的起承转合都是有道理的，所有的苦啊难啊险啊都是命里注定该历的劫。百年百味，里头更多是美好。

人生其实有点玄幻，谁都得面对自己的特定版本。各有各的跋涉，各有各的活法。我呀，半辈行伍半辈金融，军营、乡壤、荒塬、疆场、笔耕、领兵、变轨、触"电"……有幸见证了一些历史事件，还在生死线上绕了几遭，还算有几段值得回首的岁月。这中间，有时靠时代"红利"，有时靠机缘运气，也许还有只无形的手。但总少不了自己尽力，尽管只是不足道的自我超越。

知识学不完，事情做不完。自己不体验，自己不成长。

我唐突地改一下明朝的《明日歌》，改三个字（每，惜，勿）：每日复每日，每日何其多，我生惜每日，万事勿蹉跎。

346

人生，就是过坎，每过一道坎，都会留下一道或深或浅的痕。唯有随缘而行，随遇而为，且行且及，且行且成。

80，大爱涓滴

最刻骨铭心的人和事，写来压轴。

是母亲父亲，把我带到世上。把一个只会两腿乱蹬、莫名哭闹，吃了睡、睡了吃的自己，带到17岁放飞。即使"孤帆远影"，依然不尽牵挂。

这一路的养育，流淌的心血，用文字难以描述，用数字无法计量。要说世上真有无私奉献，一切的一切全都心甘情愿，唯有母爱父爱。这份爱，天大地大，河深海深。这个道理，我小时不懂，后来较长一段时间不是很懂，随着时光流逝，才有更多的感觉，那种越往后越黏稠的感觉。那句"子欲孝而亲不待"，带给我的是无尽痛感。

我排行老大，这份舐犊之爱得到更早些，更多些。而且，母亲父亲给过我两次生命：

第一次，呱呱坠地。

第二次，渡劫再生。那是在自己成人后，母亲告诉的：我两岁时候得过伤寒。那个年代，霍乱、伤寒都是很凶险、很难治的病。当时最有效的药是盘尼西林，很贵。当时家里五口人：祖母、父母、叔叔和我，就父亲在中纺公司上班，因为没多少文化（上

347

过小学），当个小职员，家境普通得也就能维持生计。为了我，父母只好把家里值点钱的东西变卖了，求医问药，总算渡过一劫。当初自己听了也就听了，当个轶事，没太在意。直到前些年看了电视剧《芝麻胡同》，剧中有"沁芳居"老板严振声拿1000块大洋换10支盘尼西林的情节，才心头一震。虽说《芝麻胡同》讲的是更早年代，到了我患伤寒，这药也还很贵。为了我这条小生命，父母什么都舍得，除去变卖东西，那阵焦虑，那般奔忙，经不起去想。有的事情时间长了会淡忘，这件事却是越上年岁越萦绕心头，想着想着会自责，会落泪。这种没有一点自我、没有任何杂质的大爱，除了父母，还有吗？

大概由于我较早离家，自己孩提时候留下的一些印记，都很细碎，很幼稚，很自我：

家有居室两间，父母一间，孩子一间。兄妹4人中，只有我多年与父母同住一室。为这，专门请了位姓朱的木匠邻居在他们卧床内侧，照着那点长、那点宽，做了一张小床。直到我上学才"独立"出来，空出地方置了口橱，放些七零八碎。为什么那些年让我日夜留在他们身旁？经不起想，这样想那样想……

我上学早，5岁。清晰记得是母亲牵着我的手去"华纺八校"报的到。由于小学就在弄堂内，不用接送。每天回到家，只要不是冷天、雨天，母亲总会在门外摆一张方凳当桌，再置一张小凳，让我完成作业，经常是支着我胳膊写几张毛笔字。母亲读过高中，人漂亮，字也好，辅导起来，绰绰有余。现在想来，她对我读书是寄希望的,那时的我不懂。结果,她在我身上用心最多,读书反倒成四个孩子中最不省心的。这样的辜负,许多年来自己一直愧疚,我懂得太晚。有些东西错过了可以补,这样的事很难补。

后来,政府号召家庭妇女参加工作,母亲进修速成,成了小学老师。起先那个小学在"浜北",校名记不得了,来来去去挺辛苦的。有次学校放露天电影,她特地带我过去。记得太清楚了,那天大家都是席地观看,放映的是《钢铁战士》,好些场景现在还有印象。我今生看的第一场电影,就是母亲带我在小学操场看的。还有今生看的第一场戏,那是母亲带我在无锡看的:锡剧《双推磨》。

我念小学放暑假,母亲多次带我去无锡老家,那里有我外婆和两位姨妈,还有小伙伴。除了前面讲到过的"小桥、流水",凉在井里的西瓜,印象深一点的全是吃的。人家一讲无锡美食,报出来的是酱排骨、油面筋、水蜜桃。我呢?记住的是鲜肉小笼包、玉兰饼,那是每次我随母亲去崇安寺的盼头。没出息吧?多好一个无锡,小时的我去那,就这点向往。

记得母亲所在小学偶尔安排老师出游,去近郊什么的,她也带上我。好像大人堆里就两三个孩子。

母亲尤其疼我这个老大。我有一点点好,她会反复夸。我有很多不好,她全都包容。我这一路走来,对不起的人不多。最对不起的,是生我养我包容我的母亲,还有父亲。

我的父亲性情内敛,精力都在工作上。虽然读书少,办事极顶真,绝对"老黄牛",经常评为"先进工作者"。我去父亲单位时见过,谁从他那里领了几个信封,几把笤帚,几瓶墨水,他都会详细记下。字写得那个认真,横平竖直,别具一格地工整。平日里绝对讲原则,以至单位福利分房时,成立个操办此事的小组,从领导到员工意见完全一致"让老杨参加",就因为他公道无私。他经手的房源很多,自己没沾过一平方,特别硬气。真要找个也许不那么讲原则的事,那也跟我有关。

1957 年 10 月 1 日国庆节,那天他是总务科值班,把我带上了。那时候的上海纺织局在今天的金门大酒店,正对面就是人民广场,那是个还没建市府大楼、上海博物馆等建筑的空旷广场。从高处南眺,一览无余。父亲把我带到七楼窗口安顿好,让我观看国庆大游行,自己就去了值班岗位。游行群众很多,彩旗、彩车什么的很热闹,我看得有点自豪:谁也没我这个位置好,登高望远。父亲是个心里搁不下事的人,既要守值班电话,又牵挂楼上的我,时不时上来看我一眼,真的就一眼,转身又下了楼,来来回回不少趟。

……

我记的这点事虽然很琐屑、很幼稚、很自我,现在想来却觉得这些特不起眼的点滴小事,无不蕴含父母的关爱。这些上不了台面的"待遇",好像较少发生在三个弟妹身上。就因为我是老大?别的还真想不出什么。我不是乖孩子,人家说我"闷"皮,没让父母少操心。论读书,兄妹几个我倒数。论惹事,兄妹几个数我多。

想来想去,答案不复杂:因为母爱父爱无处不在,哪怕孩子不争气,依旧有博大的包容心。在父母眼里,我一直是他们的希望。

再后来,我东西南北地漂,有的地方很远,有的时候很险,父母一直是牵着风筝的那根线,眷注着我的每一点起落。

父母离开后,弟弟把老人收着的一些七零八碎,比如几个时期我的照片啦,五六十年前写的信啦……都给了我。尤其是那几张泛黄的"五好战士喜报",让我睹物思人,感慨万端。那算什么呀?百十人一个连队,"五好战士"二三十,不稀罕啊。自己那几年评上"五好战士",还真的不知道部队给家里寄了喜报。

还是怪我早先的性格。往好里讲吧,当初自己吃了点苦,受了点累,遇到过这难那难,还受过一些委屈,都搁在肚子里了,信里从来不说,总算没给父母添堵。早知他们如此在意自己的长进,后来的自己还算有点东西让他们高兴的呀。有多么突出的成绩谈不上,大大小小的荣誉还算有一点。各级、各项的嘉奖证书有那么一摞,全军炮兵、南京军区的先进也评上过,拿得出手的光荣还是能扳扳手指的。早知这些能让他们高兴,我多多报喜就是了。我这个人性格"闷"了点。忧,应该自己扛,不该喊爹娘。喜,跟父母说说,让他们高兴,与显摆是两回事。我呢,忧不报,喜不报,老大不小依然不懂事。

想想也是,哪个父母含辛茹苦,不是为的子女好?点滴"寸草心",难报"三春晖",这么个道理,自己怎么就迟迟领悟呢?人哪,总是忽略最亲近的人,领悟总是迟到。后来也只是每每带点东西塞点钱，其实他们不缺这些。等到自己觉得愧对父母，他们已经远去。"子欲养而亲不待"，那是追不回来的悔。

母爱父爱的伟大，是深植于肌体的，少见电石火光，多在于无声处。是老牛舐犊，是咽苦吐甘，是手中线、细叮咛，是我走到哪，那颗心跟到哪，不论千里万里……绵绵无绝，直至蜡炬燃尽。

正因为父母的爱无时不在，无事不在，无处不在，我却每每习以为常，受之安然。殊不知，父母爱意无疆，终有到点的一刻。往往到了失去，自己才更怀念这份涓滴汇成的大爱，而且日愈痛彻。悔恨懂得太晚，做得太少。所有客观原由，在这里全是站不住的。

这些年，每年清明、冬至，我都和老伴一同去探望父母，说点愧疚的话，聊点让他们宽慰的事。这时候在灵前说的，全是掏心掏肺的话，迟到的话。不知道有没有在天之灵，希望有。

　　有一种爱最琐细，无处不在，无边无际，似大象无形。

　　有一种爱最滋润，无声无言，包容所有，似大音希声。

　　世间多少爱，有的轰轰烈烈，有的秀多于实。唯有母爱父爱最无私，最无价，无问索取报答，无问华贵贫贱，无问世态炎凉。

顿　　笔

　　丢下笔，算是了却了一件晚年想做的事。不为雁过留声，纯粹觉得此生余味未尽。除了咀嚼和回味，更想重新审视自己的过往。

　　俄国文豪托尔斯泰说："时间是没有的，有的只是瞬间。"俄国诗人普希金说："一切都是瞬间，一切都会过去，而那些过去了的，都会成为美好的回忆。"

　　顾辙思由，把时间轴往回拉，遥远的岁月霎时活了起来。自己就像"重走长征路"，再走了一遍曾经的走过。17 岁到 77 岁，整整 60 年，尝过的苦累，撞过的南墙，汲汲行走的足迹，偶有小成的欢愉，苦和难，甜和欢，千滋百味涌上心头。五味杂瓶被打翻了，酸甜苦辣咸一样样重又泛起。我又青涩了一回，又磨难了一阵，又涅槃了一次，又用笔走了一回。写着写着，怅触万端，几度泪盈，几度沉醉，乃至几度掩卷。

　　正因为行文时翻江倒海。有时一气写一节，有时半天落不了笔，于是脑子里会打架：那些事都过去了，昨日不可追。除了自己涂以为然，谁会在意？自以为是的"酱油汤"，淡而乏味，人家

353

"佛跳墙"都吃腻了。况且，如今阅读纸质书的越来越少，自己这把年纪一字字地码，说难不难，因为全是亲历；说易不易，毕竟笔拙，何苦来哉！

最终还是没拧过自己，既已起笔，善始善终。我还是相信，那些有意思的事情，些许浅薄的认知，值得记下。有的"千年等一回"，我参与了，更该实录。于是，把旧时的记忆和迟来的拾味糅合了糅合，留给自己的余生，留给至亲至友，留给知我懂我的人。要是有人产生一二同理心，同有所思所想，乃为幸甚至哉。

我这辈子啊，有人说我挺顺，也有知情人说我活得有点累。真实的情况，苦的时候真苦，顺的时候也顺。纵观人生，觉得自己吃了三分苦，得了三分福，不咸不淡有四分。苦难指数和幸福指数似乎正相关。而且有些苦难和美好是随着岁月转换的。不是吗？在落笔此篇的时候，当一个个"瞬间"闪过，会觉得此生有过许多个自己：开初的自己，后来的自己；懵里懵懂的自己，迟迟开悟的自己；至暗时刻的自己，偶有小成的自己……更多是追悔几个苍白的时段，好像人生就是不尽的追悔。其实，自己依然是自己，无非多了时光的印记，环境的印记，汲汲行走的印记。

人生三万天，布满了划痕，着墨 80 个瞬间依然意犹未尽。无奈年岁不留情，记忆不由人，笔力不饶人，只能筛写点心有戚戚的，释放点挥之不去的。有人说，要学会忘记。其实，有些事情是忘不掉的,没有谁真的没心没肺。

　　码字终究是个累活,对年届七七且非专事笔耕的我来说,尤其如此。写着写着,尽管脑海不住地翻腾,还是感觉有心无力了。于是,与往事道别,就此打住。

图书在版编目(CIP)数据

此去风雨知几何：拾味 80 个瞬间/杨孟华著.—上海：上海三联书店,2021.7

ISBN 978-7-5426-7458-6

Ⅰ.①此… Ⅱ.①杨… Ⅲ.①回忆录－作品集－中国－当代 Ⅳ.①I251

中国版本图书馆 CIP 数据核字(2021)第 115869 号

此去风雨知几何：拾味 80 个瞬间

著　　者／杨孟华

责任编辑／黄　韬
装帧设计／徐　徐
监　　制／姚　军
责任校对／王凌霄

出版发行／上海三联书店
　　　　　(200030)中国上海市漕溪北路 331 号 A 座 6 楼
邮购电话／021－22895540
印　　刷／上海普顺印刷包装有限公司

版　　次／2021 年 7 月第 1 版
印　　次／2021 年 7 月第 1 次印刷
开　　本／890×1240　1/32
字　　数／230 千字
印　　张／11.5
书　　号／ISBN 978-7-5426-7458-6/I·1705
定　　价／58.00 元

敬启读者,如发现本书有印装质量问题,请与印刷厂联系 021－36522998